U0558400

《被开垦的处女地》
在中国的传播与接受

杨烜 著

郑州大学出版社

图书在版编目（CIP）数据

《被开垦的处女地》在中国的传播与接受 / 杨烜著. — 郑州：
郑州大学出版社，2021.12
（眉湖文库）
ISBN 978-7-5645-8335-4

Ⅰ. ①被… Ⅱ. ①杨… Ⅲ. ①长篇小说-苏联 ②俄罗斯文
学-文化交流-研究-中国 Ⅳ. ①I512.45 ②I512.06 ③I206

中国版本图书馆 CIP 数据核字（2021）第 233413 号

《被开垦的处女地》在中国的传播与接受
《BEI KAIKEN DE CHUNÜDI》ZAI ZHONGGUO DE CHUANBO YU JIESHOU

策　　划	李勇军　丁忠华	封面设计	孙文恒
责任编辑	刘晓晓	版式设计	孙文恒
责任校对	孙精精	责任监制	凌　青　李瑞卿

出版发行	郑州大学出版社	地　　址	郑州市大学路40号（450052）
出 版 人	孙保营	网　　址	http://www.zzup.cn
经　　销	全国新华书店	发行电话	0371-66966070
印　　刷	河南瑞之光印刷股份有限公司		
开　　本	787 mm×1 092 mm　1 / 16		
印　　张	14.75	字　　数	226 千字
版　　次	2021年12月第1版	印　　次	2021年12月第1次印刷
书　　号	ISBN 978-7-5645-8335-4	定　　价	58.00元

本书如有印装质量问题，请与本社联系调换。

目 录

导　论
"五四"至十七年时期农村题材小说的发展状况

选题背景

在"五四"新文化运动引发的"人的发现""人性的解放"的现代思潮中，人数众多且饱经磨难的中国农民第一次成为文学艺术的观照对象。他们的苦难命运、生存状态、行为方式、精神创伤、心理痼疾，都成为新文学重要的表现内容。"人的文学""平民文学""为人生"等新的文艺思想，引导新文学的先驱者以富有现代性的目光反观乡村生活、描绘乡村风俗、探询乡村命运、批判落后的乡村文化、探讨乡民的价值观念和道德立场，表达自己对于乡村的复杂情感和深刻记忆。他们的实践和努力使描写古老中国农村生活和农民命运的小说，成为最能体现新文学艺术实绩的重要成果。这类作品不仅以丰富的内容、独特的视角、厚重的情感和深邃的思想获得了极高的美学价值，成为新文学中最富代表性的重量级佳作，而且开启了农村题材小说的新主题，对于"五四"以后的文学创作产生了深远影响。

现代作家对于乡村的书写开始于鲁迅。童年的农村生活经历，是鲁迅一生创作的精神源泉。无论是对记忆中美好乡土的牵挂和眷恋，还是对古老文化中民族痼疾的批判和忧虑，都是他对乡土农村执着、深沉的情感表达。他以游子的感伤情怀，凝望乡村富有诗意的田园风情，展现乡村温馨质朴的生活图景；也以现代知识者的理性思考，冷峻剖析乡村生活中笑声背后的苦痛和残忍，尖锐嘲讽农民精神世界的麻木和奴性。他塑造了阿 Q、闰土等形态各异的农民形象，展现了丰富、多义的乡村文化，揭露了封建意识对于乡村生活和农民心灵的侵蚀，反映了旧中国农村的生存状态和旧式农民的精神面貌。

在"五四"文学思想和鲁迅创作实践的影响下，寓居于都市之中的新文学革命者，将关注的目光投向了寄托着太多深情厚谊的家园乡村，既在对故土自然景观和人伦风情的回忆、再现中表达着自己浓烈的乡情乡愁，又在对农村落后闭塞、农民苦难愚昧的现实批判中实现着反封建的文学主题。王鲁彦、许钦文、台静农、蹇先艾、彭家煌、许杰、王统照、废名等一批作家，都创作了大量的反映故乡农村生活的小说。他们以经过现代文明熏陶的"城市人"的眼光，反观农村的蒙昧，反思乡村的本质，对生存于农村社会中下层的农民表达了深切的关注，在文化批判的视角中彰显人道主义世界观，实现新文学启蒙、革新的现实功能和社会意义。这一时期的农村题材小说，往往通过对农村生活和日常事件的细腻描绘，展现农民真实朴素的生活状态和隐忍负重的情感心理，表现农村多彩有趣的风俗习惯和谨严有序的道德伦理，既显示出农村宗法社会的质朴美好和诗情画意，也揭示出传统观念、封建思想积淀而带来的弊病和痼疾。作家们以极大的热情和高度的自觉，发现农村社会中的问题和农民群体的苦难，引起疗救的注意，显示出对生命本体的关注和对"国民劣根性"进行改造的文学意图。这些有着浓郁的乡土气息和地方色彩的农村题材作品，以经典的文字、深刻的思想和启蒙的功用，成为新文学中最重要的组成部分。

20 世纪 30 年代的中国，面临着严峻的内忧外患，农村的生存、生产状况和农民的命运遭遇，成为最突出的社会问题。农村题材小说也在这一时期进入了蓬勃发展的阶段。关注现实的作家们，对社会生活的巨变有着敏锐的感受和反应，不仅在文学观念上有了从表现个人到表现社会的转变，而且在内容创作中，由探索人生的一般问题转向更为现实、具体的农村社会和农民群体。这一时期，出现了大量的专门写作农村题材小说的作家，并且在大多数作家的创作中，都会或多或少地出现与农村题材有关的内容。中国日益严峻的社会现实，尤其是因受到世界经济危机的冲击，农村出现的"丰收成灾"的社会问题，是此期农村题材小说最重要的表现内容。各类具有不同思想倾向的作家，在30年代都不约而同地对农村残酷的社会现实和激烈的社会矛盾进行了具有思想深度的观照。不仅革命文学者以自觉的历史责任感表现乡村和农民问题，甚至像郁达夫这样一位曾致力于表现青年的时代苦闷的作家，在这一时期也成为"农民文学"的倡导者。张天翼曾说过这样一段代表了当时大多数作家创作心态的话："做个作家那就尤其需要认识农村，作家是要描写多数人的生活的，替大多数人申诉，而中国的绝大多数就是农民大众，离开了农民，那就什么都会成了空的，也可以说不成其为一个中国作家了。"[①] 因此，在30年代矛盾丛生的社会现实中，描写农村社会问题、表现农民苦难遭遇、彰显农民革命要求，成为多数作家的自觉追求。这一时期农村题材小说的创作，在数量和质量上，都取得了显著成绩。从艺术手法上看，此期作品或是从伦理批判的视角揭示农民的精神和灵魂；或是以社会分析的方法，从革命视域表现中国农村社会，表现农民在经济、政治等方面遭受的压迫和剥削，进而探析农民进行反抗和革命的可能。在具体创作中，左翼作家一般通过对农村社会现象的描写，探讨时代变化中农民的命运走向和所肩负的革命重任；东北作家群的作家们因为亲历了屈辱和迫害，在对家乡历史文化和风土人情的描绘中，表达了对侵略者的愤怒和对家园的怀念；京派作家则通过对乡村风情的发掘和纯朴人性的赞美，寄托自己的审美理性和道德情感。尽管文本内容和艺术风格千差万别，但30年代农村题材小说在表现农民与土地的关系、表达作家对生命意识的思考和对封建伦理的批判以及展现乡风民俗等方面，是异曲同工的。

　　40年代，中国经历了抗日战争和解放战争。农民作为主要革命力量，也经历了从战场抗争到收获胜利的命运转变。反映农村在两次战争中发挥的作用和受

---

　　① 蒋牧良：《记张天翼》，《文艺生活》（海外版）1948年第7期。

到的影响，反映农民的生存遭遇和精神世界的转变，反映乡土文化在时代变动中的破旧立新，反映乡村经济、政治、人伦等各种关系的激烈剧变，寄托作家对乡土大地和故国家园的深情厚爱，是此期农村题材小说的主要内容。在阶级解放、民族解放和个性解放的时代主题中，处境艰难的国统区作家，写出了农民生的沉默、坚韧和病态社会的黑暗、悲凉；沦陷区作家写出了农民失去家园后的愤怒、无奈，对往昔岁月的回忆和对未来生活的希冀。在建立了工农政权的解放区，农民翻身成为时代的主人，农村发生的历史性巨变成为文学主要的表现对象。在毛泽东《在延安文艺座谈会上的讲话》（以下简称《讲话》）的号召下，作家们热情地赞颂广大农民在战争中的英勇表现，描绘根据地开展的减租减息运动，表现农村最为复杂、激烈的革命——土地改革；描写体现早期合作化思想的军民变工互助，展现农村生产关系变化在婚姻恋爱、家庭伦理、生产劳动等方面产生的影响。"民族的、阶级的斗争与劳动生产成了作品中压倒一切的主题，工农兵群众在作品中如在社会中一样取得了真正主人公的地位。"[①] 在表现方式上，此期的农村题材小说较多从民间艺术和传统文化中汲取营养，注重塑造集体群像，采用注重情节完整的叙事手法和富有地方特色的民间语言，描写中国大地上农民所经历的时代变革和命运转变。革命作家们以体现各自艺术风格的作品，反映复杂的农村世界，描写农业文化的发展和更替，表现农村社会在时代进程中的得失，展现农民心态的微妙变化。此期的农村题材小说，不仅数量激增，而且出现了不少鸿篇巨制，在多样的风格和多义的表达中，逐步走向成熟，日益成为文学创作中的主体。

1949 年，全国第一次文代会召开，确定了《讲话》为文艺工作的方向。成长于 40 年代并亲身参与了民族革命的作家们，继续沿着文艺大众化的路线，描写农村社会在新政权中的变化，反映农民在新生活中的精神面貌和情感取向。"在五六十年代，以农村生活为题材的创作，无论是作家人数，还是作品数量，在小

---

① 周扬：《新的人民的文艺——一九四九年七月在全国文学艺术工作者代表大会上关于解放区文艺运动的报告》，新华书店，1949，第 3 页。

说创作中都居首位。"①体制内的党员作家们，不仅对农村正在发生的重大政治运动有着强烈的表达激情，而且在文艺政策的影响下，自觉转换自己的知识分子身份，在与农民朝夕相处的劳动和生活中，体察农民的情感，熟悉农民的语言，力求以农民的视角表达农民的情绪和思想。1950年以后，我国开始了前所未有的农业合作化运动。这场改变了千百年来的农业生产方式的巨大变革，在生产关系、生活方式、人际关系、道德标准、伦理规范和风俗习惯等方面，对农村产生了直接而深刻的影响。一直以个体生产和小农经济为主的农村社会，在新的集体劳动的体制中，开始了复杂、艰难的转变。这场激烈的革命，冲击了农村社会的每一个家庭、每一位农民，农村生活也因之产生了多样的情感冲突和人际矛盾。始终参与其中的作家们，一方面对合作化运动有着基于党员立场的理解和支持，真诚地相信这场运动能够彻底改变农民的命运；另一方面也密切关注着运动的得失，努力以艺术的方法对这一时期的农村生活进行相对真实的反映。由于社会现实的急遽变化和作家创作心态的微妙复杂，十七年时期的农村题材小说，在主题、风格及美学意蕴等方面，都表现出了独特的面貌。与20年代农村题材小说的启蒙和批判、30年代的暴露和分析、40年代的探索和追忆，以及新时期后的寻根和反思都不同，十七年时期农村题材小说由于较为集中地对当时发生的重大社会事件——农业合作化运动进行了及时、准确地反映，而显示出与政治扭结、与政策交融的文本特点。在十七年时期农村题材小说中占据了重要位置的合作化小说，对这一运动的发生、发展过程及其合理性、必然性，进行了有着理论高度和党性立场的宣传与阐释，对这一时期中国农村社会出现的各种复杂现象和尖锐矛盾、农民生活中的重要事件、农民精神情感由之产生的困惑疑虑，进行了各有侧重的反映。从赵树理富有乡土气息的风趣表达，到孙犁富有人情人性的恬淡书写，从康濯纯朴平实的日常描绘，到沙汀含蓄严谨的精致刻画，这些作品从不同的视角，艺术地展现了农村在社会主义革命中的变化，展现了农民在新生活中的

---

① 洪子诚：《中国当代文学史》，北京大学出版社，1999，第92页。

复杂心理。此期的长篇合作化小说，或在富有地域色彩的人情风俗中展现合作化进程，或在真挚的情感中探询合作化的意义，或在复杂的现实中表现合作化的困难。"它们描写了农民从个体所有制向集体所有制的转变，客观上反映了农业合作化运动从初期到高潮再到后期出现了失误和偏差的全过程。像一面镜子，大体上反映了这个运动的长处和弱点，反映了中国农民在社会主义革命时期的心理和情绪，热情和愿望，以及他们的历史追求。"[1]并且，这类合作化小说在叙事模式、话语方式和人物塑造等方面，也显示出与其之前和之后的农村题材小说均不相同的特点。这种突变，虽和当时的社会现实有着密切关系，但如果仅根据我国文学内部自然发展，应该不会在如此短暂的时间内出现如此众多的文本建构高度相似的合作化小说。从更为广阔的域外文学视域中来看，我国作品中的这种共同性，与苏联集体化经典小说《被开垦的处女地》有着更明显的相似性。两者无论是在框架结构上还是在细节手法中，都显示出一定的亲缘关系。

选题意义与研究方法

农村题材小说自新文学开始，就以深广的主题、丰富的内容、厚重的情感、深刻的思想和多样的风格，在文学史中占有重要的分量和位置。其原因，既在于中国是一个农业国，农民占据了各民族人口的大多数，农民的生活面貌、生存状况反映了整个国家的发展态势，农民的遭遇和命运最能体现时代的特点和历史的进程；也在于各个时期的各类作家，或是直接从农村走来，或是和农村有着千丝万缕的联系。与生俱来的乡土情感，使他们对农村生活始终有着关注和表达的愿望。同时，家园乡村也是他们漂泊灵魂的栖居地。在不尽的怀念和追忆、想象和审视中，作家们寄托着自己复杂难言的多种情感。而十七年时期的农村题材小说，因为对共同的时代主题——合作化运动的描写，显示出了和其他时期农村题

---

[1] 刘思谦：《对建国以来农村题材小说的再认识》，《文学评论》1983 年第 2 期。

材小说均不相同的特点和风貌。其在文学史上褒贬不一的评价，本身就能说明这类作品的复杂性和多义性。因此，在当前文化背景下重读合作化小说，可以以回望的姿态、客观的立场审视并未远去的历史；立足文本，以文学为中心，发现合作化书写的史料价值和审美价值。由于此类小说本身所具有的文学厚度和开放的阐释空间，从历史和审美的双重视角进行辩证的分析和解读，或许能够更加接近研究客体的本来面貌。合作化小说中体现出来的为改变自身命运不懈努力的奋斗精神、公而忘私的集体观念以及农民对土地的深情厚谊，在今天仍有着激荡人心的力量。这些蕴含于合作化小说中的美学思想，对于弥补当下文学精神的缺失、彰显当代文学的社会价值和优秀品质、唤起正确的价值判断和道德追求，有一定的积极作用。

我国现当代文学的发展，与俄罗斯文学有着密切的关联。"五四"时期，《新青年》等重要刊物就译介了大量的俄国作家作品。俄罗斯文学中的人道主义思想、文学"为社会"的艺术追求、平民精神等内容，都在我国新文学中得到体现。"俄国文学作品已经译成中文的，比任何其他国家作品都多，并且对于现代中国的影响最大"，"中俄两国间好像有一种不期然的关系，他们的文化和经验好像有一种共同的关系"。[1] 在多位学者的共同努力下，多部苏联文艺理论著作和无产阶级作家的作品被引入中国。俄苏文学所具有的时代魅力，恰似"黑暗王国中的一线光明"，使我国作家看到了民族解放和民族文学的曙光。茅盾、冯雪峰、郁达夫、郭沫若、巴金等现代文学家都曾不同程度地受到俄苏文学的哺育和影响，也曾直接表达过对俄苏文学的景仰之情。丁玲、周立波、柳青、孙犁、艾青、刘白羽、马烽等当代革命作家，是在苏联文学的直接影响下走上革命道路，开始革命文学创作的。正如孙犁所说，苏联文学"教给中国青年以革命的实际"[2]。他们对于苏

---

① 巴特莱特：《新中国之思想领袖》，转引自陈建华《二十世纪中俄文学关系》，高等教育出版社，2002，第146页。

② 孙犁：《苏联文学怎样教育了我们》，载《孙犁文集（补订版）》（6），百花文艺出版社，2013，第24页。

联文学中所体现出来的鲜明的阶级立场和党性原则、蕴含的现实主义思想和人道主义精神、彰显的民族品格和文化意蕴以及其擅长使用的艺术手法，都是极为熟悉和喜爱的。"甚至可以说，一直到今天，还没有任何一个国家的文学像苏联文学那样，给我们留下了如此不能磨灭的深刻记忆。"[①]

在数量繁多的苏联集体化小说中，肖洛霍夫的《被开垦的处女地》是影响最大且艺术价值最高的一部，这部小说在我国不同的历史时期被进行了大相径庭的解读。梳理这一作品在中国的译介、传播过程和中国读者对这一作品的接受轨迹，可以发现主流意识形态、历史文化语境和大众审美心理等因素对接受主体的影响，了解20世纪中苏文学关系的大致脉络和中国文学的大体特征，理解肖洛霍夫这部作品在中国当代文学中的历史地位，进一步发掘这部小说的艺术价值和史料意义。

早在1939年，巴人就在程造之的农村题材小说《地下》中看到了《被开垦的处女地》的影响："我在这里多少看到了一些《毁灭》《铁流》，甚至于《被开垦的处女地》的影子。"[②]我国50年代的长篇合作化小说，更是在创作构思、艺术手法、叙事话语、情节设置、人物塑造等方面表现出与《被开垦的处女地》的诸多相似性。不能否认，我国十七年时期合作化小说的创作，是对我国社会发展现实的反映，其中既有着文艺政策的指引，又有着作家的主观努力和积极探索。但50年代的中国，和苏联有着密切而友好的合作关系，不仅在文艺政策上推行了苏联提出的"社会主义现实主义"的创作理论，而且大量引进苏联社会主义文学作品。并且，此期写作合作化小说的作家们，也大都有着深厚的俄苏文学修养。因此，我国合作化小说中体现出某些苏联文学因子，应该是一个不争的事实。本书试图以影响研究的角度，发掘我国十七年时期合作化长篇小说的整体文本特点与苏联集体化经典小说《被开垦的处女地》之间的具体互文性，发现不同民族在相同题材中的共同文本表现。同时，也结合两类文本产生的文化传统和现实背景，

---

① 孟繁华：《中国当代文学通论》，辽宁人民出版社，2009，第57页。
② 巴人：《地下·序》，载程造之《地下》，福建人民出版社，1983，《序》第5页。

探讨其各自的独特性和异质性。

在总体分析《被开垦的处女地》与十七年时期合作化长篇小说的关联性的基础上，本书以周立波和柳青两位作家为个案，考证其合作化小说与《被开垦的处女地》的互文关系及各自的独特风格，考察肖洛霍夫作品与我国作家创作实践相融合的具体方式和途径，分析我国作家接受肖洛霍夫集体化小说写作的动因及其在接受过程中所采取的融合策略，发现和辨析其经过创造性转化后的本土性表达。通过比较阅读和个案分析，可以发现我国当代文学中域外文学民族化的具体实践过程，探讨作家之间、文本之间复杂的艺术关联，探寻我国合作化长篇文本模式形成的多种原因，发现其融多种艺术资源于一体的审美特性，也能够在更为广阔的艺术视野中，对十七年时期的重要作品做出更为客观的艺术判断。

研究现状综述

我国关于肖洛霍夫的研究成果非常丰厚，译著和专著主要集中在作家的生平、创作、思想艺术等方面，涉及肖洛霍夫与中国的主题，尤其是《被开垦的处女地》在中国的传播、接受内容的主要有：孙美玲的《肖洛霍夫的艺术世界》（社会科学文献出版社，1994 年），对肖洛霍夫《静静的顿河》《被开垦的处女地》等重要作品的创作、传播和接受过程进行了详细的介绍；何云波的《肖洛霍夫》（四川人民出版社，2000 年），书中独辟一节《肖洛霍夫与中国》，简明扼要地回顾了肖洛霍夫作品在中国的译介与研究情况；陈建华主编的《中国俄苏文学研究史论》（重庆出版社，2007 年），其中第四十一章以《中国的肖洛霍夫研究》为题，从研究史的角度梳理了我国 20 世纪 30 年代至今的肖洛霍夫研究情况，涉及肖洛霍夫作品在中国传播过程中的跨文化、跨民族性问题；荷兰作家佛克马的《中国文学与苏联影响（1956—1960）》（季进、聂友军译，北京大学出版社，2011 年），书中在讨论中苏文学的影响时论及周立波受到肖洛霍夫的影响。

文集收录的论文中，陈元恺的《肖洛霍夫与中国》（载陈元恺《二十世纪中国文学与世界》,陕西人民出版社,1987 年)一文谈及鲁迅对肖洛霍夫作品的介绍和评价,介绍了周立波对《被开垦的处女地》的翻译情况,指出《被开垦的处女地》和《人的命运》对我国同类题材作品产生的具体影响。汪介之的《多元接受:肖洛霍夫与中国现当代文学》(载汪介之、陈建华《悠远的回想——俄罗斯作家与中国文化》,宁夏人民出版社,2002 年)对肖洛霍夫与中国关系这一话题做了较为全面的论述,概述了肖洛霍夫重要作品在中国的译介过程,分析了肖洛霍夫对中国作家周立波、丁玲、刘绍棠等人的影响,简要梳理了我国的肖洛霍夫研究现状。

期刊文章中,王立明的《肖洛霍夫作品在中国的传播过程》〔《沈阳师范大学学报》(社会科学版),2007 年第 31 卷第 6 期〕,介绍了鲁迅、金人、草婴、周立波等人在译介肖洛霍夫作品工作中的重要贡献,比较了《静静的顿河》《被开垦的处女地》对《太阳照在桑干河上》和《暴风骤雨》的影响,并简单回顾了 80 年代以来我国学界对肖洛霍夫作品研究的新成果。王鹏程的《农业合作化叙事的经验之源——论〈被开垦的处女地〉对中国当代小说创作的影响》(《当代文坛》2010 年第 4 期),概括梳理了这部作品在中国的传播与影响,认为由于种种原因的误读,这部作品只是在技术层面而非精神层面影响了我国的合作化小说。董晓的《再谈苏联文学对当代中国文学的影响》(《当代外国文学》2011 年第 2 期),认为与《被开垦的处女地》相比,我国合作化小说缺少对生活悲剧性的感悟,不具备经典作品特质。李钦彤的《农业合作化叙事的三副面孔——〈蜜蜂脑袋奥勒〉〈被开垦的处女地〉和〈创业史〉的比较研究》(《中国文学研究》2012 年第 1 期),横向比较了不同国家的三部农业合作化小说在文学与政治关系上的异同互成及经验教训,为合作化小说研究提供了新的观点。另有一些文章对肖洛霍夫接受史上某些特殊读者做了个案考察,如郑恩波的《刘绍棠与肖洛霍夫》(《文艺理论与批评》1995 年第 5 期)等。

学位论文中,陈南先的《俄苏文学与"十七年中国文学"》(苏州大学博士学位论文,2004 年)采用比较文学中"传播—影响"研究的方法,以现实主义为线索，对中苏同期文学进行梳理、比较。其中第二章第二、三节中，涉及《被开垦的处女地》在中国的译介和对中国作家的影响。不过只是论文中的一个小分支，作者未做深入论述。刘祥文的《肖洛霍夫作品在中国的传播与接受》(四川大学博士学位论文，2008年)从中苏文学关系的角度，以接受美学为理论支撑，全面梳理了肖洛霍夫的代表作品在中国的传播和接受过程，并选取不同年代中的代表性作家作为考察对象，解读具体文本，探析肖洛霍夫对中国现当代文学产生的影响。该论文对《被开垦的处女地》的译介和接受过程进行了大致的梳理，在深度和广度上都还有极大的可开拓空间。

关于合作化小说的研究，自20世纪90年代以来，出现了多部相关著作：唐小兵编《再解读：大众文艺与意识形态（增订版）》（北京大学出版社，2007年）、《英雄与凡人的时代——解读20世纪》（上海文艺出版社，2001年），吴秀明主编《"十七年"文学历史评价与人文阐释》（浙江大学出版社，2007年），周志雄《中国当代小说情爱叙事研究》（齐鲁书社，2006年），王宇《性别表述与现代认同——索解20世纪后半叶中国的叙事文本》（上海三联书店，2006年），黄子平《"灰阑"中的叙述》（上海文艺出版社，2001年），董之林《盈尺集——当代文学思辨与随想》（河南大学出版社，2009年），蓝爱国主编《解构十七年》（华东师范大学出版社，2003年），程光炜《文学想像与文学国家——中国当代文学研究（1949～1976）》（河南大学出版社，2005年），余岱宗《被规训的激情——论1950、1960年代的红色小说》（上海三联书店，2004年）……多位学者从叙事学、修辞学、女性主义、新历史主义、福柯的权力话语理论和系谱学、后现代的解构理论及文化研究等角度，重读或重评合作化小说，重新回到十七年文学发生的历史场景，发掘文本内部所包蕴的多重话语的开放性空间和异质文化构成的审美张力，取得了瞩目的成就。其中，杜国景的《合作化小说中的乡村故事与国家历史》（中国社会科学出版社，2011年），是近年出版的一部合作化研究专著。该书将"合作化运动"放在广阔的"社会史""文化史"的脉络中进行考察，探讨了合作化小说的意义建构，分析了合作化小说中的农民形象，探寻了合作化小说的外来影响，论证了合作化小说新的阐释和解读空间。

文学史中，孔范今主编的《二十世纪中国文学史》（山东文艺出版社，1997年）提出，由于后来农村政策的调整和改变而带来的如何评价合作化小说的价值取向和艺术真实的问题，认为应该从政治标准、现实主义文学基本要求的真实性标准、艺术审美的标准、作者的创作态度等四个方面综合考虑并评价合作化小说的优点与缺陷。陈思和主编的《中国当代文学史教程》（复旦大学出版社，1999年）通过民间文化丰富性的表现形态来稀释冲淡文本的政治因素，开辟了合作化小说与民族文化融合的新的阐释空间。洪子诚的《中国当代文学史》（北京大学出版社，1999年）论证了在十七年特定的社会主义的历史语境中形成的新文学"一体化"的全面实现过程。董健等主编的《中国当代文学史新稿》（北京师范大学出版社，2011年）对于合作化小说进行了最为全面的评述。

期刊论文中，刘思谦的《对建国以来农村题材小说的再认识》（《文学评论》1983年第2期），以"历史真实"的观点客观地评价了影响较大、艺术价值较高的合作化小说，认为它们基本反映了合作化过程的面貌，虽有着明显的时代局限性，但也在思想上和艺术上显示出独具特色的美学价值。范家进的《"互助合作"的胜利与乡村深层危机的潜伏——重读三部农村"合作化"题材长篇小说》（《中国现代文学研究丛刊》2011年第4期），通过对《创业史》《山乡巨变》《三里湾》三部作品的细节分析，探讨了合作化运动对中国农民的心理和精神造成的前所未有的冲击和震撼，肯定了合作化小说作家贴近大地、亲近乡土、关注底层农民命运的创作精神，也审视了他们在激情之中的遗漏和缺憾。房福贤的《十七年文学：阐释的空间依然宽阔——以周立波短篇小说为例》（《山东文学》2013年第1期），通过对周立波短篇小说的分析，发现其作品显示出将政治人物边缘化和将严肃的政治生活俚俗化的特点，探析他既表现政治又消解政治的矛盾心态，以此说明十七年文学的复杂性和多样性。贺仲明的《真实的尺度——重评50年代农业合作化题材小说》（《文学评论》2003年第4期）以"细节真实"的视角，重新考察了50年代合作化小说的真实性，认为尽管此期作品有着简单化、以二元对立代替生活的丰富等缺陷，但仍在一定程度上反映了这一运动给农村社会带来的巨大冲击，反映了农民在运动中的复杂心态和真实愿望，展示出一定的本质真实特点。贺仲明在另一篇文章《乡村生态与"十七年"农村题材小说》（《文学评论》2006 年第 6 期）中指出，"十七年"农村题材小说对乡村自然和乡村社会进行了多角度、多层面的书写，反映了合作化时期乡村世界与现实政治间的密切关系，在塑造乡村人物、展现乡村生活的自在与积极面上，达到了新文学前所未有的高度。惠雁冰的《论农业合作化题材长篇小说的深层结构——以〈创业史〉〈艳阳天〉〈金光大道〉为例》（《文学评论》2005 年第 2 期），认为合作化小说在叙事上借鉴了我国民间艺术的"诱惑"与"抗拒"、"斗法"与"救赎"、"丑角"与"莽汉"的传统模式，在文本表层的政治意义秩序之外显示出另一个更具魅力的审美意义秩序。另外，于树军的《艰难的啮合——谈合作化小说叙事话语的裂隙问题》（《佳木斯大学社会科学学报》2013 年第 31 卷第 1 期）、《新型农民的乌托邦想象与建构——论合作化小说叙事中"新人"形象的道德修辞》（与杨燕合著，《文艺评论》2013 年第 7 期）、《合作化小说叙事中的"自主政治"现象的阐释》（《文艺争鸣》2013 年第 1 期），张舟子的《论"十七年"合作化小说中的反面形象谱系》〔《河南师范大学学报》（哲学社会科学版）2013 年第 40 卷第 2 期〕等论文，从叙事话语、人物形象分析等方面，对合作化小说进行了解读。

　　学位论文中，鲁太光的《当代小说中的土地问题——以"土改小说"和"合作化小说"为中心》（北京大学博士学位论文，2013 年），考察了现代社会发展进程中土地问题在文学中的表现。曹金合的《叙事形式的伦理意味——十七年农村合作化小说的叙事伦理研究》（山东师范大学博士学位论文，2013 年），从叙事伦理的角度分析了合作化小说中意识形态叙事和民间叙事相融合的现象。闫薇的《1950—1970 年代农业合作化小说研究》（吉林大学博士学位论文，2009 年），探讨了合作化小说文献价值大于审美价值和"日常生活神圣化"的文本特性，并对社会主义新人、中间人物和问题女性进行了分析，提出在文本细读和人文展望中研究合作化小说的观点。

综上可以看出，我国肖洛霍夫研究和十七年时期合作化小说研究都取得了丰硕的成果。肖洛霍夫研究，一般集中在对其重要作品在中国的译介、传播过程的梳理和对其文本内容的多样解读。不少论文都介绍了周立波、草婴翻译《被开垦的处女地》的情况，也注意到这部小说在我国不同时代的不同遭遇。但从时间上来说，这部小说在我国的翻译、引进和接受，可以上溯到 20 世纪 30 年代初期；从译者方面来看，在周立波之前，就有几位文学感觉敏锐的译者进行了或部分或整体的翻译。由于小说本身具有的丰富内涵和多义主题，我国学界对它的阐释研究，在每一个历史时期，都有着不同的视角和意义表达。因而，梳理这部小说在我国批评视野中的接受过程，能够在史料发掘的基础上，从接受者的角度探讨一部影响巨大的文学作品所产生的多重审美效果。从现有资料来看，对于《被开垦的处女地》在中国的传播和接受的研究，一般被纳入对其作品的整体研究的范围之内，目前尚无论文对这一作品的传播和接受过程进行专门的整理和论述。在已经出现的相关研究中，史料的发掘在时间上还有着向前追溯和向后延伸的空间，在内容上也存在着过于粗略、有名无实甚至是并不准确的信息阐释。因此，细致梳理这部小说自 20 世纪 30 年代以来在我国的译介、传播和接受过程，有着重要的史料价值。并且，我国的肖洛霍夫研究和合作化小说研究，基本上是在两个不同的领域中展开。尽管不少学者注意到肖洛霍夫的创作对我国作家作品的影响，也有学者将《被开垦的处女地》与我国合作化经典作品进行了比较，或从影响视角进行了探讨，但将十七年时期合作化小说视作一个整体，考察其与《被开垦的处女地》的互文关系，以与《被开垦的处女地》有着明显相似性的作家作品为个案，深入分析其在创作经历、创作精神、艺术手法、文本风格等方面受到的具体影响，并发现我国十七年时期合作化小说的独特性和创造性的研究，并不多见。因此，从互文性角度，在一个相对宽广的视域中，探讨《被开垦的处女地》与我国合作化小说的关联性，探讨同类题材作品在不同民族文学中的具体表现，是有极大空间的。

第一章
《被开垦的处女地》在中国的传播

"五四运动"爆发前夕，我国进步知识分子即发出了"放眼以观世界"的激情呐喊，急切地希望从世界各国的先进文学中获得民族文化新生的力量和资源。在积极译介、引进的外国文学中，俄国文学对于俄国社会革命的先声作用尤其引起我国学界的重视。李大钊曾撰文指出，俄国文学中强烈的社会批判意识和浓郁的人道主义精神是其与"南欧各国大异其趣"的特质，最能"加增革命潮流之气势"，也是我国新文学最迫切之所需。"五四"时期，在鲁迅、瞿秋白等学者的积极倡导和亲身实践之下，俄苏文学被大量引进，我国掀起了盛极一时的"俄罗斯文学热"。俄国文学中"为人生"的创作观念、强烈的问题意识和激切的战斗精神，成为我国新文学发展的重要指向。我国学者以极大的热情研读俄国文学作品，探究俄国文学精神，并在自己的创作中积极探索实践。如茅盾所说，当时"俄罗斯文学的爱好，在一般的进步知识分子中间，成为一种风气，俄罗斯文学的研究，在革命的青年知识分子中间……成为一种运动"。①20 世纪三四十年代，"新俄文学"因对社会主义进程的多角度反映和对时代主人公的全新塑造，成为我国左翼作家的主要译介对象。"在'大夜弥天'的中国，这些作品的出现，其意义是远

---

① 茅盾：《果戈理在中国》，《文艺报》1952 年第 4 号。

远超过了文学本身的。"[①]肖洛霍夫作为苏联重要的无产阶级作家，其作品《静静的顿河》和《被开垦的处女地》（第一部），在这一时期被译介到我国，并成为影响了众多读者的重要外来文化资源。其中，完成于1932年的《被开垦的处女地》（第一部），以其具备的实际社会功用和独特的美学价值，在面世之初即引起我国学界的密切关注。仅在20世纪30年代，我国就出现了关于这部小说的多种推介和多个译本。在此后的传播过程中，小说因时代的变迁而遭遇了起落沉浮的历史命运。时代风云之中，这部重要的苏联集体化作品以自身具备的多种艺术质素，如文学与政治的机智交融、文学对于自身品质的巧妙保护、作家忠实于现实主义原则的写作策略等，成为我国几代作家的重要阅读经验。小说蕴含的深刻思想、采用的精湛技巧，都成为我国作家的精神资源，融入我国当代文学的创作之中。

第一节　热情中的兴盛：1933—1949 年的译介

《被开垦的处女地》是肖洛霍夫在《静静的顿河》之外的又一部重要作品。小说因对苏联当时正在发生的农业集体化事件的及时、生动的艺术反映，获得官方的认可和读者的喜爱，成为同类题材作品的典范。20世纪30年代初期的中国，迫切地需要从"新俄文学"中汲取营养，以推进本国革命文学的发展，实现社会革命的目标。《被开垦的处女地》以实际的斗争作用和极高的艺术价值，契合了我国社会的精神需求，不仅被迅速译介到国内，而且成为颇具影响力的外国文学作品。

一、任务与荣誉：《被开垦的处女地》的写作和改编

以《顿河的故事》和《静静的顿河》蜚声文坛的苏联无产阶级作家肖洛霍夫，于1930年受到斯大林的鼓励，希望通过对苏联农业集体化的描写，实现自己新的创作构思。他因此中断了《静静的顿河》的写作，以候补党员的身份参加了顿河

---

① 陈建华：《二十世纪中俄文学关系》，高等教育出版社，2002，第123页。

地区的农业集体化运动，并于同年年底开始了《被开垦的处女地》第一部的创作。

1932年1月至9月，《被开垦的处女地》第一部在《新世界》杂志上连载。11月，肖洛霍夫在自传中写道："完成了《静静的顿河》第三部（倒数第二部），并且完成了《被开垦的处女地》第二部（最后一部）的草稿。"①1933年，《被开垦的处女地》在苏联获得巨大成功，读者和评论界给予高度评价。安·卢那察尔斯基在《论巨匠》一文中称赞《被开垦的处女地》表现了"非常重要、复杂的、充满了矛盾但却奔驰向前的内容"，"形式同内容结合得恰到好处，把内容表现得没有任何疏忽和漏洞，真的做到了天衣无缝"。②同年9月，小说被著名导演阿·维涅尔改编成话剧，在列宁格勒区工会剧院上演。10月，德译本在挪威首都奥斯陆出版。12月末，法译本在巴黎出版。1937年，《被开垦的处女地》第一部被伊·捷尔仁斯基改编成歌剧，并于6月在莫斯科大剧院总彩排，肖洛霍夫出席观看，认为这出歌剧比歌剧《静静的顿河》成功。1938年，肖洛霍夫同斯·叶尔莫林斯基和尤·拉伊兹曼共同编写《被开垦的处女地》第一部的电影脚本。影片于1939年上映，受到观众和戏剧界的好评。由于战争的爆发，肖洛霍夫暂时中断了小说第二部的创作。直到1954年，他才重新开始这部书的写作。同年4月至6月，第二部的一些篇章陆续在《星火》杂志上发表。1959年7月，《涅瓦》杂志和《顿河》杂志开始连载第二部的内容。1960年4月，肖洛霍夫凭借《被开垦的处女地》第一、第二部获得了列宁奖金。在7月的颁奖仪式上，吉洪诺夫称赞这部小说是"历史性作品"。12月，英译本以《顿河的收获》为名，在伦敦出版。

二、艺术和革命：1933—1949年的译介情况

国内出现的最早译文，是楼适夷对小说第一部第九、第十章内容的节译。译

---

① 转引自孙美玲编选《肖洛霍夫研究》，外语教学与研究出版社，1982，第482页。
② 安·卢那察尔斯基：《论巨匠》，《文学报》1933年6月11日第4版。

文以《路，望那边走——只有一条》为题，刊于《正路》杂志 1933 年第 1 卷 2 期。[①]
楼适夷，著名俄罗斯文学翻译家，1929 年留学日本，曾翻译高尔基《在人间》等
作品。他按照俄文翻译的这部分内容精雅通畅，较忠实于原著。

1936 年 1 月，李虹霓撰文《开拓了的处女地》，对小说第一部进行了极富个
人感情色彩的介绍。文章认为《被开垦的处女地》有着"迷人的潜力"，不仅因为
梭罗霍夫（肖洛霍夫）"选择在现代的苏联成为最大国家社会问题之一的农村集
团化的事实，做作品的主题"[②]，更因为"作者的紧紧地握住人生的现实，紧紧地
追求着真理，在委婉的描写下，暗藏着指导社会前进的意识，及暗示着斗争应取
的途径"[③]。李虹霓强调小说的价值还在于，"实际工作者读了这作品，可增加他应
付工作的能力，农民读了这作品，可以引起他们对新兴事业的乐意参加，以及对
真理的确切了解"[④]。因此，他认为在艺术本身的审美之外，更应该"把它当一部
新社会运动的指导的原理"来阅读。此外，李虹霓还赞赏了小说清晰明朗的结构
方式，认为小说在组织上（结构上）是找不出缺点的；认为小说对人物或景物的
描写，"都能恰恰地抓住他的典型的地方"，因而是"最上的手法"；文章结尾部分，
介绍了小说的主题"是描写一个新兴的集体农场的运动，在运动的当中遭到种种
的妨害，种种的波折，以及种种的反对的阴谋"[⑤]。最后，作者指出，作品中反动
人物比主动人物塑造得更好，在文本中的作用也更为重要，尤其是"专扮喜剧的
西吉乌加利老头儿"和"十分淫荡的鲁休加"都是"人间应有的形象"，作家对
他们的精彩描写使作品体现出了"人间味"。李虹霓的这篇文章是目前资料中最
早对《被开垦的处女地》第一部进行全面评介的文字。他从宏观的视角给予小说
相对准确的定位，眼光敏锐，观点明晰，语言中肯。同年 8 月，李虹霓从日译本

---

① 唆罗诃夫（肖洛霍夫）：《路，望那边走——只有一条》，（楼）适夷译，载《正路》
创刊特大号，湖风书店，1933 年第 1 卷第 2 期。

② 李虹霓：《开拓了的处女地》，《文海》1936 年第 1 卷第 1 期。

③ 同上。

④ 同上。

⑤ 同上。

重译的《被开垦的处女地》第一部正式出版，译后的书名为《开拓了的处女地》。郭沫若作序，并在序文中肯定了李虹霓的译介之功和肖洛霍夫作品的教育之效。

1936 年，《图书展望》杂志对即将出版的周立波译本进行了介绍。文章说："这是一册和《静静的顿河》一样地闻名于世的著作，也是苏联社会主义建设时期的一首伟大的叙事诗。作者梭罗诃夫以更熟的艺术，描写顿河流域一个哥萨克村落的集体农场化运动中的人物和景状。从这本书里，我们可以看到苏联农村私有财产制度消灭前夜的各种农民的姿态以及各种斗争的画面。作者以真实的笔致，朴质而又健康的风格，描写人类进化的一极其复杂的历史过程，创造了新人类各种各样的典型人物。是一册每一个艺术爱好者值得一读的书。"[①]

1936 年 11 月，周立波翻译的《被开垦的处女地》第一部正式出版。此译本在国内影响极大，不仅多次重印[②]，并被收入《丹霞》[③]，而且成为同时代多数知识分子的重要阅读内容。周立波于 1935 年开始翻译小说，但由于工作和生活的原因，译出三万字后就停止了。1936 年，他根据两个比较完善的新译本：加里（Stephen Garry）的英译本和米川正夫的日译本，并参考了莫斯科版的英译，才又开始重新翻译。"前后共费了有时只睡三四个钟头的差不多四个月的时日"[④]，终于译出了这部三十多万字的小说。翻译过程中，杨骚、林淙根据日译帮助翻译了两三万字的初稿，周扬把全书从头至尾校阅了一遍。在好友的帮助下，此本以严谨的文风和精准的内容出版面世。在《译后附记》中，周立波表达了自己对《被开垦的处女地》第一部的印象："读这本书的时候，翻译它的时候，都时常感到它有

① 《图书展望》杂志 1936 年第 2 卷第 2 期，第 95—96 页。此文为笔者首次发现。

② 据陈建华《二十世纪中俄文学关系》一书收录，《被开垦的处女地》第一部周立波译本出版情况为：上海生活书店，1936，1948；桂林文学出版社，1943；太行群众书店，1947；太岳新华书店，1947；冀中新华书店，1947；三联书店，1950；作家出版社，1954。参见《附录二 俄苏重要作品在中国的译介》，第 305 页。

③ 唆罗诃夫（肖洛霍夫）：《开垦了的处女地》，载黄峰编《丹霞》，丑夫（周立波）译，世界文学连丛社，1936，第 754—792 页。

④ （周）立波：《译后附记》，载萧洛霍夫（肖洛霍夫）《被开垦的处女地》，立波译，生活·读书·新知三联书店，1950，第 297 页。

一种温味的和谐的微笑。显然，俄国文学的传统的'含泪的微笑'，传到这本书，已经变了质，微笑是一种尽心尽力地生活的欢愉，不再是无可奈何的强笑了，而眼泪只是属于过去。"① 他由译文而生的感悟，经过时间的沉淀，转变为属于自己的创作资源，并在后来的创作中得到体现。

1936 年 12 月，贺知远翻译了《被开垦的处女地》第一部的第十三章，译文以《一个光荣的名字》为题，刊于中国青年作家协会总会出版的《青年作家》杂志第 1 期（创刊号，1936 年 12 月 1 日出版）。

至新中国成立前，我国还出现了其他的译本和改写本：如周启应译本（索罗科夫著，桂林文学书店，1943 年初版），钟蒲译本（《被开垦的荒地》，硕洛霍夫著，上海中华书局，1945 年 11 月初版），孟凡改写的通俗本（《被开垦的处女地》，萧洛霍夫原著，哈尔滨光华书店，1948 年 4 月初版），张虹缩写本（梭罗柯夫原著，苏南新华书店，1949 年 7 月初版）。这一时期最有价值的推介文章，是钱歌川为钟蒲译本所作的序。文中，作者表达了对中国新文学至今未能产生伟大作品的不满，认为苏俄文学在国家文艺政策的引导和新经济政策的刺激下，青年作家以自身的战时经历为题材，踊跃写作，因而苏联在十月革命后不长的时间里就产生了许多伟大的作品。其中，肖洛霍夫的《静静的顿河》以"描写的忠实"力博众赞，获得和托尔斯泰的《战争与和平》齐名的美誉。《被开垦的处女地》作为他的第二部重要作品，虽不如《静静的顿河》那样细腻、活现，却因"对于强制的集体农场制度"，"有一种有力而动人的刻画"而具有"不可磨灭的价值"。② 序文认为，《被开垦的处女地》中大多数的人物仍是哥萨克，而达威朵夫（达维多夫）的共产心理状态和他们形成了一个尖锐的对照；小说最成功之处，是对农民在由私有制度向公有制度转变过程中的"矛盾错乱"的心理描写，和对共产党人

---

① （周）立波：《译后附记》，载萧洛霍夫（肖洛霍夫）《被开垦的处女地》，立波译，生活·读书·新知三联书店，1950，第 297 页。

② 钱歌川：《小序》，载硕洛霍夫（肖洛霍夫）《被开垦的荒地》，钟蒲译，上海中华书局，1945，《小序》第 3 页。

及反动人物形象典型的塑造。钱歌川指出，"这不是一本英雄传，而只是一幅真实的革命后苏俄农村的图画"，书中的人物都是凡人，即使是达威朵夫"也并没有显露什么了不起的英雄本色"。①

与全译本相比，国内出现的改写本和缩写本，更为注重小说的宣传教育作用。如孟凡在其改写本前言中所说，"把事情逼真描写出来的小说、戏剧也能给我们很多教育"，而"把土改的故事，写成书给大家看的，一时还不多"。②他选择这部苏联小说进行改写、介绍，希望土改干部能够从中学习到经验和方法。为使小说内容更中国化、形式更通俗化，他在改写时，不惜完全打破原有的结构、层次，在掌握基本精神、抓住主要人物的基础上，略去了与中国思想生活习惯相差较远、不易理解又不妨碍主题的情节，如达维多夫与鲁什卡的关系、西奚卡的故事等。作者承认这样的改写有碍于内容的丰富和人物的生动，但也解释为了使故事简单明了，如此的割舍也是必须的。无独有偶，张虹在其缩写本的说明中，也格外强调了这部小说对工作干部的指导作用："在这个故事里的人物，有很多是和我们某些同志相像的。所以，摘录了出来，给大家看看，作为我们改造思想作风，正确执行党的政策的参考。"③

1942年，我国著名翻译家戈宝权在《二十五年来的苏联文学》一文中，称《被开垦的处女地》是表现农业集体化这一过程的"最好的作品"。（1942年，茅盾主编的《文艺阵地》上曾出版了苏联文学专辑，此文在专辑中登载。）此后，苏联评论家吉尔波丁在《静静的顿河》（第一册）卷首的评论性文章中，对《被开垦的处女地》进行了精辟的评价，认为若不从支配作用上说，则中农麦丹尼珂夫起着一种最中心的作用。这一论断很快在我国的研究中得到呼应。

---

① 钱歌川：《小序》，载硕洛霍夫（肖洛霍夫）《被开垦的荒地》，钟蒲译，上海中华书局，1945，《小序》第3页。

② 孟凡：《为什么介绍这本书》，载萧洛霍夫（肖洛霍夫）《被开垦的处女地》（通俗本），孟凡改写，哈尔滨光华书店，1948，序言第1页。

③ 张虹：《说明》，载梭罗柯夫（肖洛霍夫）《被开垦的处女地》（缩写本），张虹缩写，苏南新华书店，1949，《说明》第1—2页。

总之，我国在三四十年代对《被开垦的处女地》第一部的译介，是及时而高质的。不仅国内出现了种类繁多的译本，而且在当时的重要刊物上也出现了一些著名学者对小说的介绍和评论。这既是因为作品本身具备了丰厚的艺术价值，也是因为小说关于农业集体化的内容恰好契合了我国社会主义革命的发展方向。在美学价值之外，译者同样十分看重它的宣传、教育功能。由于内容的实效性和形式的独特性，这部作品赢得了我国主流意识形态的认可，也满足了大众阅读的审美期待，拥有了不同文化层次的广大读者。不少成长于这一年代的无产阶级作家，都将这部苏联小说视为珍贵的艺术资源，不仅在辗转战场时随身携带，而且将其作为对自己的革命事业和文学创作有着重要指导作用的经典文本潜心研读。他们于崇敬之情中获得的阅读经验，潜在地融合于自己的艺术思考里，并在创造性的改变中成为符合我国民族和社会历史特点，且体现了作家个人审美倾向的新的文学因素。我国作家正是在溶解了外来文学和传统文化的多种艺术资源之后，进行了具有本土特色的文学实践，创作出反映了我国社会现实的文学作品。这也是我国土改文学和合作化小说都多少显示出与《被开垦的处女地》的某些关联性的原因所在。

第二节　严谨中的深入：1950 年至"文革"前的译介

新中国成立后，影响最大的周立波译本又多次重印。1936 年由生活书店出版后，"1954 年转人民文学出版社出版。人民文学出版社共印行 5 次，累计近 7 万套"①。1955 年 3 月，周译的节选本《误会》一书，被作为文学初步读物，由人民文学出版社出版。该书选取《被开垦的处女地》第一部的第 33—55 章的"娘儿们骚乱事件"，并附有"出版说明""作者介绍""本书说明"等内容。

1954 年，肖洛霍夫开始重新写作《被开垦的处女地》第二部，苏联《真理报》

---

① 张福生：《历史在这里沉思——〈肖洛霍夫文集〉编后》，《中国出版》2002 年第 6 期。

和《星火》杂志同时连载。对于苏联文坛的这一大事,我国文学界极为关注。在《译文》(1959年更名为《世界文学》)杂志的约请下,1955年草婴开始翻译《被开垦的处女地》第二部。苏联的期刊每发表两章肖洛霍夫的原文,草婴便会将其译出并刊登于《译文》。《译文》1955年第12期至1957年第7期,《世界文学》1959年第1期至第11期,刊载完毕草婴译文。"草婴译文清新、精准、流畅,直接由俄文译出,读者'惊为天人',奔走相告,各期《世界文学》遂纷告脱销。这也成了一代文学爱好者的深刻回忆。"①1961年底至1962年初,人民文学出版社以其副牌——作家出版社的名义,出版了草婴译的《被开垦的处女地》,两册共印15000本。草婴对《被开垦的处女地》的翻译,弥补了周立波译本佶屈聱牙的不足,译文准确、生动、流畅,成功地将自己的个人风格融进原著之中,建立起原作者和译文读者之间的桥梁。但由于中苏关系的急转直下,该译本与此时期翻译的所有苏联文学作品一样,只以"黄皮书"的形式出版(主要由中国戏剧出版社和作家出版社出版),封面上注有"内部发行"的字样。

此外,还有林林改编,贺友直、颜梅华绘画,上海人民美术出版社出版的三册本连环画。从1955年4月至1956年3月,上、中、下三册陆续发行,每册附有简单的内容提要。另有文朴改写的电影故事,1957年由通俗文艺出版社出版,内容较为简单,全书共56页。

在译文之外,我国还积极译介了外国学者对于小说的评介文章。1951年4月,《苏联名著概说(第一辑)》丛书收录了V.陶罗斐那夫的《萧洛霍夫的〈被开垦的处女地〉》一文。这是我国在50年代初期出现的详细评介《被开垦的处女地》的一篇重要文章。其所采用的阶级分析观点,直接影响了我国在这一时期的主流审美判断。该套丛书也在新中国成立后多次重印。小说内容被V.陶罗斐那夫概括为:将一切现代苏维埃农村生活的现象和场面鲜明而形象地进行了表现。作者对作品的人物线索、故事情节、艺术特色都做了简单评析,认为肖洛霍夫在作品中表达

---

① 柯琳娟、杜雅萍:《坚守良知的翻译家——草婴传》,江苏人民出版社,2010,第54页。

了"集体化必须带有强烈的反富农运动性质"的主题,"它必须不但改造生产和生活的方法,而且也要击碎富农绝望的抵抗,作为阶级地消灭它,把它的财产夺过来并交给集体农场,使它与社会绝缘"。① 作者还指出小说中出现了新型农民的集体形象,"这些形象都是人的改革中的实例。昨天的被虐待的与卑下的贫农变成了集体农场田野里的元气充沛的劳动者。独特的和淳朴的人物——罗比西金、顿姆卡·乌沙可夫、康德拉脱·梅谭尼可夫和许多其他的人以可惊的力量被发现了"。② 文章在阶级分析的视角中,肯定了社会主义革命给农村生活和农民的精神世界带来的巨大变化,赞扬了肖洛霍夫在小说中表现出来的鲜明的阶级意识和坚定的党性立场,为我国 50 年代对小说的评价定下了基调。

此后,我国一些重要报刊报道了肖洛霍夫的生活和创作情况,介绍了一定数量的苏联学者的研究论著。1952 年 2 月,《光明日报》于 9 日、16 日、23 日连续刊登了列兹内夫的论文《梭罗珂夫论》(周立波译)。编者称,这是"比较深刻地分析肖洛霍夫的生平、思想和艺术的介绍到我国来的一篇出色的批评"③。在这篇文章中,作者以散文化的语言,极富诗意地分析了肖洛霍夫几部重要的长篇小说。其中对于《被开垦的处女地》,作者着重评析了作品中几个具有丰富含义的象征意象:"翻转了土地的犁,成为改造了人民生活,替那播撒共产主义种子准备了地方的革命的象征"④;达维多夫为保护谷种,在危急之中将钥匙交给康德拉脱,"是整个工人阶级对于中农的信赖的象征"。论文特别分析了达维多夫的形象,认为他是"苏维埃文学里最精致的人物肖像画之一",这一观点引领了以后相当长一段时期的主流评价。列兹内夫注意到小说中对于劳动的崭新描写,认为"这部小说的内容、主题、兴趣,是安置在一种对于劳动新的共产主义的兴起",作家已经找到一种新的方法,艺术地表现历史上最伟大的社会的上升。此外,作者

---

① 载苏联文艺选丛编辑委员会编《苏联名著概说(第一辑)》,谱萱译,大东书局,1951,第 53—54 页。此文为笔者首次发现。

② 同上书,第 61 页。

③ 列兹内夫:《梭罗珂夫论》,周立波译,《光明日报》1952 年 2 月 9 日第 4 版。

④ 列兹内夫:《梭罗珂夫论》,周立波译,《光明日报》1952 年 2 月 16 日第 4 版。

还肯定了小说中出色的群像描写和肖洛霍夫"新的更高的现实主义"的创作方法。

1955 年，《译文》第 12 期发表了苏联《真理报》的专论文章《创作为人民服务》（严洪译），并同时登载了苏联著名肖洛霍夫研究专家古拉的《关于〈被开垦的处女地〉》，此文出自古拉长篇论著《肖洛霍夫的生活与创作》。文章梳理了 30 年代苏联文学中以集体化运动为主题的文学作品，认为"只有《被开垦的处女地》的作者成功地描绘出了一幅党和人民在这次革命中团结一致的鲜明的图画"①，《被开垦的处女地》"在表现人民创造力量的进一步发展和人民意识迅速成长方面，是与《静静的顿河》相近的"②。此外，该文还介绍了高尔基、卢纳察尔斯基等人对《被开垦的处女地》的评价。1956 年，《译文》第 2 期又登载了古拉论著中关于《被开垦的处女地》的主要内容，从"党与人民""党对集体化运动的领导""集体农民的诞生""社会主义现实主义的优秀作品"等几个方面对小说进行了论述。

1957 年 4 月，新文艺出版社出版了苏联学者尤·卢金著、吴天真译的《萧洛霍夫的创作道路》，这是我国译介的第一部关于肖洛霍夫的研究专著。尤·卢金指出，在《被开垦的处女地》中，作家按照社会主义现实主义的方法，从生活的多面性、矛盾性、日益变迁之中，"描述了在社会主义社会形成的新阶段中斗争的复杂性和尖锐性"③，表现了思想改造和以社会主义精神教育劳动人民的主题，作品具有卓越的抒情风格和革命的浪漫主义。作家在描写现实社会的进程时，突出了党的组织、创造和领导力量，描绘出党的思想教育工作对人民全部生活的改造。小说主人公达维多夫，关怀人，信任人，不但能从过去、现在，并且能从将来看到现实，满怀理想并将自己理想的欢乐传达给人们，是引导农庄劳动者成长的重要力量，体现了共产党员的高贵品质。梅谭尼可夫是作家以最大的真实性和确凿性塑造的人物形象，他的转变显示了人的解放，显示了人的新性格的胜利，既富有个性又具有高度的概括性，作家通过这一形象"极其深刻地描写了从个体经济过

① 古拉：《关于〈被开垦的处女地〉》，孙琪璋、孟昌译，《译文》1955 年第 12 期。
② 同上。
③ 尤·卢金：《萧洛霍夫的创作道路》，吴天真译，新文艺出版社，1957，第 27 页。

渡到集体农庄生活时所显露出来的复杂的心理状态"①。作家对人物心理的刻画极为出色，显示出作家对待人的真正的人道主义和描写人的内心世界的深刻性。西矣卡老爹的具有深厚人情味的幽默感，显示出作家对穷苦人命运的深切关注。肖洛霍夫以极强的党性表达了对劳动者精神的美质和无穷的力量的坚定信心，并愤怒地揭发了敌人的丑陋行为，预测了他们必然失败的结局。尤·卢金认为，肖洛霍夫在塑造自己的正、反面主人公时，描绘了生活的冲突和极端尖锐的矛盾，毫不掩饰严峻的生活的真理，不缓和它的尖锐性，对描写不加渲染，"这使他在展示现实的基本倾向和描写新的、进步的苏维埃思想的胜利中所表现出来的精湛的技巧，获得了巨大的说服力量"②。此外，小说中生动形象的人民性语言、富有生命力的幽默场面和令人惊奇的诗意景色，都表现出作家的乐观和肯定生活的世界观。

1962 年 9 月，华东师范大学中文系一九五八级编写的《中学课外阅读参考资料》由上海教育出版社出版。书中介绍了《被开垦的处女地》第一部的情节梗概，认为"作品成功地再现了农村中资本主义崩溃、社会主义制度诞生的真实、具体的画面，歌颂了共产党在农村社会主义改造中的伟大领导作用，指出了社会主义胜利的历史必然性"③。

这一时期，我国还翻译了多部苏联文学史，其中出现较早的是捷明岂耶夫等著、苗小竹译的《俄罗斯苏维埃文学》，1955 年 4 月由上海文艺联合出版社出版。该书用了很大的篇幅，单独介绍了肖洛霍夫的创作，关于《被开垦的处女地》也有详细的论述。作者认为在这部小说中，肖洛霍夫"以卓绝的手法写出了顿河地方的哥萨克如何和一切苏维埃劳动农民在一起，从古旧的小私有者生活方式转向新的、集体的、社会主义生活"④，揭示了两个阵营的尖锐和激烈的斗争。对小说

---

① 尤·卢金：《萧洛霍夫的创作道路》，吴天真译，新文艺出版社，1957，第 32 页。

② 同上书，第 42 页。

③ 华东师范大学中文系一九五八级编《中学课外阅读参考资料》，上海教育出版社，1962，第 168 页。

④ 捷明岂耶夫等：《俄罗斯苏维埃文学》，苗小竹译，上海文艺联合出版社，1955，第 419 页。

中群众场面的描写，著者极为称赞，认为作家以此表达了村子中所发生的暴风雨般的斗争过程的本质。论著着重分析了书中的几个主要人物形象，并概括出小说对苏联社会主义建设的全面、积极、有力表现的价值和意义。对于作品的艺术技巧，论者从"对人物的社会心理面貌的深刻描写和典型化"、鲜明统一的结构、表现了时间的运动和起着独特作用的风景描写、体现出人民性的语言等方面进行总结，肯定了小说独特巧妙的艺术表达方式。

同一时期，影响最大的文学史是季莫菲耶夫著、水夫译的《苏联文学史》（上、下卷），作家出版社 1956 年 12 月出版。（此书是在 1949 年海燕书局出版的《苏联文学史》的基础上修订而成，内容大体相同，但 1956 年版译文更通顺流畅。）在下卷部分，季莫菲耶夫专设一章谈肖洛霍夫的创作，其中对于《被开垦的处女地》（第一部）的介绍和评析十分精彩、准确。季莫菲耶夫认为，在《被开垦的处女地》中，肖洛霍夫更注重揭示哥萨克社会的分化和改造，他以集体农庄建立的矛盾斗争的发展为内容，既表现了苏联历史的重要进程，又"非常深刻地显示出苏联人的性格"，从而超越了时代的局限。在谈及作品的意义时，季莫菲耶夫说："《被开垦的处女地》就是苏联文学中描写农村集体化时代新农村的最重要的作品。"[①] 季莫菲耶夫对小说中的人物形象进行了富有见地的分析：肖洛霍夫从多种多样的生活环境中表现人物，刻画出了集体化初期农村共产党员的典型，而他们代表着真正的俄罗斯人；通过心理描写塑造了梅谭尼可夫的形象，"非常深刻地、非常真实地显示出保证集体农庄运动胜利的中农加入集体农庄的过程"[②]；以社会主义现实主义的方法，创造了一些揭露富农和白党分子的反面形象，也揭示了他们必然失败的结局。季莫菲耶夫认为小说具有高度的艺术技巧：肖洛霍夫在叙述中采用了丰富多样的表现方法，尤其是匠心独运的对话的大量使用，使作品中的人物获得了生命力；与传统现实主义叙事不同，肖洛霍夫"一面把注意力集中在社会生活中的最紧张的事件上，同时也不使它们同它们在生活中所处的自然环境隔离开来，他把大事和小事、有意

① 季莫菲耶夫:《苏联文学史》（下卷），水夫译，作家出版社，1956，第 402 页。
② 同上书，第 407 页。

义的事情和可笑的事情编织成一个整体，把人类生活和自然生活联系起来"①。最后，季莫菲耶夫还肯定了西奚卡老头幽默形象的意义和使农村生活获得特殊诗意的景物描写。与捷明岂耶夫等著的《俄罗斯苏维埃文学》相比，这部文学史的叙述略微淡化了阶级性、党性、意识形态性的立场和特征，相对客观地评介了《被开垦的处女地》，体现出较高的学术价值。该书后来又多次重印，影响我国学术界达二十多年之久。

1958 年 3 月，作家出版社出版了季莫菲耶夫主编的《论苏联文学》（此书在同年 11 月又由人民文学出版社发行）。在书的下卷（英卓译），收录了古拉的文章《肖洛霍夫》。该文在介绍肖洛霍夫的生平和创作经历之外，详细分析了《静静的顿河》和《被开垦的处女地》两部作品。作者认为，与同时期反映集体农庄建设的巨大成就的作品相比，《被开垦的处女地》"是描写'大转变'年代的最出色的艺术纪念碑"②，"是一部描绘人民及其争取新生活的斗争的广阔的史诗画卷"③。文章同样分析了三位党员的形象，并特别强调了拉兹米推洛夫过于温和却又纯洁真挚的性格特征，对于他身上体现出来的同情心和人道主义精神进行了肯定。古拉也论述了梅谭尼可夫形象的意义：在他身上，"肖洛霍夫展示出人民群众走向新生活、克服私有心理的过程和中农参加集体农庄所走的道路"④，证明了哥萨克人发生的深刻变化。在评析了反面人物形象后，古拉概括了小说的艺术技巧："史诗小说叙述的历史正确性和对大自然的鲜明描写、感人的抒情插叙、日常生活的风习的场面结合在一起"⑤；个人命运与时代命运相联系，人物心理活动在历史事件中得到展示。另外，作者也谈到作品中的幽默描写、景物描写及富有人民性和表现力的语言运用。

1959 年 1 月，季莫菲耶夫主编、殷涵译《俄罗斯苏维埃文学简史》由上海文

---

① 季莫菲耶夫：《苏联文学史》（下卷），水夫译，作家出版社，1956，第 411 页。
② 季莫菲耶夫主编《论苏联文学》，作家出版社，1958，第 652 页。
③ 同上书，第 656 页。
④ 同上书，第 664 页。
⑤ 同上书，第 669 页。

艺出版社出版。对于《被开垦的处女地》，书中也有详细的介绍和论述。论者认为，这部小说"是苏联文学中以农业集体化为主题的一部最优秀的长篇小说"[①]，"是一部社会主义现实主义的杰出作品"，作家的意图是"号召读者要为共产主义胜利而进行斗争，教育人们忠于共产党，培养读者的苏维埃爱国主义感情"。[②] 书中也同样分析了正面和反面人物的形象，阐释了小说的艺术特征：以社会历史事件构成作品主要内容，在小说的结构、形象系统、情节发展和描写手法中表现作家的思想意图；以顿河方言为基础的人物语言，丰富多彩，鲜明生动，与人物性格相适应；有声有色的群众场面描写，表现人民思想意识巨大变化而广泛使用的多人对话的表达方法，乐观愉快的幽默，充满深刻内容的抒情和细腻敏锐观察之后的自然风景描写。这部"简史"基本沿用了 1956 年版的《苏联文学史》的观点、结构和立场，仅在篇幅上有所增加，有些地方的论述略有精简，有些地方又较之前著更为详细具体。

50 年代所译介的苏联研究论著和文学史，几乎都站在文艺为政治服务的立场，肯定了《被开垦的处女地》对于苏联重大变革的真实反映和对于党的正确路线及领导作用的艺术彰显。我国学界较为集中地在社会主义现实主义的框架内对小说进行评介，强调作品的阶级性和历史具体性，注重作品的政治功效，彰显作品情节事件和人物形象的典型性，肯定作品所达到的革命内容与艺术形式的完美统一，在赞扬肖洛霍夫卓越的艺术才能的同时，兼顾了对作品本身艺术特质的发掘。小说在这一时期被定位为反映苏联集体化进程的最出色的作品，被认为充分体现了作家的思想意图和乐观精神，能够培养读者的爱国主义感情，并对我国社会主义文学创作有着积极的典范作用。由此直至"文革"结束，我国才有了对于该小说的新的审美阐释。

20 世纪 60 年代初，随着中苏两国关系全面冷却，我国对于苏联文学的翻译

---

① 季莫菲耶夫主编《俄罗斯苏维埃文学简史》，殷涵译，上海文艺出版社，1959，第 609 页。

② 同上书，第 620 页。

和介绍逐年递减。"1962 年以后，不再公开出版任何苏联当代著名作家的作品；1964 年以后，所有的俄苏文学作品均从中国的一切公开出版物中消失。"[①]"文革"期间，肖洛霍夫本人被指责为"苏修文艺界最大的资产阶级代表人物""苏修特权阶层在文艺界的头号代表"，其《被开垦的处女地》第二部只能以黄皮书的形式在内部发行，仅供批判使用。直至"文革"末期，学界几乎未见对小说介绍、研究的论文，仅有 9 篇在报纸和学报发表的批判文章。

第三节　理性中的繁荣：新时期以后的译介

20 世纪 70 年代末，我国社会发生了翻天覆地的变化。特别是随着党的十一届三中全会和第四次文代会的召开，文艺界经过积极调整准备，以崭新的姿态、开放的视野和探索的精神，开启了文学繁荣的新局面。《被开垦的处女地》在我国的传播，也由此进入了一个新的发展阶段。

一、文学读本中的《被开垦的处女地》

在改革开放的氛围中，中俄文学重续了曾经一度中断的友好关系。与 50 年代的全盘接受不同，这一时期我国对俄苏文学的译介与传播显得更为平等和理性。大量俄国古典文学被系统地译介出版，一些曾被视为反动或颓废的作家作品被给予了合理的定位，一些曾被遗漏、忽视的名家名篇也得到了应有的关注。在 20 世纪 80 年代的中国，不仅俄国古典文学得到了更为全面系统的译介，苏联现当代文学的译介也显得繁荣而兴盛。在历史的筛选中，曾于四五十年代有着极大影响力的一些苏联作家，如吉洪诺夫、巴甫连柯、克雷莫夫等，在此期遭遇了令人尴尬的冷落。而经过时间的沉淀，仍释放出夺目光彩的优秀的苏联作家作品，则在这一时期得到了更为广泛的介绍和传播。"就像托尔斯泰等古典作家的作品

---

① 陈建华：《二十世纪中俄文学关系》，高等教育出版社，2002，第 186 页。

使当代中国读者从中感受到灵魂的震撼和审美的愉悦一样，现代苏联作家的优秀作品的字里行间同样弥漫着'沉甸甸的痛苦感'，和充满了'琴弦震颤般的张力'，并激起中国读者心灵上的共鸣。"①

肖洛霍夫作为有着瞩目成就的优秀作家，在80年代以后重新获得重视。不仅作家白桦在访问肖氏故乡——维约申斯克时写下了动人的诗篇，而且王蒙、叶新等新时期重要作家都以新的视角对肖氏的经典作品进行了评析。我国对其作品的译介也在这一时期掀起了一个新的高潮。1984年4月，草婴将《被开垦的处女地》改名为《新垦地》，由安徽人民出版社出版，一次印刷了38000册。〔该译本被收入人民文学出版社2000年出版的《肖洛霍夫文集》（第6—7卷）〕同年，肖洛霍夫逝世。为纪念这位曾与中国历史一起沉浮的苏联作家，人民文学出版社开始重新修订其代表作《静静的顿河》。1988年10月，新修订本出版。

在我国70—80年代的文学普及读本中，1979年出版的《中外文学名著简介》最先重提《被开垦的处女地》。1980年7月，郑克鲁等编《外国文学作品提要（第一册）》较为全面地介绍了《被开垦的处女地》第一、第二部的情节，并以极为简洁的语言和相对客观的立场，概括了小说中推动故事发展的主要矛盾冲突，而对于小说的人物形象、主题思想、艺术技巧等方面均未进行评析。尽管文章极力避免作者个体情感立场的介入，但其对于鲁什卡的叙述，还是显露出基于道德标准的关注和谴责。②1985年，国内著名肖洛霍夫研究专家孙美玲在其著作《肖洛霍夫》中详细介绍了《被开垦的处女地》的创作过程，以缩写式的语言介绍了小说的全部内容，并对小说第一、第二部进行了整体评析。孙美玲认为，由于前后近三十年的时间间隔，小说第二部虽然写的是30年代农业集体化的事情，实际却反映了50年代的时代精神。"肖洛霍夫以革命的激情，描写了农村旧的所有制的覆灭，歌颂了经过痛苦的斗争才艰难地建立起来的新的、社会主义的人与人的关

---

① 陈建华：《二十世纪中俄文学关系》，高等教育出版社，2002，第217页。
② 郑克鲁等编《外国文学作品提要（第一册）》，上海文艺出版社，1980，第240—244页。

系。"① 对于小说中塑造的共产党员形象，作者认为他们既是当代英雄的群像，又是鲜明的个性化了的人物。"在复杂的事件纠葛与阶级斗争中，在同人民群众的关系中，在日常生活和个人的感情中"② 显露他们的性格，是肖洛霍夫塑造人物的一个鲜明的美学特征。孙美玲第一次谈到了小说悲剧性的结尾，认为"作者过于急促地结束了这些可爱的主人公的生活历程，以致使人觉得在集体农庄的未来的生活上蒙上了一层阴影"③。而就事件的丰富和紧张、众多人物性格的鲜明和深刻来说，"可称得上是苏联文坛反映农业集体化时代的最优秀的作品之一"④。1986年5月，《被开垦的处女地》被收入南开大学中文系中国语言文学系学生阅读书目；8月，辽宁人民出版社出版的《外国文学500题》中介绍了小说的基本内容，分析了达维多夫和梅谭尼可夫的形象。1987年4月，河南大学中文系编《中外文学名作提要：外国文学分册》中介绍了小说的主要内容，并进行了简单评析，认为作品"全面地描写了苏联农业集体化运动，反映了农民新旧思想的冲突以及革命与反革命两个阵营的生死搏斗"⑤。1987年9月，陈慧君主编的《外国文学著名人物形象》一书，从神态外形、忠诚性格、政治素养、工作作风等方面对达维多夫进行了专门的论述，认为这一形象是苏联文学中20年代共产党员形象的发展，体现了"具有新的共产主义道德的人的美的特征"，"对于正在从事社会主义建设的国家的干部和群众具有重大的教育意义"。⑥

与80年代相比，90年代国内对于《被开垦的处女地》的介绍则略显逊色。据现有资料来看，仅在1993年6月天津人民出版社出版的《外国名著提要》和1997年7月经济日报出版社出版的《二十世纪世界实录》（第二卷）两本书中有

---

① 孙美玲：《肖洛霍夫》，辽宁人民出版社，1985，第151页。

② 同上书，第152页。

③ 同上书，第153页。

④ 同上。

⑤ 河南大学中文系编《中外文学名作提要：外国文学分册》，河南人民出版社，1987，第180页。

⑥ 陈慧君主编《外国文学著名人物形象》，黑龙江人民出版社，1987，第92页。

相关介绍。

21世纪后，对于《被开垦的处女地》进行介绍的图书则是种类繁多且各有侧重。2000年7月，时代文艺出版社出版的《文学名著精华——外国卷》介绍了小说的内容，并简单评析了小说在日常生活的描写中对于三个方面的主要矛盾的反映。2001年，小说中出色的景物描写被选入《语言素质教育精品读本》。2002年11月珠海出版社出版的《诺贝尔文学奖百年百影》，2010年6月华夏出版社出版的《外国文学名著速览》，2010年7月中国青年出版社出版的《俄国文学十六讲》，2013年1月复旦大学出版社出版的《俄罗斯文学辞典》等书，都对这部小说进行了介绍。但一般仅限于描述故事情节，不进行文本阐释，大多用作文学知识的普及，虽未能在传播的过程中有明显的突破，但也从侧面显示出此期我国社会文化思想的活跃和文学在主流市场之外的不朽价值。其中，值得一提的是方位津主编的《外国文学名著速览》（华夏出版社，2010年版）。该书在较为详细地描述了故事情节之后，对小说的创作情况和文本内容、艺术技巧略有分析，概括出了小说第一、第二部之间的不同。2011年8月，奥西波夫在《肖洛霍夫传》（辛守魁译，人民文学出版社，2011年版）一书中介绍了作家富有智慧的写作技巧和关于小说出版的鲜为人知的历史事件，为读者全面理解作品提供了新的信息和视角。

可以看出，80年代的文学读本，多倾向于肯定小说的现实主义的创作方法和小说在人物塑造、情节构思等方面所表现出来的艺术特征；90年代以后，读本开始注意到小说多样的表达方式和复合的表达效果，发现了作家隐晦的写作策略和丰富的创作思想，揭示了小说第一、第二部之间的不同，并以此为切入点探究了文本的多义内涵。虽然学术价值不高，但对于小说在更广泛的领域中传播，并拥有更大的读者群，起到了一定的积极作用。

二、文学史中的《被开垦的处女地》

新时期后，我国一方面继续译介苏联文学史，一方面也由国内学者编撰。这一时期的苏联文学史，对于《被开垦的处女地》的论述和介绍有了新的关注点和审美视角。B. 科瓦廖夫主编的《苏联文学史》，是 80 年代出现的较早的一部文学史译著。在介绍肖洛霍夫的章节，作者详细叙述了小说的成就和特色，分析了作品中的人民群众形象，认为作家"揭示出普通劳动者丰富的内心生活和精神世界的优美"。除了在之前的文学史中常被提到的正、反面的农民形象外，书中特别强调了伊万·阿尔尚诺夫这一常被忽视的人物，认为观察力敏锐却总是沉默寡言的阿尔尚诺夫能够向达维多夫说出自己的心里话，体现了人道主义精神对于人们隔膜感情的消融作用。论者以农村中的阶级斗争为切入点，揭示了作家以各种人物的频繁活动和事件的迅速发展为特点的推进故事情节的艺术技巧。在论及雅可夫·洛济支既仇视、破坏集体农庄，又不由自主地对农庄的工作发生迷恋的矛盾状态时，论者提出了自己的理解：这种由其"社会本能"所决定的行为，"是同他的天性禀赋相抵牾的。一个人的独特性格一方面具有立体性和戏剧性，同时又不排斥其社会心理的固定性和典型性"①。文章也同样论及小说中的党和人民，在肯定了党员所具备的优秀品质后，还特别称赞了他们身上体现出来的深刻的人情味，认为作家注意到人的复杂性和多面性，并且表现出了每个人独特的个性和微妙的心理活动。与以前的文学史着重强调梅谭尼可夫的形象不同，这部书分析了多位劳动人民的性格、心理、行为、语言特征，认为作家在揭示他们身上发生的重大变化时，特别表现了"他们性格中那种由于劳动而形成的优秀品质"。论者也评析了小说中的幽默，认为幽默既是"作品中人物性格的特点，又是作家本人艺术构思的特征"，幽默后面"深藏着作家对人类理智的信心，深藏着他对生活中的人道主义原则必然会获得最终胜利的信心"。②最后，论者分析了小说中寓意深刻、富有个性又和谐自然的语言和对于揭示人物性格起到重要作用的风景描写，将作品的现实主义特征总结为："深刻的历史主义，对革命者的智慧和意志以及对劳

---

① B. 科瓦廖夫主编《苏联文学史》，张耳、王健夫、李桅译，天津人民出版社，1982，第 424 页。

② 同上书，第 431 页。

动人民的创造才能和心灵美所作的人道主义的颂扬"，[①]并认为这种特征也成为苏联文学的一种美学传统。

1983 年 10 月，美国学者马克·斯洛宁著的《苏维埃俄罗斯文学（1917—1977）》由上海译文出版社出版。斯洛宁写作的这本文学史以介绍苏联作家作品为主，并结合社会和政治背景进行评述。在掌握了丰富的俄苏文学资料的基础上，斯洛宁以独特的价值立场评析苏联文学的成就和糟粕，观点鲜明，语言犀利，表达了西方学者对苏联文学的不同判断。斯洛宁称肖洛霍夫是"史诗的记述者"，认为他是"具有共产主义信仰的最伟大和最成功的艺术家"，他的作品不是简单的信条，而是出色的文学作品；他所描写的共产党人是积极的、有吸引力的英雄人物。斯洛宁在介绍《被开垦的处女地》时，认为这部小说是"专门描写斯大林的农业集体化的好斗运动所引起的大动乱"的作品，是肖洛霍夫为了反映30 年代初期"对农田强迫实行集体化和消灭富农"这一非常迫切的问题所作。[②]小说第一部获得极大成功，政府将它作为所有检查农业集体化执行情况的官员的一本必读书。斯洛宁指出，小说的成功不仅在于其主题的现实性，而且在于它所描写的"胜利者和失败者之间的人间喜剧"；作家的自然主义手法使作品更接近于情节剧，与《静静的顿河》比，"较为逊色"，但与《磨刀石农庄》等同类题材的小说比，则要好得多。斯洛宁称达维多夫是"以说服和镇压手段推行集体化的二万五千名党员中的一个"[③]，他领导反对富农的斗争，感受到战斗的残酷和激烈，但他的死"并不影响作品的乐观精神"。鲁什卡这一形象，一般在文学史中或被忽略不提，或被贬称为"荡妇"，而斯洛宁却把她描述为"迷人而又诡谲莫测的'哥萨克皇后'"。这种判断，显示出他超越特定价值立场的审美标准。斯洛宁认为，尽管这部小说记录了不久前发生的事情，但它的价值不在于"唤起人们对一个时

---

① B. 科瓦廖夫主编《苏联文学史》，张耳、王健夫、李桅译，天津人民出版社，1982，第 441 页。

② 马克·斯洛宁：《苏维埃俄罗斯文学（1917—1977）》，浦立民、刘峰译，上海译文出版社，1983，第 200 页。

③ 同上书，第 201 页。

期的回忆"，而在于塑造了各种各样的人物性格；书中虽有一些悲惨场面，但"小说基本上是幽默的，尤其是第二部"。在评析作品的艺术技巧时，斯洛宁毫不客气地指出，"在《被开垦的处女地》中，肖洛霍夫犯了用词累赘的毛病，他在故事中套故事，使叙述显得臃肿不堪"①，而大量逸事、奇闻的堆砌，也使情节失去了平衡。作者对肖洛霍夫的评价是，他是属于俄国农村的，"他和他的祖国一样，对西方抱有某种不信任，而对本地的事务怀有浓厚的兴趣，并且具有强烈的民族主义色彩，却缺乏哲学的深度，大多是出自本能和情感的"②。

1987 年 7 月，北京师范大学出版社出版了列·费·叶尔绍夫所著《苏联文学史》一书，这是一部经苏联高等和中等专业教育部批准的大学语文专业教学参考书。这部文学史选材严格，内容简明扼要，在叙述苏联六十多年的文学发展的美学特点和诗学特征之外，选择了八位著名作家进行专章论述，肖洛霍夫是其中之一。在详细分析了《静静的顿河》之后，书中也专门评价了《被开垦的处女地》。作者认为，作家选择先进工人代表去进行集体农庄建设，是巧妙地将工业题材和农业题材进行了结合；作品不仅描写人们生活方式的改变，"而且也描写习惯于个体经济生产方式的人们在心理上的巨大变化"③。叶尔绍夫分析了达维多夫和纳古尔诺夫（拉古尔洛夫）两位党员的形象，认为作家不仅把达维多夫塑造成一位领导者，更是把他当作一名永远诚挚正直的普通人来描写；纳古尔诺夫外表严厉，内心善良，是作家十分喜爱的人物形象，他对妻子深沉的、固执的爱被着重提及，认为他在孤僻、极端之外还有着温情、柔软的一面，对他的塑造显示出作家技巧的精湛和情感的偏重。对于小说中的西奚卡老爹，叶尔绍夫不仅分析了他的幽默、诙谐，而且指出他是具备准确的判断力和敏锐的观察力、历尽坎坷又极为出类拔萃的人，他的有趣而富于哲理思辨性的故事中，常能使人感受到"一种

---

① 马克·斯洛宁：《苏维埃俄罗斯文学（1917—1977）》，浦立民、刘峰译，上海译文出版社，1983，第 202 页。

② 同上。

③ 列·费·叶尔绍夫：《苏联文学史》，北京师范大学苏联文学研究所译，北京师范大学出版社，1987，第 547 页。

痛苦辛酸的、徐缓沉思的调子"。叶尔绍夫认为，"小说具有一种令人神往、使人心醉的魅力"，是一部具有高度艺术性的作品。"人们通过这本书来学习如何生活。而且不仅在苏联如此。第二次世界大战以后这部书对许多社会主义国家如何解决合作化建设的任务提供了帮助。"①

1986 年，我国开始出版国内学者编写的苏联文学史。最早成书的是臧传真、俞灏东、边国恩主编《苏联文学史略》。这部书着眼于史的科学性、系统性，详尽地介绍了不同时期的重要作家、作品，肖洛霍夫及其三部重要长篇都在其中有专章论述。对于《被开垦的处女地》，作者分析了小说名字的深刻比喻，并指出《被开垦的处女地》是《静静的顿河》的延续，作品极其深广地反映了"农村社会主义改造运动的艰巨性和复杂性"，"指出了农村社会主义革命的最终胜利已是不可抗拒的时代潮流"，②描写了斗争中成长的一代新人，表现了广大农民对于新生活的艰难探索和努力追求。这部史著最有特色的地方是对小说第一、第二部的评析：第一部中，以环环相扣、步步推进的事件为主，所描写的事件遵循了当时顿河地区农业集体化大致相同的进程，甚至书中许多重要事件发生的日期都和现实中的完全一致，情节曲折，气氛紧张，反映了农庄建立的艰难性，被称为"艺术形式的历史文献"；第二部则侧重于以日常生活的描写表现矛盾冲突，敌我斗争成为虚影，事件叙述大大减少，注重揭示人物的内心世界，笔调轻松，抒情意味较浓，被称为"人的'情感教育'的诗篇"。

1987 年 6 月出版的孙尚文主编《当代苏联文学》，对《被开垦的处女地》有简单的介绍，概括评析了几位主要人物形象：梅谭尼可夫是"另一个历史时期的真理探索者"，"非常成功地反映了千百万农民个体劳动者在走向集体化道路时的精神状态"③；与当时常出现的粉饰美化的创作倾向不同，小说中的正面人物被塑

---

① 列·费·叶尔绍夫：《苏联文学史》，北京师范大学苏联文学研究所译，北京师范大学出版社，1987，第 553 页。

② 臧传真、俞灏东、边国恩主编《苏联文学史略》，宁夏人民出版社，1986，第 251 页。

③ 孙尚文主编《当代苏联文学》，辽宁大学出版社，1987，第 78 页。

造为错误、弱点与优秀品质共存的活生生的人。1988 年 2 月，李明滨、李毓榛主编的《苏联当代文学概观》中指出：由于小说第一、第二部写作时间跨度极大，历史的变迁不可避免地在小说的思想倾向和艺术风格上留下痕迹，因此作品的第二部淡化了第一部中剑拔弩张的阶级斗争气氛，充溢着社会主义人道主义激情，体现出苏联 50 年代文学中关心人的命运，表现人和人之间的温暖等特征。作者还强调了肖洛霍夫"敢于正视现实中的矛盾和冲突，敢于写失败和挫折，努力按照生活本身的面貌表现生活的真实"[①]，既反映历史前进的步伐，也不忽略历史发展所付出的代价的现实主义创作原则，称赞了其作品宏伟的史诗构思和对生活多色彩、多层次的反映，以及乐观主义主调中包含淡淡忧伤的文本风格。

以上几部文学史大都介绍了苏联文学发展的大体轮廓，内容相对精简，在深度和广度上都存在一定的局限。雷成德主编的《苏联文学史》，是新中国成立后我国学者编写的第一部 20 世纪俄罗斯文学史，也是当时国内苏联文学史研究的一部代表作。在此书中，作者将《被开垦的处女地》与同题材小说《磨刀石农庄》进行比较，认为二者各有千秋，形成互补的映衬关系。作者称，在集体化运动成为重要文学主题的 30 年代的苏联，"《被开垦的处女地》是这类作品中的一部杰作"。书中格外强调了作家对拉古尔洛夫的刻画，认为他不仅通过这一形象表达了对蔓延一时的"左倾"错误的不满，更是把他写成了一个包含众多矛盾的复杂性格的活生生的人。作者也比较了小说第一、第二部的差别，认为第二部的结尾"写得很壮烈，也很精彩"，但过于偶然，调子也过于低沉、悲凉。作者将小说的艺术技巧概括为"人物个性特征和社会特征、个性和阶级性得到了高度完美的结合"[②]，鲜明性和统一性巧妙结合的结构，体现了作家的精心构思和巨大才能；悲喜剧因素的相融，"表现出肖洛霍夫创造复合的审美形态的刻意追求和娴熟技巧"[③]。关于作品中的幽默和景物描写，作者认为：在作家的全部作品中，《被开垦的处女地》

---

① 李明滨、李毓榛主编《苏联当代文学概观》，北京大学出版社，1988，第 93 页。

② 雷成德主编《苏联文学史》，辽宁人民出版社，1988，第 563 页。

③ 同上书，第 564 页。

是喜剧色彩最浓也最成功的一部，但在第二部中，"也有滥用幽默和喜剧色调的败笔"；与主题思想高度、有机统一的风景描写，在小说中起着十分独特的作用，担负着多样的功能。

90 年代以后，我国关于苏联文学史的著作在数量和质量上都有了新的提高，其中成书较早的是曹靖华主编的《俄苏文学史》三卷本。该书的第二卷第五章，专门介绍了肖洛霍夫的生平和创作。作者认为，与《静静的顿河》相比，《被开垦的处女地》对共产党员的刻画更深刻、真实、细致，"既具有鲜明的个性，复杂的心理活动，也体现了当时的时代精神"[1]。在评析西奂卡老头时，其观点较为独特，认为西奂卡在作品中虽是一个卑微可笑的人物，"但人们对他发出的笑只是一种含泪的笑"，他的身上体现出贫困的生活对劳动者的重压和扭曲；肖洛霍夫对他的态度也是双重的，一方面使用讽刺、诙谐的手法描写他，使人看到他的吹牛、撒谎、荒唐和愚昧，另一方面又以同情的笔调写新生活使他感到人的尊严和权利，他认真工作，对集体农庄和达维多夫、拉古尔洛夫充满深厚的感情。"西奂卡的形象反映了老一辈的贫困农民在党的领导下如何摆脱旧习气的严重影响而逐步走向新生活的主要性格特征。"[2] 作者将整部小说的创作特点概括为：忠于现实生活的严峻态度，在托尔斯泰的史诗与讽刺性、抒情性相结合的传统上发展而来的史诗与悲剧相结合的创作手法，与人物回忆、风景渲染相结合的细腻的心理描写。作者认为，肖洛霍夫的这部小说"闪烁着历史乐观主义和社会主义人道主义的光辉，具有浓厚的生活气息和强烈的艺术感染力"[3]，不仅培养了一大批有才华的苏联中青年作家，还对许多外国作家（如日本的小林多喜二、德国的安娜·西格斯等）产生了重要的影响。这部文学史的第三卷第二章论及 50 年代初至 60 年代中期的苏联长篇小说的特点时，以《被开垦的处女地》第一、第二部的差异为例，说明这一时期作品更注重对人物及其性格的塑造，作家更着力发掘人心的美丑及

---

[1] 曹靖华主编《俄苏文学史》（第二卷），河南教育出版社，1992，第 242 页。

[2] 同上书，第 268 页。

[3] 同上书，第 270 页。

道德水准的高低。作者认为，在写于 1932 年的第一部中，肖洛霍夫满怀激情地以粗线条素描的方法描写了一连串的事件，突出了其对人的影响，"读来像一篇农业集体化的通讯报道"①；而在写于 50 年代的第二部中，肖洛霍夫对事件仅作简单交代，却精雕细刻了主要人物的内心世界，放慢事件发展进程，"让读者更加注意人，注意他们的性格和心理"。

1994 年 10 月，叶水夫主编的《苏联文学史》由中国社会科学出版社出版。由于博大、丰富，此书被学界称作"百科全书式的文学史"，其中的观点也与以往文学史多有不同。在第一卷中，作者指出《被开垦的处女地》第一部虽在情节上与《磨刀石农庄》有许多相似的地方，但肖洛霍夫的独特之处在于"他构思的深邃、开阔，艺术造诣的过人"②，作品虽写的是一个村庄的集体化运动，但它的意义远远超过了这个范围。作者认为，在艺术上肖洛霍夫没有把真正发生的历史事件简单化，而是深刻表现了其复杂性，作品体现出三个层次的矛盾：新旧两个世界、两种力量的冲突；对私有制观念的斗争；正确路线和过"左"思想、过火行为的斗争。小说对于党员和反面人物形象的精彩刻画，"有助于揭示这场历史运动的真实"。本书第二卷中，作者对于小说第二部的描述特别耐人寻味：作品"着重描写了主人公达维多夫当了农庄主席后滋长了官僚主义，脱离群众，以及他和党支部书记在同暗藏白匪搏斗中与敌人同归于尽的悲剧"③。与之前文学史的观点不同，这部史书对小说第二部内容的描述不仅显得轻描淡写，而且关注视角也发生了明显转移。第三卷中，选取了孙美玲所著的《肖洛霍夫》一文。〔这篇文章是在孙美玲的《论肖洛霍夫的创作》一文的基础上修改、润色而成的，其中观点大体相似。《论肖洛霍夫的创作》曾被收入中国社会科学院外国文学研究所苏联文学研究室编写的《苏联文学史论文集》（外语教学与研究出版社 1982 年 9 月出版）。〕文章介绍了肖洛霍夫的创作情况，分析了《静静的顿河》《被开垦的处女

① 曹靖华主编《俄苏文学史》（第三卷），河南教育出版社，1993，第 32 页。
② 叶水夫主编《苏联文学史》（第一卷），中国社会科学出版社，1994，第 203 页。
③ 叶水夫主编《苏联文学史》（第二卷），中国社会科学出版社，1994，第 68 页。

地》两部重要作品，认为后者以生活的本来面貌反映了苏联农村如火如荼的变革现实，充满疾风暴雨般的时代气息，作家"以革命的激情，描写了农村旧的所有制的覆灭，歌颂了新的人、新的观念和经过艰苦斗争建立起来的新的社会主义关系"①。文章专门指出，阿尔尚诺夫对达维多夫发表的关于人的怪癖的议论，不仅富于哲理意味，更是"在某种程度上反映了作家关于人和关于人的性格的思考和认识"。在作者看来，与小说第一部相比，第二部更重于表现主人公的精神世界，通过描写他们个人爱情生活的曲折与感受和他们同人民群众的交往、谈话，表现出人物各自不同的性格特征，"强调了达维多夫等领导者人物的民主作风，突出他们尊重人、同情人、爱护人的高尚品质"②；对于敌人的破坏活动的描写，第二部中以传奇的手法暗示敌人与另一世界的联系，以实描写的地方仅有三处。作者指出，在小说结尾处，作家以悲剧烘托出主人公牺牲后的悲伤气氛，但似乎两人命运结束得过于急促和突然；对于真实的历史事件，作家虽未能用裁判的眼光来审视，但也"真诚地从人民的利益出发"，"无畏而无私"地尊重历史现实，通过驱逐富农、对待中农的过火行为、庄员的消极怠工等情节，表现了"集体化运动的严酷性和复杂性"。政治色彩浓郁，生活色彩鲜艳，"充满农村变革时代的暴风骤雨、草原大自然的芬芳和心灵活动的激情"③，是作者对这部小说的总体评价。

1997年9月，陈建华、倪蕊琴编著的《当代苏俄文学史纲》出版，书中介绍了苏联50年代中期至90年代初期的文学状况。与多数文学史不同，这部史著对肖洛霍夫的评介仅以《静静的顿河》为例，论述了作家的创作源泉、创作个性、世界观和美学观、对艺术传统的继承和创新。在行文中，也有关联性或比较性的内容涉及《被开垦的处女地》，比如文章写到作家在给高尔基的信中谈到了《静静的顿河》第三部哥萨克叛乱的原因，"是由于对待中农哥萨克采取过火行为的结

---

① 叶水夫主编《苏联文学史》（第三卷），中国社会科学出版社，1994，第345页。
② 同上。
③ 同上书，第347页。

果”，"关于对待中农的态度问题将会长期地摆在我们面前"。^① 正是基于这样的理解，肖洛霍夫创作了《被开垦的处女地》，陈建华、倪蕊琴认为在这部小说中，"作家基本上从中农的利益出发来评价党的政策，衡量集体化运动的意义，判断农村党的干部的是非优劣"^②，并以深厚的生活基础出色地塑造了中农形象。作为一位具有党员身份的作家，肖洛霍夫既歌颂了劳动人民，表现了党员的优秀品质，也坚持了表现"人的魅力"的美学原则，以客观叙述者的姿态把人的心灵的运动表达出来，甚至对敌人的描写也是给予完整的空间让其按照自身内在逻辑充分发展、表现的。陈建华、倪蕊琴认为，小说第二部虽在思想倾向上与时代思潮更为合拍，但在艺术上并无新的突破；肖洛霍夫创作的独特性在于，没有局限于政治观的束缚，而是在自己人生观、美学观、艺术观的主导下坚持了创作的独立性，彰显了自己心灵的产物，以顿河为创作源泉塑造了体现俄罗斯民族性的经典农民形象。

90 年代末，李辉凡、张捷所著《20 世纪俄罗斯文学史》对《被开垦的处女地》仅进行了极为简短的评述，认为小说表现出了苏联集体化运动中农村的阶级斗争、农民新旧思想的冲突和他们改变旧生活时复杂的心理变化，正、反面人物形象的成功塑造有助于"揭示这场运动的实质"，极大地加强了作品本身的艺术真实性。

进入新世纪后，出现了另外一部《20 世纪俄罗斯文学史》，李毓榛主编，北京大学出版社 2000 年 8 月出版。这部书是在曹靖华主编的《俄苏文学史》的基础上修改、补充，并吸收国内外的最新材料和研究成果，重新编写而成的。在介绍肖洛霍夫时，该书主要评析了《静静的顿河》，对于《被开垦的处女地》仅用了一段文字进行概括。作者强调了达维多夫和拉古尔洛夫在小说中的中心位置，认为他们在人类史无前例的宏大事业中，"表现出崇高和完满的精神品质"。"在达维多夫的性格发展史中，他独具的'人的魅力'脱颖而出"^③，他不仅具有无畏的精神，而且具有源于崇高、坚毅品质的高度自制力；拉古尔洛夫则襟怀坦白，英勇

---

① 陈建华、倪蕊琴编著《当代苏俄文学史纲》，辽宁教育出版社，1997，第 100 页。

② 同上书，第 101 页。

③ 李毓榛主编《20 世纪俄罗斯文学史》，北京大学出版社，2000，第 163 页。

忠诚，对未来理想执着坚定。他们二人属于"悲剧式英雄"，也是"具有坎坷命运但永远诚挚、正直的普通人"，他们的"悲剧过失"并未影响其崇高品格和精神的光彩夺目。此外，同年9月广西师范大学出版社出版的《林焕平文集》（第5卷）也收入了作者所编写的《俄苏文学概论》一书。其对《被开垦的处女地》的内容叙述和评析观点，都与80年代文学史极为相似，在此不再赘述。

2010年6月，董晓著的《乌托邦与反乌托邦：对峙与嬗变——苏联文学发展历程论》出版。董晓将对《被开垦的处女地》的评介放在"潜在的反乌托邦精神"一节中，认为在苏联主流文学的经典作品中，肖洛霍夫的这部小说是继《静静的顿河》之后的又一部"身份可疑之作"。董晓认为：表面看来，《被开垦的处女地》是一部反映农业集体化道路的"主旋律"作品，人物形象丰满，生活气息浓郁，入木三分地刻画了农民的真实心态，没有当时同题材作品中常出现的脸谱化倾向，"对后来苏联作家农村题材创作帮助很大，更是深深影响了包括周立波、柳青、赵树理在内的许多中国当代作家的农村题材创作"[1]，但如果不以特定意识形态的价值观来解读这部小说，会发现肖洛霍夫对三位党员的描述总带着一丝嘲弄的口吻，拉古尔洛夫和拉兹米推洛夫两个姓氏在俄语中有"浪荡""乱扔"之意，与俄国作家的习惯用法是完全不符的，肖洛霍夫对二人的某些描写也无益于其正面美好形象的树立；肖洛霍夫在描写党员、贫农斗争富农时，总让读者的恻隐之心在不知不觉中倾向富农；鲁基奇被批判的生活恰好表现了这个富农的勤劳和聪慧；富农在集体化过程中的悲惨命运也被作者有意无意地表现了出来。因此，董晓认为，这部小说的框架虽然符合国家的乌托邦意志，但在具体的叙述中却容易引起读者对富农的同情和对领导这场运动的积极分子的嘲笑，而这种阅读效果在我国反映土改和合作化的小说中是没有的。

除了以上的文学史外，80年代以后还出现了有关苏联文学研究的断代史、专门史和思潮史。1984年3月，吴元迈、邓蜀平所编《五、六十年代的苏联文学》

---

[1] 董晓：《乌托邦与反乌托邦：对峙与嬗变——苏联文学发展历程论》，花城出版社，2010，第110页。

出版。其中何茂正的《肖洛霍夫五十年代的创作》一文，以 50 年代的两部作品《被开垦的处女地》第二部和《一个人的遭遇》为例，分析了其创作在 50 年代显示出的新的视野和倾向。何茂正认为，小说第一、第二部构成了一个完整的艺术品，但第二部比第一部在艺术上更加成熟，更有感染力。何茂正详细分析了小说主要人物在第二部中的表现，认为达维多夫在工作上由盲目到主动，在感情上由矛盾到明晰，其性格有了合乎逻辑的深刻发展，形象本身也更加血肉丰满；拉古尔洛夫的性格也更加深化，在急躁、严肃之上多了些冷静、温和，和西奚卡老爹的和谐相处彰显出他性格中的喜剧因素；西奚卡老爹的形象在新思想、新事物和旧习惯、旧作风之间的斗争中进一步发展，他被肖洛霍夫刻画得更加细腻，也更惹人喜爱。何茂正还分析了小说第二部中人民群众的形象，认为肖洛霍夫用"明快的笔调，鲜明的色彩，巧妙的手法"，描绘了"一系列优美的形象"，"使作品中人民群众的形象更加完备，从而使这部作品更具有史诗性质"。[①] 何茂正将小说所体现出来的肖洛霍夫 50 年代的创作倾向概括为：对人的命运的思索的加强，对人民群众的描写的加强，人道主义和人情味的加强，并且指出小说第二部有一些自然主义的描写，有的地方流于庸俗，有的地方流露出感伤主义情绪，减弱了作品的正面影响力。

彭克巽的《苏联小说史》是第一部由国内学者独立完成的苏联小说研究著作，该书从艺术流派的角度梳理苏联小说的发展脉络，探讨其特点和艺术价值。在第三章讨论苏联社会主义现实主义作品时，对肖洛霍夫的《被开垦的处女地》第一部进行了观点独特的评析。彭克巽指出，30 年代的苏联小说，浪漫主义因素显著增加，现实主义艺术概括能力进一步增强，《被开垦的处女地》第一部典型地反映了这一时期的小说创作特征。与《静静的顿河》的严峻的现实主义相比，《被开垦的处女地》第一部体现出明显的浪漫主义特色。彭克巽认为，小说在以现实主义"展示农业集体化运动的复杂矛盾和紧张激烈的戏剧性冲突"时，也概括性地

---

① 吴元迈、邓蜀平编《五、六十年代的苏联文学》，外语教学与研究出版社，1984，第 400 页。

描绘了主人公达维多夫"为帮助哥萨克农民建立集体农庄，改变农村落后面貌的激情"。[①]工作中热情的话语和心灵的震荡，不仅显示出他浪漫主义的激情，而且"给整部小说带来浓厚的浪漫主义情调"。拉古尔洛夫是作家塑造的"脱离实际的、幻想着世界革命明天就会到来的浪漫主义者"[②]，拉兹米推洛夫是与达维多夫的浪漫气派相对照的受现实束缚，缺乏浪漫气概的人物形象。"这部小说相当广泛地运用了浪漫主义艺术手法，对浪漫主义问题作了一些探讨。"[③] 同时，作者论述了小说体现出来的现实主义特点，认为作家善于选择典型的事例，通过对时代典型的思想情感矛盾的描写，出色地塑造出许多典型人物性格。这样的手法，更接近19 世纪上半期那种现实主义形态的艺术方法。彭克巽还指出，作家在这部小说中也保持了注重客观性的艺术风格，深入细致地揭示了感情冲突的场面，并以喜剧性幽默约束尖锐的戏剧性冲突。

1991 年 8 月，许贤绪所著《当代苏联小说史》出版。在该书第二章中，许贤绪称赞了肖洛霍夫在《静静的顿河》和《被开垦的处女地》第一部中表现的非凡的叙事才华，但也指出肖洛霍夫在 50 年代所写的短篇《一个人的命运》和《被开垦的处女地》第二部，在思想艺术上并没有实质性突破，"他的两部新作品只是顺应了当时的苏联文学新潮流，并且用他的大名支持了这个潮流。然而他也因此而继续保持着对苏联文学的强大影响"[④]。许贤绪认为达维多夫在小说第二部中性格进一步发展，肖洛霍夫不仅让他以 30 年代的人物身份说出了 50 年代的话，更通过他的行为揭示出苏联农业集体化运动中存在的错误的领导方法和浮躁的领导态度问题。不仅达维多夫的领导者形象更加丰满，在第一部中只以普通群众身份出现的农庄庄员们，在第二部中也都被刻画得栩栩如生、活灵活现。许贤绪认为，小说第二部中，阿尔尚诺夫富含哲理和民间智慧的言语，雷卡林直率的批评，都体现出苏

---

① 彭克巽:《苏联小说史》，北京十月文艺出版社，1988，第 127—128 页。
② 同上书，第 128 页。
③ 同上。
④ 许贤绪:《当代苏联小说史》，上海外语教育出版社，1991，第 25 页。

联 50 年代文学"尊重人、关心人"的人道主义思想；反面人物奥斯特罗夫诺夫以其敏锐的眼光，在当时就已经认识到物质利益对巩固集体农庄制度的作用，实在是意味深长的。与小说第一部趁热打铁地反映集体化运动相比，第二部是"60 年代以后苏联文学回顾和重新估价农业集体化运动的前奏"①；肖洛霍夫继续发挥了其叙事的才能，浓墨重彩地描述"痛苦甜蜜的生活"，充满着"微笑和眼泪，损失的悲哀和胜利的欢乐"。

21 世纪后，刘文飞所编《苏联文学反思》一书，收录了刘亚丁、何云波的《在中心与边缘之间——关于肖洛霍夫的对话》一文。对话中，二位学者谈到《新垦地》（《被开垦的处女地》）时指出：作家以一种隐晦的方式为被损害者的利益呐喊，表达了对被剥夺的农民的同情；作品中有多处的绝妙曲笔，揭示了令人触目惊心的历史真实；肖洛霍夫对"个人主义"的关注和同情，使《新垦地》中出现了许多不符合社会主义现实主义的创作规范的内容，而这些恰恰体现了作家的深刻和可贵之处。二位学者将肖洛霍夫的创作智慧概括为"尊经叛道"，即："以对主流话语的一定程度的迎合来达到社会主义现实主义的最低要求"，同时又以对被牺牲者的关注来"消解社会以历史名义对个人的扼杀"。②另外，黎皓智在《20 世纪俄罗斯文学思潮》一书中，以《再现历史巨变中哥萨克的命运》为题，评析了肖洛霍夫笔下经典的艺术世界。文章对于《被开垦的处女地》有着精简的评述，认为小说第一部通过主人公的革命激情表现了农业集体化运动的伟大意义，第二部通过主人公的家庭、爱情、人际关系表现其精神世界，突出其同情人、信任人、尊重人的品质；在题材的处理上，第一部侧重写重大事件，革命情绪高昂，第二部则将个人的生活史和心理感受作为主要描写对象，偏重于从伦理道德角度表现社会历史，情调抑郁忧伤。作者还提出了不能将艺术作品和历史运动等同评价的观点，认为"《被开垦的处女地》作为对农业集体化运动的艺术描绘，是那个时代的形象化记录"。③

① 许贤绪：《当代苏联小说史》，上海外语教育出版社，1991，第 31 页。
② 刘文飞编《苏联文学反思》，中国社会科学出版社，2005，第 504 页。
③ 黎皓智：《20 世纪俄罗斯文学思潮》，北京大学出版社，2006，第 126 页。

　　综观新时期以后苏联文学史在我国的发展历程，经过了从译介国外史著，到逐渐独立、自主编写的一个过程。肖洛霍夫和《被开垦的处女地》以无穷的魅力，在每一部文学史中都占有分量不轻的位置。从在史著中所占比重来看，80—90 年代初期，文学史对《被开垦的处女地》大都给予较多篇幅的介绍，内容详尽，评述全面，分析具体。90 年代末期以后，随着苏联文学史编写视角的阔大，许多曾经在主流意识形态之外的"异己分子"和侨居西欧、英美的苏联作家的作品，都逐渐进入文学史的观照视野。文学史的结构愈加庞大，内容也更为丰满、全面。在这种情形下，学者在介绍肖洛霍夫时，多以《静静的顿河》为例，进行详细的分析、论述，而关于《被开垦的处女地》的评介则呈减少的趋势，或是因为叙述内容的关联性简单提及，或是因为对比作家的创作意识综合概述，曾经详尽介绍情节、分析人物形象、概括主题思想、提炼艺术技巧的大篇幅、多分量的评介几乎不再出现。另外，经过了时间的沉淀，远离了农业集体化那个时代后，评论者将目光更多投注在文本自身的艺术价值之中，而对于小说热烈地反映现实中正在发生的事情的价值则多显得冷淡。因而在评介这部小说时，大多放弃了对于其社会意义的探索，而更关注文本自身的美学价值。从文学史中体现出来的学者的观点来看，80 年代的史著更多受到苏联评论界的影响，90 年代以后我国学者独立思考的见解和观点愈来愈多地被写入文学史中。在我国 80 年代关于苏联文学史的论著中，学者不再强调作品中所体现出来的作家的价值观、政治立场和党性原则，也不再强调人物形象所代表的党的力量的强大和路线的正确，虽也提及小说的教育功用，但更多关注的是作家对于人性、人的魅力的艺术表现。尤其是通过对比小说第一、第二部的不同，发现历史变迁在作家的创作思想和作品的叙事风格中留下的痕迹。以达维多夫为代表的共产党员形象，由党的代言人逐渐被解读为富有人情味的、关怀人、爱护人的领导者，通过他们工作、生活中对人们的关爱和尊重，更多发掘其性格中温暖、柔软、浪漫、感性的一面；中农梅谭尼可夫的典型意义逐渐被学者淡化，更多关注的是他身上所体现出来的劳动者的美好品质和对生活的深沉热爱，多数史著由对这一个体农民形象的特别重视转为对小说中群体农民形象的广泛关注。学者多将小说与当时的文学思潮相联系进行思考，人道主义精神是这一时期评介小说的主要切入点。90年代以后，对这部小说的评价更加多样，肯定赞赏与不满质疑异声并存。一方面，文学史以更新锐的视角和更细腻的分析，发现作品中曾被忽视的细节和曲笔，在继续肯定小说的写景抒情技巧、幽默多彩风格和令翻译家叹为观止的民间语言等艺术表现方式的同时，揭示作家忠实于自己人生观、艺术观的富有智慧的独特构思，发掘作品中隐晦的表达和多义的内涵；另一方面，也有学者质疑作品的艺术价值，并对某些技巧表达了不满，甚至通过对叙述语言的细微分析，发现作家"可疑"的价值立场，而这样的判断和之前的文学史的结论是完全相悖的。一部远离当下的小说，在时隔多年之后，仍被如此众声喧哗地评介着，或许本身就说明了它所具有的魅力和价值。

第二章

我国批评视野中的《被开垦的处女地》

从 20 世纪 30 年代至今，我国对于《被开垦的处女地》的研究和解读从未停止过。即使是在"文革"的动荡岁月里，这部外国作品也仍是关注的焦点，甚至成为具有政治意义的批判对象。《被开垦的处女地》在我国的阐释史大体可以分为四个阶段，每一阶段都有不同的视角和内容侧重，并体现出鲜明的时代特点。通过梳理、总结这一历史，可以看出我国文学界的思想观点、意识观念、价值立场、审美标准的流变脉络，也有助于更准确地理解当代文学中的各种文本现象。

第一节　20 世纪 30—40 年代的革命意识解读

20 世纪三四十年代，我国对《被开垦的处女地》的研究相对较少，一般出现在中译本的序言或后记中，如李虹霓译本中的序、周立波译本中的《译后附记》、钟蒲译本中钱歌川作的《小序》、孟凡通俗本中的序言《为什么介绍这本书》等。真正独立发表的研究性文字，是陈瘦竹的书评《唆罗诃夫的近作〈处女地〉》，这是新中国成立前我国学者解读《被开垦的处女地》的一篇重要论文，具有极高的学术价值。

陈瘦竹阅读的是英译本，故将书名简译为《处女地》。他认为，《处女地》是苏联五年计划时期重要的文学作品；小说来自现实环境的新颖选材和深受托尔斯泰熏陶的写实主义手法，是其获得成功的主要原因。文章详细介绍了小说的"骨架"，并分析了几个主要人物形象。在作者看来，小说中的人物是"两只脚踏在我们这个世界里的活人"，仅就这一点来说，小说就获得了成功。给他留下深刻印象的，不是达维多夫，而是拉古尔洛夫。作者认为"大凡人愈有缺点，愈令人觉得可爱"，拉古尔洛夫"性情刚直，急躁，鲁莽，很有点像《水浒》中的李逵"，虽经常会有"越轨行动"，但那种出于无私和忠诚的行为总让人心生同情。与他相比，达维多夫则形成了明显的对照：处处稳健谨慎，不以"力"威迫，而以"德"感人。作者认为这样的白璧无瑕固然令人敬佩，却"总觉有一点假"。而小说对于他和"美丽、头脑简单的"鲁什卡相恋的安排，让人觉得与他的性格"似乎有点不大相称"。陈瘦竹对拉古尔洛夫的偏爱，与我国后来一段时间的主流观点明显不同。这种未受特定意识形态影响的审美判断，体现出他细腻的艺术感知力和独特的文学鉴赏力。同时，他也注意到全书最有趣的人物——毫无用处、只会吹牛的贫苦老农西奚卡的独特价值，认为"他的有趣与可爱，完全建立在他的善于吹牛上面"。这一观点为后来学者对西奚卡的研究定下了基调。对于小说的艺术技巧，陈瘦竹着重强调了文本正常叙事中夹杂的追叙，认为这样的叙事不仅有趣，而且得当，读来毫无生硬和突如其来之感。这一观点在周立波《〈被开垦的处女地〉译后附记》中得到呼应。陈瘦竹认为，肖洛霍夫写《处女地》的目的，不是只为了叙述动人的故事，而是要表现农民群众。肖洛霍夫以对农民深刻的了解，描写"哥萨克人的顽固，无知，残酷，他们的思想与感情"，描写"农民怎样爱他们的土地，牛马，一方面倾心于新的生活，而旧的观念又如何控制着他们"。[①]作家描写群众场面的手法是高明的，"一点不乱，又而热烈"，令人如身临其境，亲切有味。作者由此联想到托尔斯泰《战争与和平》中的种种场面描写，认为"唆罗诃夫能有这等高明的手法，决不是'神授'的"[②]。这和后来学者从肖

---

① 陈瘦竹：《唆罗诃夫的近作〈处女地〉》，《国闻周报》1936 年第 13 卷第 5 期。
② 同上。

洛霍夫的作品中看到托尔斯泰的影响的论断不谋而合。此外，文章还指出了小说的不足：对反动阴谋的描写不够充分，"波罗夫察耶夫虽口口声声说要谋叛，可是不见得有什么动作。这种伏在阴影里的人，终究不很明显，没头没脑，像从天上掉下来似的"[①]。身为傀儡的奥斯特洛夫诺夫，不仅一筹莫展，而且力量毫无。而作家不厌其烦地描写大杀小牲畜，在读者看来，反觉浪费笔墨。最后，他谈到了这部小说对我国文学的榜样作用，认为我国文学中描写个人的作品很多，描写群众的作品还很少见，在这一点上，我们应该向肖洛霍夫这班作家学习。《处女地》这部小说在故事和表现方法上，都是极为成功的，"对于正想采取这类现实题材与这种表现方法的中国作家，大概很有帮助"[②]。

1936 年 12 月，《丹霞》收录了 K. 拉狄克的文章《集体化的叙事诗》。K. 拉狄克认为，肖洛霍夫的《被开垦的处女地》成功地反映了正在进行的伟大事业，有力地驳倒了德国诗人"在诗歌中这么活生生的东西一定在生活中死去"的观点，显示出与大多数民族的文学中将已经发生过的、确定了的、静止的事情作为表现主题的不同，是苏维埃文学的一个胜利。与多数作家以照相或论文的方式把握生活不同，肖洛霍夫"用一种十分深邃的艺术的幻想献出了一幅为集体农场运动的伟大斗争的巨大的画布"[③]。肖洛霍夫以亲历者的身份，描写了"把小资产阶级的农民群众变成社会主义工人的群众"的复杂的历史过程，以残酷的真实表现了"苏联一个广大区域的为着集体农场运动的斗争"。[④] 在作者看来，尽管肖洛霍夫对于苏联社会主义建设的描写未能从国际的视野表现出其对于世界和人类的意义，但他令人称道的地方在于：不是抽象地表现农场建立和为其建立发生的斗争，而是带着充分的地方色彩和个性特征，描写了一切进步的倾向和妨碍的力量，一切困难和克服困难的可能性，塑造了活生生的具体的人，并表达了他们的个人情绪。

---

① 陈瘦竹：《唆罗诃夫的近作〈处女地〉》，《国闻周报》1936 年第 13 卷第 5 期。

② 同上。

③ K. 拉狄克：《集体化的叙事诗》，载黄峰编《丹霞》，（周）立波译，世界文学连丛社，1936，第 740—741 页。此文为笔者首次发现。

④ 同上。

作品揭示了建立集体农场最大的困难是千百年来形成的私有财产观念，而这种意识在富农、中农和贫农中都普遍存在。作者将梅谭尼可夫看作中农的代表，认为尽管他坚定地拥护集体化道路，也能对自己的私虑进行审视地批判，但终究无法拔去对私有财产依恋的根蒂；拉古尔洛夫这个生动的人物形象则表现了对私有制度的反叛，正因如此，他"成了一个专心专意的革命的修道者"。K.拉狄克注意到，在小说中，作家赋予无产阶级领导者以"巨大的力和生气"，表现了他们的力量、作用和工作的技巧；作品不仅描写了以贫农为主的社会主义战士，也刻画了曾经的贫农在摆脱贫困后又被私人农场的倾向迷醉，进而卷入富农运动的潮流的一类人物的形象。西奚卡和拉兹米推洛夫被作者看作贫农战士的代表，并认为肖洛霍夫在感情上对他们是袒护的，但也以巨大的幽默精神表现了他们身上的弱点和缺陷。作品中出现的这类农民形象，成了集体农场实际工作中具有教育意义的经典实例，显示出作家真实地反映生活的艺术功力。文章以较多笔墨描述了反面人物阿斯托洛夫罗夫（雅可夫·洛济支）在集体农场事业中的表现，揭示了他身上所体现出来的矛盾性：既对苏维埃充满憎恨，又看到集体农场蕴含的巨大力量，甚至会不由自主地对集体农场的劳动产生迷恋而暂时忘记了自己的破坏任务。这种细腻难言的情感在小说中被淋漓尽致地表现出来，显示出作家敏锐的观察力和出色的表现力。在正面人物中，作者着重分析了达维多夫的形象，认为他是"彻底懂得党的政策，而且知道很快地改正个人的错误的不屈不挠的无产阶级"[1]代表。同时也指出，尽管肖洛霍夫对他的描写满怀厚爱，但也丝毫没有掩饰他的错误和缺点，他对敌人的轻信和重用都被不加粉饰地描写了出来；与对达维多夫的肯定和称赞相反，拉古尔洛夫被看作"左倾"的代表，区委书记科琴斯基则是农村政策的另一种"左翼"倾向的典型。最后，作者总结了作品的意义和价值：虽然小说在内容上仅涉及了顿河地区所发生的事件，在时间上也只表现了农业集体化运

---

① K.拉狄克：《集体化的叙事诗》，载黄峰编《丹霞》，（周）立波译，世界文学连丛社，1936，第 750 页。

动的开端，但足以"作为伟大的历史戏曲的以后诸幕的一个序曲"[①]；作家对农业集体化运动的种种描绘，不仅在以后两年的实际工作中得到印证，而且还为后来工作中问题的解决提供了材料，显示出作品真实的特质和实际的功用。K. 拉狄克还提到，肖洛霍夫在创作这部小说时，社会主义现实主义的口号还未被提出，但小说以自身的价值成了"社会主义现实主义的一个范本"；作家"没有用照相的方法摄取生活"，而是"写出了一个斗争的巨大的动力。作者懂得，不管一切的困难，方向总是朝着社会主义的。为着集体化的斗争的可惊的图画，证明了集体农场运动的活力和它的不可战胜"[②]。这部小说不仅是可以使人能够全神贯注地去展阅的一幅伟大的斗争的图画，而且"是集体农场运动一定要战胜小农分子"，并"指示农民一条新路的一种明确的凭据"。[③]作者认为，从《静静的顿河》到《被开垦的处女地》，肖洛霍夫不但学会了壮丽地表现运动之中的充满矛盾冲突的不断发展着的人物，而且学会了奇异的自然描写；他不仅理解了一种非常复杂的历史过程，而且用一种极为明确的形式表现了这个过程。因此，这本书不仅具有艺术价值，更具有社会意义；不仅展示了一幅斗争的图画，其本身就是斗争中的一样武器。K. 拉狄克的这篇文章，比较注重发掘小说对于集体化过程中的多种矛盾、多样人物的真实表现，注意到了作品本身的某些艺术特点，但更关注的是小说所产生的积极影响、具备的斗争价值和能够指导实际工作的宣传、教育功用。作者没有详细分析作品中的某一个人物形象，对人物性格的评析大都在强调其阶级地位、劳动表现和意识倾向的同时简单带过；对书中人物的评析，没有局限于以类群或主次区分而进行褒贬，充分理解了作家笔下人物的复杂性和丰富性。文章基调昂扬，语言铿锵，观点明确，立场鲜明，充满着强烈的时代气息。但由于是译文，某些语句读来仍晦涩难懂。不过仍是新中国成立前我国翻译的关于《被开垦

---

① K. 拉狄克:《集体化的叙事诗》，载黄峰编《丹霞》，（周）立波译，世界文学连丛社，1936，第 751 页。

② 同上书，第 752 页。

③ 同上。

的处女地》的一篇重要的研究论文。此文后来被蒙天重译，以《论〈被开垦的处女地〉》为题发表于 1943 年第 2 期的《文学批评》。

1941 年，《妇女界》杂志在第 3 卷第 4 期刊登了一篇《被开垦的处女地》的影评，这是在现今资料中发现的国内最早的影评，也是新中国成立前唯一的一篇影评。[①] 文章名为《〈被开垦的处女地〉观后感》，署名鹭汀、平流。文中首先介绍了电影的主要情节和场面，通过具体事件的描述表现了达维多夫和拉古尔洛夫两个人工作方法的巨大差别，肯定了达维多夫的正确和坚定，批评了拉古尔洛夫的鲁莽和急躁。作者认为从电影的观看中，可以吸取两方面的经验和教训：对"内部敌人"的警觉性的提高和正确路线的重要性。在作者看来，影片告诉我们，尽管集体农场制度是正确的，但富农和其追随者仍会"利用着工作者们技巧上、路线的理解上的弱点来展开他们的反动的反攻"，还会用各种伪装处心积虑地破坏农庄建设，这些是我们应该警觉的；集体农场的建立必须以正确的路线为指导，否则会出现严重的危机甚至招致毁灭，电影中"每一个场面都直接或间接地和'路线'问题有着关系"，显示出正确路线对于战胜敌人的阴谋、破坏腐朽制度的重要作用。作者认为，改编后的《被开垦的处女地》丝毫没有损害原著的精华，是和原著一样成功的。并且，影片没有拘泥于原著里小地方的变动，时间和空间被灵活处理，场面和对话的适度改动更有力地表现了小说的主题，深化了作品的感染力。最后，作者又从电影手法、表演技巧等方面对影片予以肯定，将影片所表达的内容、传递的思想概括为"爱与斗争"。

总之，这一时期我国学界既有对《被开垦的处女地》的相对客观的美学阐释，也有根据现实斗争的需要对小说进行的社会价值评论。从数量上看，后一类论文居多。这类文章，大多与我国的社会现实相结合，力图从作品中发掘出有利于我国革命斗争的思想观念、经验教训和方法技巧，注重小说从内容到形式上对于我国作家的典范作用；对于作品的艺术手法，主要强调了其现实主义的美学原

---

① 此篇影评为笔者首次发现。

则，强调了作家对生活的真实反映和对人物的生动刻画以及从艺术作品中体现出来的社会影响力；在阐述中，多以政治话语介入文本分析，较为忽视艺术自身的价值，较多彰显文学作为社会现实生活斗争的武器的社会意义。这种批评话语的出现，既是现实斗争的需要，也与中国共产党强大的文化宣传和积极的政策引导密切相关。三四十年代的中国，在新的历史抉择面前，亟须能够指明方向、提供帮助、引起共鸣的精神食粮，对文学作品的解读不可避免地将其中的革命性、斗争性进行放大，以满足接受者的精神需求和时代发展的文化需要，进而对我国社会的变革产生潜在的影响和推动；同时，"五四"以后，随着形势的发展，党的文艺政策逐步完善，对文化阵营的引导和控制也进一步加强，政党意识形态在现实的语境和斗争中逐渐内化为进步知识分子的主观意志，他们自觉地以政治的标准和阶级的眼光对文学作品进行评判，发出了融合时代主流思想的声音。

第二节　20 世纪 50 年代的时代话语阐释

新中国成立后至"文革"结束，中苏关系经历了由极热到极冷的巨变。伴随着政治关系的亲密和疏远，两国之间的文学关系也呈现了显著变化。50 年代，我国以巨大的热情介绍了大量的俄苏文学，对作品的阐释也多是正面的肯定和褒扬；60 年代初期以后，由于中苏关系的降温，俄苏文学在我国的译介逐年递减，直到 1964 年后，我国所有公开出版的书籍中不再有任何俄苏文学作品。肖洛霍夫作为苏联此期的重要作家，不仅本人经历了由"社会主义现实主义的代表作家"到"修正主义的鼻祖"的地位变化，其作品也被做了大相径庭的解读。

1949 年，康濯的《说说萧洛霍夫的一本书》在《文艺报》第 4 期发表，对我国当时的文学作品中存在的问题和不足进行了深刻的思考。康濯谈到，和其他苏联文学作品对我国读者产生深刻的影响和实际的教育一样，《被开垦的处女地》给我国无数的青年以革命的启示，尤其是在农村根据地的斗争建设中，对广大干部和农民都起到了很多鼓励和指导的作用;书中的重要人物,都因为过去的苦难生活而坚定地建设着美好的社会主义,"他们给了我们榜样,给了我们无限的鼓励,使我们的斗争更加充满勇气和信心"①。作者总结出小说中对我国农村建设能够起到指导作用的内容和情节,认为这些不仅使农村干部感到亲切和喜爱,而且能够得到实际的启示和教育。康濯认为,"在我们反映农村生活的作品中,谁也不会否认:那里面是有着这本书的影响的"②。他细致分析了《被开垦的处女地》与我国作品在人物形象塑造上的不同:在《被开垦的处女地》中,主要人物的成功在于作家既表现了他们坚强的一面,也表现了他们犯错、失误的一面,他们的真实、生动,给读者以深刻的教育意义;而我们作品中的这些人物,"固然也有写得较好的,但很多却正确就正确得不行,甚至给你作枯燥的演讲,或者是错误就错误得使人了解不到他为什么能成为一个共产党员!抽象,没说服力,活不起来,无从教育读者"③,即使有些作品对党员的正确和错误方面也进行了表现,但却是勉强、生硬、不自然、没有说服力的。对于贫农形象的塑造,我国作品同样不及乌莎可夫、罗比西金等人鲜活、结实、亲切,内丁诺夫也比我们作品中的新的一代深刻和光彩;对于中农的坚定和矛盾,肖洛霍夫非常成功地通过梅谭尼可夫的形象自然地表现了出来,而在我们的作品中,中农只被描写为简单顺利的转变和有头无尾的行动;反面人物形象在《被开垦的处女地》中,也被处理得极为恰当,给人以很大的教育和警惕的力量,而在我们的作品中反面人物不是被写得很笨,就是被写得很厉害;西奚卡这一形象,被肖洛霍夫塑造得既可笑又令人同情,使读者愿意从他过去的历史原谅他,并因为感到他的缺点在下一代将不会再有了而产生兴奋,而在我国作品中,这类人物却仅仅被写成单纯滑稽的丑角。此外,他还比较了两类作品对于领导和政策的描写,认为肖洛霍夫对一些令人吃惊的情节也能够表现得合理而自然,并使人感到亲切有力,感到党和人民的伟大,

---

① 康濯:《说说萧洛霍夫的一本书》,《文艺报》1949 年第 4 期。

② 同上。

③ 同上。

感到无限的欢喜；而我们的作品中，"写领导是那样简单……政策写来是那样马虎地就发生了偏向，又那样容易就被纠正了，争论也往往很幼稚"①，甚至有些作者认为土改中发生的偏向是"不能写"的。康濯在认真思考这些问题后，指出其中的原因在于："思想和生活的深度与广度限制了我们。"他认为，我国作家不仅要努力提高思想，努力向工农兵学习，更要向苏联学习；不仅要研究书本和苏联文艺的经验，而且要到广大读者中去了解他们喜爱苏联优秀文艺作品的原因，并以此来提高我国文学的艺术反映能力和思想表达的深度。应当承认，康濯的眼光是犀利的，他所阐述的种种问题正是我国同类题材作品不够成功的重要原因。他对我国文学创作的深刻思考，跨越了十七年时期和"文革"，与新时期以后的批评观点遥相呼应。

50 年代初期，我国在土改之后开始了对农业、工业和手工业的社会主义改造，在农村实行合作化运动。《被开垦的处女地》以精彩的文本内容和实际的教育功用，成为我国各类读者的必读书目。对这部小说的解读和阐释，也在这一时期达到了高峰。1951 年，黄世春的《读〈被开垦的处女地〉的几点体会》和辛垦的《萧洛霍夫笔下的苏维埃人——纪念萧洛霍夫四十六岁诞辰》分别在《福建日报》和《大公报》发表。前者分析了拉古尔洛夫和达维多夫的形象，分别强调了二人行为的警醒作用和模范作用；后者更侧重于从艺术角度解读作品，学术价值相对较高。辛垦认为《被开垦的处女地》是苏维埃文学中"写农村集体化时代新农村的十分重要的作品"，通过中心人物梅谭尼可夫的思想和行动，"概括了哥萨克的中农的特点，同时他强调地写出新农村的生活中的推动因素——党的组织，他勾画出了以达维多夫为首的共产党员的形象"。②辛垦着重分析了几个主要的人物形象：梅谭尼可夫通过排除自身的私有本能而终于进入集体农场，展示出具有新道德品质的新的苏维埃人的道路；达维多夫身上体现出的是苏维埃人的不可战

① 康濯：《说说萧洛霍夫的一本书》，《文艺报》1949 年第 4 期。
② 辛垦：《萧洛霍夫笔下的苏维埃人——纪念萧洛霍夫四十六岁诞辰》，《大公报》1951 年 6 月 5 日第 5 版。

胜性;拉古尔洛夫和拉兹米推洛夫这两个不同的典型体现出党员的成长和进步。他认为,小说中的新人形象是具有高度的新的道德品质的苏维埃人的形象,是为新的共产主义世界斗争的人的形象;作家以现实主义和浪漫主义相结合的手法塑造了这些人物,在他们身上既体现了革命的现实,又显示了伟大的远景,既彰显出人民性和党性的特质,又充满着为幸福和人类解放而斗争的人道主义激情。

1953 年,由于电影《被开垦的处女地》的公映,更多的人了解了这部小说,且适逢我国的农业合作化运动开展,仅在这一年里就出现了 10 篇相关的评论性文章,其中影评 5 篇。在随后的 1954 年,读者仍然保持着高度的热情对小说进行解读,这一年共出现了 7 篇阐释论文,其内容大都延续了 1953 年发表的文章中的立场和观点,学术价值不高,仅有 1 篇在《苏联文学研究》中刊发的论文相对客观地进行了评述。1955 年共发表了 5 篇阐释性文章,在内容上,一方面继续发掘作品的实际功用,另一方面,出现了 2 篇专门分析单个人物形象且较有新意的文章:刘超的《走向新生活——谈〈被开垦的处女地〉中的梅谭尼可夫》(《长江文艺》1955 年 11 月号)和张尚的《为什么要去描写这样的女人?——谈影片〈被开垦的处女地〉中的鲁斯卡》(《大众摄影》1955 年第 7 期)。1956 年至 1958 年,相关阐释文章共有 5 篇,另有 1 部专著:辛未艾的《生活与斗争的教科书——谈〈被开垦的处女地〉》的小册子。与前阶段相比,此期对小说的解读在保持主流立场的同时,关注视角有了明显的扩大,作者能够在一定限度内以艺术和学术的眼光进行思考和阐释。总之,我国 50 年代以数目繁多的评论文章形成了《被开垦的处女地》80 多年的批评史中的高潮。无论是读后感还是影评,我国学界一致采取肯定的态度和立场,带着现实需要的功利性,希望从作品中得到有效的指导和帮助。大多评论未能从艺术角度对小说或电影进行解读,而是密切联系我国当时的实际情况,从政治思想、工作方法、阶级斗争等方面来理解作品,对其中的人物形象也是从"他们在农业集体化运动中的表现"的角度进行肯定或否定的评判。由于此期的批评有较多的相似性,故将文章进行分类、总结,从不同方面概括介绍。

一、人物形象研究

20 世纪 50 年代的批评文章几乎都毫无例外地以较多篇幅分析小说中的人物形象，并从中得出"应该学习什么，反对什么"的结论。对人物形象的关注，一般集中于几位正面主人公，其余的极少被提及。在分析主要人物时，更侧重于通过其在工作中的表现和行动，发现他们的正确与错误，总结他们的经验和教训，采取的是与政策、路线、意识形态等密切相关的政治标准，仅有极少数文章注意到人物在工作之外的精神世界和情感立场，以及作家塑造人物的艺术技巧。因此，尽管此期对小说的人物形象研究颇具声势，但学术价值并不理想。

1. 达维多夫

达维多夫是这一时期最被关注也最受称赞的重要人物形象。他被描述为一个优秀的工人，一个坚强的布尔什维克，一个值得人们敬爱和学习的人，一个"足资效法的农村工作者典型"。他的行为体现了"工人阶级先锋队的人类最完美的高贵品质"，"深深地感动着我们"。[1] "达维多夫对于社会主义事业的忠诚，对于群众的热爱，都应该是我们的榜样。"[2] 这些是当时的文学批评对达维多夫的基本定位和评价。他以正面、正确的领导者形象，与拉古尔洛夫和拉兹米推洛夫一起构成小说中的党员群像。

大多数文章都从小说的具体情节中提炼出达维多夫的工作方法和无私品质，将他和另外两位党员进行对比，从而彰显他的领导作用和革命价值。达维多夫被当作党的正确路线的体现者，被认为有着坚定的工作立场、踏实的工作作风、正确的群众观点，熟悉农民，了解农民，对农民的远大利益有着深刻的热情，而且知道如何耐心地教育农民和领导农民走上社会主义的道路。[3] 一些文章也谈到达维多夫和鲁什卡的关系和他对雅可夫·洛济支的轻信，认为这些描写不但没有"损

---

① 周英：《从影片〈被开垦的处女地〉所想到的》，《光明日报》1953 年 6 月 12 日第 4 版。

② 席明真：《一部描写农业集体化运动的史诗——读〈被开垦的处女地〉》，《西南文艺》1954 年第 4 期。

③ 周英：《从影片〈被开垦的处女地〉所想到的》，《光明日报》1953 年 6 月 12 日第 4 版。

害了这个英雄人物的形象，反而更体会出当时斗争的尖锐、复杂，对这个人物的形象觉得是更真实的"①。学界一般将达维多夫这一形象的意义界定为："体现了工人阶级与农民阶级的关系，党对待集体农场运动，对待农民的正确的思想和政策"，以及"列宁、斯大林思想的伟大"。②因此，我们应该以达维多夫为榜样，"面对着我们伟大国家生活和斗争，深刻领会我国在过渡时期的总路线，深刻理解党的政策方针，而在各种工作和学习中，为配合和参与我国农业的社会主义改造的斗争，为用社会主义思想去教育农民，把农民组织起来而贡献出自己的力量"。③

此期对达维多夫进行了相对客观的解析的，是蔡其矫的《谈肖洛霍夫的创作》一文。作者认为，作家通过达维多夫的形象体现出了党的领导者的典型的各种特征，也体现出了那个时代还未十分成熟的工人阶级的各种特征。达维多夫刚到村子里时，农民们只把他当作一名工人看，他们之间有着不小的距离。而达维多夫对于农村的阶级关系的复杂情况是缺乏认识和体验的，他看不出雅可夫的破坏行为，"只相信雅可夫的工作积极性和表面的言辞"，他抵抗不了鲁什卡的诱惑，原因在于他还不够了解人。他对同志、对小孩和妇女的亲近同情，表现了他心灵的丰富和广阔，"而人的心灵越丰富，爱情在他身上留下的痕迹也越深刻，越鲜明"④。作者认为，小说对达维多夫的爱情描写和其他情节一样，"都是帮助作品的思想更好地表达出来，因为这作品是写新人物的产生，是写一些有矛盾有弱点的人物，而不是写已经固定下来的十全十美的理想人物"。⑤此外，作者还结合当时已经发表了的《被开垦的处女地》第二部的前八章，指出达维多夫的性格在第二部中进一步发展、成长，显露出许多新的特点：他对华丽雅纯洁热烈的爱情的

---

① 席明真：《一部描写农业集体化运动的史诗——读〈被开垦的处女地〉》，《西南文艺》1954年第4期。

② 梅朵：《谈影片〈被开垦的处女地〉》，《大众电影》1953年第11期。

③ 贾霁：《〈被开垦的处女地〉给我们的启示》，《中国青年》1953年第24期。

④ 蔡其矫：《谈肖洛霍夫的创作》，《处女地》1957年第11期。此文具有极高学术价值，为笔者首次发现。

⑤ 同上。

回避，是被鲁什卡抛弃后的正常心理状态；他对工作认真、严厉，又真正地合人情，因而更为人民所敬爱；他那党员的敏锐性、原则性和斗争性，更加鲜明；他虽然也会有日常生活的弱点，但能够及时克制。这些特点使得达维多夫的形象更丰富、更可贵。作者在主流评价话语之外，以开阔的眼光从艺术的角度阐发了自己独具感悟力的理解，在当时的环境中，不仅独特，而且可贵。

2. 拉古尔洛夫

拉古尔洛夫在这一时期的批评话语中，大多被用来和达维多夫进行对比。文章一般在批判其错误行为的同时，也对其身上的某些优秀品质进行了肯定。他和拉兹米推洛夫被认为"有缺点"，也"犯过错误"，"在政治上的锻炼都还不够，但是在党的培养教育下，他们逐渐变得严峻和坚强，而在不断的锻炼中成长为真正的共产党员"。[①]

拉古尔洛夫被看作仅次于达维多夫的另一个重要人物形象，文章大都肯定了他对革命的无限忠诚和勇敢善良，也深刻地批判了他的错误：单凭主观愿望而不顾客观情况，以感想代替政策而离开了党的路线，急躁冒进的"左倾"偏向和强迫命令的粗暴作风，是一个"把好事情做坏了的人"。

这一人物形象的重要意义是：绝不可把党的为了农民利益的政策，拿去和农民对立起来；在集体化的过程中，要说服教育农民，等待农民觉悟，"要依靠先进的农民用事实去教育他们，使他们逐步地消除这种怀疑和顾虑。而不应强迫"[②]。从拉古尔洛夫身上，可以得到"纠正我们工作中的那种冒进的、急躁的情绪和作风的批评力量"。

蔡其矫在《谈肖洛霍夫的创作》一文中，也有对拉古尔洛夫的不同评析。他认为，作家怀着"最大的爱情"塑造了这一复杂形象，也以严酷的真实揭示了他

---

① 辛垦：《萧洛霍夫笔下的苏维埃人——纪念萧洛霍夫四十六岁诞辰》，《大公报》1951 年 6 月 5 日第 5 版。

② 钟惦棐：《不要把好事情做坏了——看苏联电影〈被开垦的处女地〉》，《人民日报》1953 年 6 月 9 日。

有害于革命事业的应该斥责的品质。他最主要的缺点是"好像在梦里生活",有热情而缺乏理性,他生活无力,脱离实际,耽于幻想,工作方法不是强迫命令就是抽象的宣传,一切错误行为的动机在于对世界革命的热衷。拉古尔洛夫"事实上代表了当时一定的思想,他的行为的动机是从历史的潮流里吸取来的,它在作品中占据着特殊的重要面"。[①] 作家对他的这一特征的强调,"是能在更大更深的程度上教育当时的读者的"。[②] 蔡其矫联系小说第二部的部分内容,认为作家通过描写拉古尔洛夫热衷于听公鸡啼鸣的奇妙爱好,批评了农村干部的生活方式和工作方法;通过描写他枪杀铁摩菲后的心理流动,让人感觉到他为自己私人生活的不幸感到的侮辱和嫉妒;而他放走鲁什卡,并把手帕还给她,甚至向她鞠躬的这些细节,也体现出他浓浓的人情味。"他的伟大和不幸,深深得到人们的同情。"

另有一篇专门解读小说第二部第一章的文章《读"被开垦的处女地"第二部第一章》(徐式谷、李桐实著),细致分析了拉古尔洛夫性格的多样性和复杂性。作者指出,作家在第二部一开始就描写的拉古尔洛夫夜听鸡叫的癖好,不仅起到了承上启下的作用,而且使这个典型人物的性格进一步发展,显得更真实、更生动、更感人。作者认为,肖洛霍夫"深深懂得典型形象的复杂性,人物性格的多面性,他笔下的拉古尔洛夫像诗人一样,静心欣赏鸡叫这一行动并不是作者硬加的所谓'添些艺术性'的生活细节,而是人物在特定的环境里自然发生的行动"。[③] 作家在此深刻地打开了拉古尔洛夫的内心世界,用艺术的力量让读者和"这个可爱的人物同呼吸、共命运"。在作者看来,拉古尔洛夫是一个活生生的个性化了的人物,在忠诚和暴躁的性格特征之外,他也有细致的一面,懂得和平生活的乐趣,也会沉醉于自然景物之中;他对于鸡叫声的理解,表现了他对军队生活的热爱和熟悉;他对于一只扰乱了秩序的小公鸡的执拗的厌恶,显示出"他的发展到了滑稽地步的天真"和"横冲直撞的脾气"。在第二部中,肖洛霍夫以形象对照

---

① 蔡其矫:《谈肖洛霍夫的创作》,《处女地》1957 年第 11 期。

② 同上。

③ 徐式谷、李桐实:《读"被开垦的处女地"第二部第一章》,《处女地》1957 年第 11 期。

的手法揭示并深化了这一人物，在幽默动人的情节中展现了拉古尔洛夫丰富可爱的内心世界。将拉古尔洛夫的生活琐事作为第一章的内容，不仅没有流于烦琐、平庸，反而使这章的情节格外生动、独特，显示出作家从生活本身出发，以丰富的想象提炼来自生活的素材，深入发掘生活表象的内在意义的技巧和能力。

3. 梅谭尼可夫

梅谭尼可夫被认为是小说中极有意义的一个形象，是在思想上和行动上具有双重性格的中农典型，表现了社会主义的思想因素与私有观念及旧习惯之间的矛盾斗争。他由于经历了旧制度所给予的农民的贫困和苦难，而深刻地认识到旧制度对劳动人民的危害，以致真心诚意地拥护苏维埃政权，拥护集体农庄。但在内心里，他对新生活的前景缺少了解和信心，小生产者的私有观念又不时地使他痛苦，使他情不自禁地流露出对私有财产的留恋。最终，在党的教育下，梅谭尼可夫毅然把自己的命运和苏维埃政权联系起来，并成为社会主义建设事业中的先进人物。

作为中农的典型，梅谭尼可夫在农业集体化中的意义被论者格外关注。一般认为，这一形象是对列宁所提出的农民两重性的观点的艺术表现，是作家通过现实生活把本质而富于特征的东西进行的高度艺术概括，体现出了党的政策和作家的思想。梅谭尼可夫的形象让我们看到在党的英明领导下，旧的农民是怎样一步一步地发展成为新的集体农民的过程，也"教育我们把农民组织起来，把分散的落后的小农经济改变为先进的合作化的社会主义农业经济这一工作是如何的艰巨、复杂而细致……这一点对我国正在进行农业社会主义改造的今天，是所有的干部，特别是领导农村工作的同志和描写农村的作家们要牢记的"[1]。

蔡其矫的文章《谈肖洛霍夫的创作》仅用了一小段文字对梅谭尼可夫进行了评析，认为他是小说中最有意义的人物，作家在分析他的两重性外，着重写了他的认真、诚实、尽责、重视实际等性格特征，他对农业的研究甚至超过雅可夫，并且预测在小说第二部的故事发展中他应该能够取代雅可夫担任农庄经理的位置。

---

[1] 刘超：《走向新生活——谈〈被开垦的处女地〉中的梅谭尼可夫》，《长江文艺》1955 年 11 月号。

4. 科琴斯基

区委书记科琴斯基在这一时期被当作错误的典型而遭到批评界的一致否定和批判。他被看作一个极端恶劣的官僚主义者，不能认识农村的实际情况，不懂得党的正确政策，不能把集体农庄运动在正确的轨道上向前推进，不善于听取他人意见，以强迫命令和威胁的方式进行工作。他的错误在于，一方面"以极端官僚主义态度对待农业集体化运动，完全不顾及农村的具体的实际的情况和群众运动的规律，错误地要求一下子就'百分之百的集体化'……这显然是以盲目冒进的'左'倾思想代替了党的政治路线和具体的政策方针"①；另一方面，他在对待富农的问题上却又表现出了右倾。当他的错误暴露后，他不但不进行自我批评，反而将责任推卸到下级拉古尔洛夫身上："这不是一个简单错误，而是存在着反党的恶劣倾向。"②

5. 西奚卡

西奚卡被认为是一位一直被侮辱被损害但却充满了幽默乐观性格的贫农代表。他有着悲惨生活的遭遇，对集体农庄热烈支持，对于社会主义有着一些幼稚的理解；他性格软弱而且犹疑，容易被人煽动，他的饶舌与沉默不言的代米德构成鲜明的对照，在书中是一个能够调剂场面的人物。他的胆怯是长期受摧残的结果，他的爱吹牛是"他报复他所受到的屈辱、欺侮的手段"，他的"人的尊严"在新的社会里得到了体现，"他并非仅仅是一个爱说空话滑稽可笑的懒汉"，而是一位能够辛勤工作的劳动者，并由衷地热爱着新生活。

蔡其矫的文章《谈肖洛霍夫的创作》对西奚卡有着更为透彻的解析。他认为西奚卡是小说中最使人感兴趣的人物，作家以幽默的笔塑造的这一喜剧形象，为整部小说增色不少。他的令人发笑的故事中包含了作家同情的眼泪，"作者是把农民一生所受的苦难，都集中表现在这人物身上，他是受压迫受摧残的农民的化

---

① 贾霁：《〈被开垦的处女地〉给我们的启示》，《中国青年》1953 年第 24 期。
② 周英：《从影片〈被开垦的处女地〉所想到的》，《光明日报》1953 年 6 月 12 日第 4 版。

身"①。他虽然自私、胆怯，可善良的品质也是突出的，"他的吹牛是天真的吹牛，他的撒谎也仍然不会装假"。当新生活降临时，他也有了人的自觉；但在他的灵魂中，旧的创伤难以忘却，各种自私的行为还会时常出现。"作者通过这形象告诉我们一个真理，那些受压迫受摧残最厉害以至于丧失自尊自信的人，还是要经过相当时期后，人类的自尊心才能够完全醒觉。"②

6. 鲁什卡（鲁斯卡、罗加里亚）

鲁什卡在这一时期是批评界较为忽视的一个人物，在多数文章中都未被提及，偶尔出现也是在评析达维多夫时被简单带过。据现有资料来看，仅有两篇文章较为详细地对她进行了分析。其中张尚的文章《为什么要去描写这样的女人？——谈影片〈被开垦的处女地〉中的鲁斯卡》，认为鲁什卡受剥削阶级思想的影响很深，羡慕游手好闲的寄生虫生活，物质欲望强烈，对集体农庄运动有着错误的态度。但她的本质中有着善良的地方，当她被拉古尔洛夫赶走的时候也会受到良心的谴责，并无可奈何地寻找出路。后来她对苏维埃政权有了正确的认识，也觉悟到自己应该走向一条新的道路。作为受剥削阶级统治压迫的女性代表，她的落后与转变更能加深读者对于当时苏联农村社会生活的认识。并且，因为她和拉古尔洛夫曾经是夫妻，通过她的形象能够从家庭生活方面更好地揭示拉古尔洛夫的性格。"一方面反映他对革命是忠诚的；但另一方面又反映了处理个人生活的态度是有很多错误思想的。"③ 这就使得拉古尔洛夫的性格更突出、更鲜明。通过鲁斯卡这个人物，"使我们从一个侧面看到了实现集体化运动斗争的复杂性，懂得了富农阶级的剥削思想对农村各阶层人们的严重影响"④。

在《谈肖洛霍夫的创作》一文中，蔡其矫认为鲁什卡是一个"特殊的少有的文学形象"，她"在卖弄风骚上有天赋的才能，并不是出于做作"，她对达维多夫

① 蔡其矫：《谈肖洛霍夫的创作》，《处女地》1957 年第 11 期。

② 同上。

③ 张尚：《为什么要去描写这样的女人？——谈影片〈被开垦的处女地〉中的鲁斯卡》，《大众电影》1955 年第 7 期。

④ 同上。

的感情纯粹出于一种廉价的虚荣心,"她完全是为享乐而生活的,恋爱只是她生活的手段……这种只知享乐、不愿劳动的人生观,和社会主义观念是根本对立的";对于另一位女性华丽雅,作者认为她是"苏联文学中最光辉的少女形象之一"。[①]

7. 雅可夫·洛济支

雅可夫·洛济支被学界认为是"一个极其重要的角色"和一个"十分成功的反面人物形象"。虽然对他的定位没有分歧,但大多数文章并未给予他太多的关注。一般认为,由于在旧时代生活得太久,雅可夫难以习惯新的生活。他既不是那么恭顺,也不是那么凶狠,懂得科学的耕种方法并能经常提出合理的建议,是一个由中农上升为富农的人。他沉着、狡猾、有"远见",在表面的胆怯之下有着无尽的贪婪和巧妙的心机,是"凶恶的两面派"。这类暗藏着的敌人显示了阶级斗争的复杂性,"让我们受了一次应该提高革命警惕性的教育"。他身后的指导者波罗夫则夫,被公认为是一个阴狠凶残的阶级敌人,他的"温情""泪水"和残忍、兽性紧密相连,"他让人们从各种不同场合中来识别这些反革命匪徒,从他们的各种不同的变形中来认出他们的面目,从而憎恶他们,消灭他们"[②]。

二、主题及意义研究

我国学界在这一时期将小说的主题概括为:作者通过人物形象和故事内容,"不仅深刻而广阔地表现了当时顿河哥萨克农村的集体化运动、农业的社会主义改造的过程;而且是极其真实动人地揭露了农村各阶级的本质、农民各阶层本质的不同特征"[③]。作品既表达了"在集体化过程中,党、领袖和无产阶级的领导作用以及这个阶级斗争的复杂性",又表现了"农民在参加这个复杂的阶级斗争的

---

① 蔡其矫:《谈肖洛霍夫的创作》,《处女地》1957 年第 11 期。

② 辛未艾:《生活与斗争的教科书——谈〈被开垦的处女地〉》,上海文艺出版社,1958,第 36 页。

③ 贾霁:《〈被开垦的处女地〉给我们的启示》,《中国青年》1953 年第 24 期。

同时，为克服自身的传统的私有观念所作的自我思想改造的艰巨性"。^①这一时期的评论对小说主题的概括是高度一致的，在确定作品的主要思想内容之后，更看重的是作品带给我国读者的启示、经验和教训。

小说所体现出的历史意义是，通过苏联集体化的事实，告诉我们"如果不实现国家的社会主义工业化和农业的社会主义改造，而想在农村还是存在着原有的生产关系，还停留在原有的个体经济的基础上，要求农业生产力的提高，要求农民最后地摆脱贫困，那是不可能的"^②。因此，在我国进行社会主义改造的时期，小说的现实意义更为突出，使我们"不仅深刻地了解苏联农业集体化运动的历史事实和当时联共（布）党所采取的政策，而在认识我国今天正在进行着的农业合作化运动上也有许多启示和帮助"^③。从小说中可以学习到：对党的政策要正确领会，坚持党的原则，积极地发展农民群众，领导农民群众向社会主义大道迈进；达维多夫对于社会主义事业的忠诚，对于群众的热爱；鉴别和警惕各种形式的敌人的阴谋诡计。在工作方法上，千万不可采取拉古尔洛夫和科琴斯基的强迫命令和官僚作风，而要以达维多夫为榜样，耐心地教育农民、领导农民、逐步地组织起来。此外，"《被开垦的处女地》不特在艺术上是我们学习的典范，在我国正积极深入地学习总路线的时期，文艺工作者们更应该把它作为一部历史文件来学习"^④。同时，通过阅读小说，能使我国读者感受到苏联的榜样力量。"从小说的故事中，我们不仅可以具体而生动地了解到一些苏联在实现农业集体化过程中的感性知识，还可以体会列宁、斯大林的一些关于实现农业集体化的理论原则和党的政策。这对于我们学习《联共（布）党史》第十一章的农业集体化问题，是有

---

① 彭慧：《谈〈被开垦的处女地〉》，《文艺学习》1954 年第 9 期。

② 贾霁：《〈被开垦的处女地〉给我们的启示》，《中国青年》1953 年第 24 期。

③ 朱起：《从〈被开垦的处女地〉看苏联农业集体化》，《辽宁日报》1955 年 3 月 3 日第 3 版。

④ 席明真：《一部描写农业集体化运动的史诗——读〈被开垦的处女地〉》，《西南文艺》1954 年第 4 期。

很大帮助的。"① 作品特别有力地形象地表现了斯大林的《胜利冲昏头脑》发表后所产生的巨大的政治力量，"使我们更加清楚地认识和感染到列宁、斯大林的思想的伟大力量"②。

学界将《被开垦的处女地》在艺术上的意义概括为：一部典型的社会主义现实主义的作品，一个时代的历史画卷，以虎虎生气的艺术形象表现出了巨大的历史的真实，从热火朝天的现实生活中发现并且刻画了新事物一定战胜旧事物的过程；通过格内米雅其村的变迁，反映出在波澜壮阔的集体化高潮下整个苏联的动态，反映出社会主义和资本主义斗争下的整个苏联的动态；是一部充满深刻的党性和人民性的作品，具有不朽的世界意义和巨大的以共产主义精神教育人民的力量，不仅是一部小说，"还是一本生活与斗争的教科书"。

三、艺术特色研究

这一时期，对作品的艺术特点的研究较少，仅有个别文章进行了简单的论述。李白凤在《苏联文学研究》（火星出版社，1954 年版）一书中，谈到了这部小说的结构特点：虽然作品只写完了第一部，但在结构上是异常完整的，以波罗夫则夫来到村庄开始，又以他回到村庄结束，前后呼应，形成了斗争的循环性和艺术的统一性；书中正反面人物和行动在作品中交错出现，这种形式很好地表现了阶级斗争的复杂性——如同正在竞赛着的马，都在争取中农，最后以苏维埃方面的胜利、波罗夫则夫的悄然离去结束了第一回合的斗争，而结尾处又以波罗夫则夫的归来，引出了第二回合斗争的开始，为小说第二部埋好了伏笔。

彭慧在文章《谈〈被开垦的处女地〉》中指出：作品的结构是两条线索的并进，中心环节是"群众运动而不是个人的历史发展"。此外，还分析了作家塑造达维多夫的艺术手法：在工作过程和故事发展中间介绍他的历史，在具体情节中直接

---

① 朱起：《从〈被开垦的处女地〉看苏联农业集体化》，《辽宁日报》1955 年 3 月 3 日第 3 版。

② 梅朵：《谈影片〈被开垦的处女地〉》，《大众电影》1953 年第 11 期。

描述他的阶级意识、工作作风、性格特点。

辛未艾在其《生活与斗争的教科书——谈〈被开垦的处女地〉》中，相对细致地分析了小说的艺术特色：作家通过不同人物的命运展示了私有财产在哥萨克人中的消灭过程，他的描写令人感到又真实又亲切，"他把农村走向社会主义的这个伟大的历史过程按照生活本身所显示的样子深刻地表现出来"；"作品中的倾向性和艺术描写，是和典型人物的创造有机地结合起来的"；作家总是从登场人物的个人命运和人民的命运的密切联系中创造人物，把人物放在具体的历史事件、现实生活的斗争中进行表现，并细心地追溯人物的阶级根源，描绘出人物的阶级属性，"人物的个性和他的阶级属性及社会特征有机地结合在一起"。[①]

席明真的文章《一部描写农业集体化运动的史诗——读〈被开垦的处女地〉》认为肖洛霍夫不仅在人物塑造上获得了成功，而且在自然景物的描写上也极为出色。作品中对景物的选择不是无味的渲染、多余的铺叙，而是和人物的感情、事件的发生密切相连的。在作家笔下，"寂静也是有声的"，那些"具有抒情诗一样情味的词句，是无限地增加了作品的诗意，和顿河草原的芬芳气息的"。[②] 这样的描写体现出作家对于自然界、苏维埃国土的无比深厚的爱，并以这种爱深深地感动着读者。

谷祥云的文章《试论萧洛霍夫的自然描写》（《人文杂志》1959 年第 3 期），细致分析了《被开垦的处女地》中的风景描写，并总结出风景描写的作用是：衬托人物心情，暗示事件的发生。作者认为肖洛霍夫对自然的描写富有革命浪漫主义的气息，在给人以美的享受的同时，"启发人对大自然和祖国的热爱"。此外，作者还解析了作家描写自然风景的技巧：通过描写自然界的声音、色彩、气味，使自然风光充满了诗情画意；通过比喻的修辞，使风景变得形象、活动、立体。

---

① 辛未艾：《生活与斗争的教科书——谈〈被开垦的处女地〉》，上海文艺出版社，1958，第 37—39 页。

② 席明真：《一部描写农业集体化运动的史诗——读〈被开垦的处女地〉》，《西南文艺》1954 年第 4 期。

　　这一时期，介绍《被开垦的处女地》第二部内容和苏联文艺界的评析观点的仅有两篇：草婴的《"被开垦的处女地"的新篇章》，发表于《文艺报》1955年第24号；张铁弦的《苏联文学界对于"被开垦的处女地"（第二部）的一些评述》，发表于《文艺学习》1957年第1期。草婴的文章介绍了小说第二部的主要情节，并谈及苏联文艺界对它的评价：塔拉森柯夫认为，《被开垦的处女地》"是充分显示出社会主义现实主义特征的代表作品"[①]，既鲜明地体现了人民性、党性，又没有因此减弱小说的艺术性，在生动的性格冲突和尖锐的阶级斗争之中，表现了生活的真实，第二部中洋溢着绚烂的色彩和调子；维克多罗夫认为，小说中的每个形象都跟时代的社会政治现象密切联系，肖洛霍夫"在描写尖锐的冲突、艰苦的命运和转折的关头时，总是同时写出各种人物的深刻的心理状态。他能够把最普通最平凡的人物写成典型"[②]。两人共同认为，小说第二部字数不多，但内容丰富，语言鲜明多彩、优美完善，描写有着浮雕性和音乐性，人物性格进一步成长，群众形象更加完善，并对第二部中的景色描写、悲喜剧交融的风格、富有戏剧性的场面描写等艺术特色进行了分析。另外，文章还介绍了奥维奇金对华丽雅形象的称赞，认为她"已经成为我们文学里最优美的妇女形象的一个了"[③]。最后，草婴借维克多罗夫文章的结尾对小说第二部进行了评价："《被开垦的处女地》的新篇章，内容充实，趣味浓郁，艺术性很高。"[④]张铁弦的文章介绍了列日涅夫的《肖洛霍夫创作中的传统和创新》、维克特洛夫的《〈被开垦的处女地〉新发表的几章》和奥维奇金的《集体农庄的生活与文学》等三篇评论，认为从这些论述来看，苏联文学界对于小说第二部都给予了一致好评，其观点集中在：作家正确地掌握了那个时代的精神，小说中的事件、人物的性格和语言，都有那些年代的特征；小说第一、第二部的内容紧凑衔接，一脉相承；主人公达维多夫在第二部中遇到的

---

① 草婴：《"被开垦的处女地"的新篇章》，《文艺报》1955年第24号。

② 同上。

③ 同上。

④ 同上。

问题更复杂、更尖锐，作家从斗争、工作、成功、失败等生活的各个方面生动地刻画了他的全貌，他的经验教训"对于今天的苏联农村工作者们会有巨大的帮助"；新人物阿尔尚诺夫的出现和行动，说明了"党的群众路线的重要性"；拉古尔洛夫对待公鸡啼叫问题，从侧面表现了这个人物的奇特、倔强和豪爽的性格；以讽刺手法表现了反面人物的穷途末路，以心理描写彰显雅可夫母亲被饿死的悲剧意味。此外，张铁弦还介绍了苏联学界对小说第二部艺术特征的概括：在表现方面力量很集中，每一章都达到了高度的简练；在典型处理上，比第一部更为完美。第二部成功的原因，被认为是"作家热爱生活，深入群众，和人民非常接近"。最后，张铁弦强调小说在结构、人物刻画和语言洗练等方面都达到了高超的境地，而这些，"是值得我们的文艺工作者吸取和学习的"。[1]

另外，中国作协创作委员会小说组还组织专门人员对包括《被开垦的处女地》在内的三部苏联小说进行讨论。刘白羽认为，《被开垦的处女地》（第二部）不仅对苏联和中国，而且对更广阔的创作领域来说都是一个很大的贡献。虽然小说还未完成，但肖洛霍夫的作品"是出乎读者的意料的"。肖洛霍夫"很忠实于生活的真实，忠实于生活中最本质的东西——斗争，他没有走最省力的路"[2]。

通过梳理 50 年代批评界对《被开垦的处女地》的评论文章，可以看出，由于社会发展的某些相似性，这部小说在当时社会各界各个阶层都产生了重要影响，形成了关于这部小说批评的一个高潮。应该说，这部小说不仅极大地影响了创作同类题材的中国作家，而且间接地参与了中国的社会变革。我们也应当承认，此期的评论存在着极大的片面性，在阶级分析法的主导下，批评文章尽管数量众多，但观点过于一致，对作品未能进行充分而全面的客观解读。这种表面繁荣、实则单一的批评，最终在"文革"前夕全面停滞。

---

① 张铁弦：《苏联文学界对于"被开垦的处女地"（第二部）的一些评述》，《文艺学习》1957 年第 1 期。

② 参见《勇敢地揭露生活中的矛盾和冲突——作家协会创作委员会小说组对三个作品的讨论》，《文艺报》1956 年第 3 期。

第三节 "文革"期间的批判责难

60 年代初期，中苏政治关系开始冷却。"1966 年中国开始进行以反对和防止苏联修正主义在中国重演为目标的'文化大革命'后，中苏关系全面倒退和极度恶化。两国外交关系降至代办级，两国的教育文化交流完全中断。"①随之，中苏文学关系进入了排斥、隔绝，乃至完全否定的时期。

肖洛霍夫作为苏联的重要作家，在这场文化浩劫中也未能幸免于难。不仅本人被戴上"修正主义文艺的鼻祖"的帽子，其作品也被解读出了不同的含义。一位作家，在他国的政治运动中被大张旗鼓地批判，这种现象本身就说明了文学和政治之间的微妙、复杂关系。同时，肖洛霍夫及其作品在"文革"中的遭遇，也为我们提供了一个了解作家的创作思想和作品的多义内涵的新视角。

据现有资料来看，"文革"时期对《被开垦的处女地》进行批判的文章共有 9 篇，发表时间集中于 1967 年（7 篇）和 1975 年（2 篇）。这些文章有许多共同特点：首先，文章题目表现出作者鲜明的政治倾向性。如《肖洛霍夫是世界劳动人民的死敌——北京红星公社金星大队贫下中农怒斥大毒草〈被开垦的处女地〉》《富农代理人布哈林的辩护士——评〈被开垦的处女地〉》《〈被开垦的处女地〉是资本主义复辟宣言书》《假共产主义的活样板》《绝不允许打击贫农》等，仅从题目就能够看出作者的激进立场和情感取向。其次，文章署名具有明显的"政治挂帅"的时代特色。如"向东辉""红晓轨""范道底""五好战士李庆"等，充分显示了"工农兵群众"的积极参与。这类文章还常常以集体写作的方式进行批判，以此"表示了它的非个人性，也加强其权威地位"②。再次，行文方式基本一致。每篇文章都会先引用领袖的经典语录或理论，再从文本中选择出能够证明自己观点的情节

---

① 刘德喜：《从同盟到伙伴——中俄（苏）关系 50 年》，中共党史出版社，2005，第 127 页。

② 洪子诚：《中国当代文学史》，北京大学出版社，1999，第 186 页。

和内容，在对人物和事件的主观解析中批评作家的"险恶用心"和作品的"肆意歪曲"，最后阐明"正确"立场，并进行昂扬的鼓舞和号召。

从文章的内容来看，主要集中在以下几个方面。

一、对作家和作品的价值立场的批判

几乎所有文章都指出，肖洛霍夫通过作品"美化阶级敌人，丑化贫下中农，恶毒攻击苏联 30 年代的农业集体化运动"，与劳动人民为敌，"仇视马克思列宁主义、仇视世界革命人民"。[①] 批评者们认为，作家"妄图以'共产主义'的招牌来掩盖苏联国内资本主义已经复辟的现实……妄图……把所有社会主义国家都拉上资本主义的轨道"[②]，并且强调，作家在小说中大肆渲染夸大苏联农业集体化中的"左倾""过火"，这是"和右倾机会主义反革命分子布哈林一个腔调"[③]。小说第二部抹杀了斯大林领导的集体化运动的伟大成就，"渗透了赫鲁晓夫修正主义集团的思想和情绪，是赫鲁晓夫修正主义路线的产物"[④]。

此外，还有论者通过对小说结尾的分析，指出肖洛霍夫"处死了他曾苦心塑造的中心人物达维多夫和拉古尔洛夫"，让"一贯'稳健'极右、'人情味浓'的拉兹米推洛夫担任党支部书记"，并且没有安排村苏维埃主席的后继人。这些不是作家的一时疏忽，"肖洛霍夫这样安排，恰恰暴露了他与赫鲁晓夫修正主义集团心心相印的反革命嘴脸"[⑤]。

---

① 红晓轨整理《肖洛霍夫是世界劳动人民的死敌——北京红星公社金星大队贫下中农怒斥大毒草〈被开垦的处女地〉》，《人民日报》1967 年 11 月 5 日第 4 版。

② 程继尧：《假共产主义的活样板》，《解放军报》1967 年 12 月 6 日第 6 版。

③ 李庆：《〈被开垦的处女地〉是资本主义复辟宣言书》，《人民日报》1967 年 11 月 11 日第 4 版。

④ 左江一：《新资产阶级分子篡权复辟的自供状——肖洛霍夫〈被开垦的处女地〉再批判》，《开封师范学院学报》1975 年第 2 期。

⑤ 甘雨泽：《评苏修文艺鼻祖肖洛霍夫》，《黑龙江大学学报》（哲学社会科学版）1975 年第 2 期。

二、对小说中人物形象的批判

此期批判文章认为，小说中的共产党员是肖洛霍夫塑造的"打着红旗反红旗的反动艺术形象"。达维多夫被"吹捧"为农业集体化的领路人、正确路线的代表，实则是新资产阶级分子的代言人。他对集体农庄的雏形——共耕社冷嘲热讽、横加指责，站在富农的立场上对贫农进行污蔑和攻击，信任、依靠、包庇、纵容富农雅可夫；和"政治反动、好逸恶劳、作风淫荡的女人"鲁什卡一见倾心，道貌岸然之下是肮脏的灵魂；他不对农民进行思想政治教育，而是像监工一样在农忙期间到处巡视、训斥，"为了完成生产计划，追逐超额利润，他威胁利诱，软硬兼施"，和农庄庄员之间不是同志关系，而是"资本家和雇佣劳动者之间那种剥削与被剥削、压迫与被压迫的关系"，他所经营的集体农庄也已经变成"替少数人谋利的资本主义企业了"；他一面假正经地拒绝华丽雅，一面又在翻耕休闲地的紧张劳动中和她谈情说爱，是一个典型的两面派；他还利用特权送未婚妻华丽雅上大学，"提高她的商品价格"，安排好两人未来的"'有意思'的'幸福'"。种种行为证明，达维多夫是资产阶级的英雄和"推行修正主义路线、复辟资本主义的急先锋"。作家通过对这一形象的美化，影射攻击了斯大林的农业集体化是"左倾盲动"，消灭富农是"发疯"。这种"打着反'过火'的旗号来反斯大林路线"的人物塑造，显示出肖洛霍夫"险恶的政治用心"。①

拉古尔洛夫身为村党支部书记，压制贫农，打击中农，破坏集体化，从来不做政治工作，动不动就"行凶打人"，经常靠手枪来维持自己的"权威"，"分明是一个鱼肉群众、横行乡里的地头蛇"②，并且他白天不工作，夜里却兴致勃勃地听鸡叫，精神空虚如同"老资产阶级分子"。拉兹米推洛夫自认为"不是一个普通的人"，要么"帽子一歪"，"一动不动地坐在自己的苏维埃里"，要么"就在村子里荡来荡去，好像一个吃饱饭没事干的人"；他为了保护住到他家里的一对鸽子，

---

① 左江一：《新资产阶级分子篡权复辟的自供状——肖洛霍夫〈被开垦的处女地〉再批判》，《开封师范学院学报》1975年第2期。

② 同上。

不仅用手枪打死了自家的猫，而且天天在村子里放枪，"要让全村的猫'服从'他的'革命法权'"，这分明是"一个不可救药的新官僚"。[①] 这种观点与十多年后苏联学者伊·科诺瓦洛娃的论断有着惊人的相似（见《肖洛霍夫是俄国农业集体化的镜子》一文，草婴译，《外国文艺》1991 年第 1 期）。

作者认为，这三位党员，在工人阶级代表、红军游击队员的身份的掩护下，进行着背叛无产阶级和劳动人民的工作，代表了新资产阶级的利益，其"名义上是格内米雅其村的领导，实际上已经蜕变成了欺压、剥削广大庄员的特权阶层"。他们"搞独立王国，对抗列宁路线，放纵反革命分子杀人，怂恿资本主义自发势力泛滥，勾结被打倒的富农实行资产阶级专政；完全是披着'共产党员'的外衣，干着复辟资本主义的勾当"[②]。

西奚卡是被作家丑化的贫农代表，在小说中被描写为"一个好吃懒做、吹牛撒谎、怯懦自私的大傻瓜"，他的存在只是"为了留给达维多夫们一些笑料"；对西奚卡的贬低和嘲笑，表达了作家对贫农阶级的仇视和憎恨。雅可夫是整个村庄反革命活动的牵线人，是被达维多夫保护的富农代表，对他精明能干和科学种田的吹捧，显示出作家对富农阶级的"热爱"和同情。

三、对小说主题和意义的界定

此期一般认为，《被开垦的处女地》这部小说，是为布哈林的右倾机会主义路线摇旗呐喊的反革命大毒草，反映了新生资产阶级分子对农业集体化运动的强烈反抗，反映了他们妄图篡夺集体农庄的领导权、改变农业集体化运动的方向、复辟资本主义所有制的疯狂心理；并且美化富农、反革命分子，宣扬反动阶级对无产阶级的猖狂反扑，鼓励反动势力向苏维埃政权大举进攻。

---

① 左江一：《新资产阶级分子篡权复辟的自供状——肖洛霍夫〈被开垦的处女地〉再批判》，《开封师范学院学报》1975 年第 2 期。

② 施文斌：《一株为修正主义政治路线服务的大毒草——剖析〈被开垦的处女地〉的反动实质》，《福建师范大学学报》（哲学社会科学版）1975 年第 2 期。

"文革"期间，广大民众对小说上纲上线的政治解读，是文学批评的一种极端形式。它一方面显示了政治对于文艺的干预，另一方面也为我们提供了一个在乱象之中辨明历史的隐性视角。由于"文革"对于人的思想的禁锢和限制，我们很难见到这一时期在批判文章之外的对于这部小说的阐释和评论。因此，这类文字有着极其珍贵的史料价值。此期的批评，使我们看到了历史的变化对作家、作品的显著影响，也使我们看到了政治和文学之间的复杂关系。尽管批判文章多是曲解、误解的偏激之词，学术价值不高，但对某些细节的分析却在无意之中，揭示了作品的艺术真实和作家的巧妙构思，甚至和 90 年代之后的个别论断不谋而合，这实在是一个充满了讽刺意味的现象。

第四节　新时期以后的批评研究

80 年代以后，伴随着对俄苏文学作品的大规模译介，我国的俄苏文学研究也进入了一个新的阶段。曾被历史尘封的肖洛霍夫及其作品，在新的历史时期重又引起读者和学界的关注。1984 年 9 月，首届"肖洛霍夫创作研讨会"在吉林大学召开。此后，每三年一届，如期召开，我国的肖洛霍夫研究逐渐走上理性发展的轨道。新时期以后对肖氏作品的阐释，主要集中在《静静的顿河》和《一个人的遭遇》两部小说中。与之相比，学界对《被开垦的处女地》的关注就显得平淡了许多。尽管此期关于《被开垦的处女地》的论述在数量上并不算高产，但在质量上有了显著提高。

一、对国外研究动态的介绍

1985 年《俄苏文学》（武汉）第一期，刊载了日本学者原也卓的文章《〈被开垦的处女地〉和希腊悲剧》（张玉译）。文章主要介绍了法国俄苏文学研究家简·康德拉对于《被开垦的处女地》的独特解析。简·康德拉认为，《被开垦的处女地》

是"用不忍正视的血腥和一系列令人毛骨悚然的事件构成的"悲剧性作品，有着和莎士比亚作品相似的悲喜剧交融的色彩，也有着和古典悲剧类似的悲剧性结局。康德拉通过对小说的分析，触及了"社会主义现实主义"多样性的问题，认为小说第一部效法了古典小说的以事件推进情节的写法，第二部则采用了"赋格曲"结构，以人物对话再现过去，插曲比事件占有更大的比重。而无论第一部还是第二部，都显示出"现代性"的创作特点，这正是肖洛霍夫对于"社会主义现实主义"手法的多样性和无限可能性的探索及表现。

随着苏联社会进程的变化，人们开始反思不久前的历史。一些反映当年剥夺富农财产和农业集体化真相的资料公布于众后，读者和评论界对《被开垦的处女地》多有质疑，甚至是超出文学范围的政治、道德方面的指责。李之基在文章《〈被开垦的处女地〉今昔》中，对这一时期苏联学界的争论进行了简单介绍。文中，作者谈到苏联学者 B. 利特维诺夫对质疑之声进行的反驳：通过发掘作家的书信，B. 利特维诺夫认为，肖洛霍夫目睹了集体化过程中成千上万的人饿死的惨象，并对此感到震惊和恐惧；同时，他对集体化运动中的政策失误和过火行动早就有着不满，并且及时地、十分尖锐地向上反映过。由此可以看出，肖洛霍夫是真正相信集体化思想的，但"全体人民都受骗了，这是《被开垦的处女地》及其作者的悲剧"[①]。文章还介绍了评论家古谢夫的类似观点：小说在第一部和第二部结尾处把当时形势的悲剧性充分地表现了出来，"哥萨克命运的悲剧性和人民保卫国家，决定自己命运，掌握新的社会原则的愿望，是书中的主要内容"[②]，小说是社会主义现实主义作品。

1991 年，苏联学者伊·科诺瓦洛娃的文章《肖洛霍夫是俄国农业集体化的镜子——重读苏联经典名著〈新垦地〉》（草婴译）在《外国文艺》第 1 期发表。该文以全新的视角解读小说，得出了与以往截然不同的观点。在科诺瓦洛娃看来，曾被认为是正直、无私、忠诚的拉古尔洛夫，实则是一个"残酷可怕的极端分

---

① 转引自李之基：《〈被开垦的处女地〉今昔》，《外国文学动态》1994 年第 2 期。
② 同上。

子", 是"赤裸裸的军事共产主义的化身", 他把集体化运动当成作战战场, "一旦手枪没有用了, 他也就成了多余的人"。在小说里, 他对于农庄的建设无能为力, 并因为无所事事而苦恼、寂寞; 他没有家, 没有亲人, 没有眷恋, 村里人提心吊胆地回避他, 一起工作的同志把他看成怪物; 他是一个孤独的、有缺陷的非正常人。作家对这一形象没有美化, 而是"把他保留得同现实生活中的拉古尔洛夫们一样残忍可怕, 一样平庸可怜"。对于拉兹米推洛夫, 作家没有使用英雄的色彩, 也没有使用悲剧的色彩, 而是极其真实地刻画了这类人的浅薄轻率、毫无作为, 并以此证明他不可能成为新生活的组织者。一贯被认为是小说正面人物的达维多夫, 在科诺瓦洛娃看来, 也并不是作家真心赞美的对象。作者指出, 作家以许多"丑恶的细节描写"向读者介绍这位主人公, 并对他的私生活进行了调侃和嘲讽, 实则是把他当成了一个"轻率冒失的典型"。他和村支书的老婆谈情说爱, 是在全部苏联文学, 甚至反苏文学里也难以找到的"带有讽刺意味的三角关系"。他后来被鲁什卡抛弃, 是作家对他的极大嘲讽。肖洛霍夫对待这三位党员的态度是复杂的: 既给他们做了最后的判决, 又对他们做了出色的赞扬, 是一种因其缺陷而产生的怜爱。科诺瓦洛娃认为, 肖洛霍夫非常清楚地通过作品表达出: 贫农不能胜任新生活的领导者, 真正的好当家人是被定性为中农和富农的农民精英。因此, 他对雅可夫·洛济支的形象有着特殊的庇护。不仅反复强调了雅可夫的能力和智慧, 写出了他对土地的"创造性眷恋", 而且尽量淡化他必须完成的破坏活动。科诺瓦洛娃认为, 小说真实地反映了农业集体化的各种弊端, 作家在忠实于自己良心的创作中艺术地表现了生活。

1998 年, 刘亚丁的文章《〈被开垦的处女地〉与冷战》在《俄罗斯文艺》第1 期发表。该文介绍了肖洛霍夫与美国著名记者哈里松·索尔兹伯里围绕《被开垦的处女地》的结尾展开的笔墨之战, 提供了小说第二部创作的背景信息, 对我国读者更深刻地理解作品有一定的辅助作用。1999 年, 刘亚丁的另一篇文章《书的命运——近年来对〈被开垦的处女地〉的争论述评》, 系统梳理了八九十年代苏联学界对于小说的论争。与李之基的文章相比, 这篇综述对于 B. 利特维诺夫的观点进行了更为详细的介绍：B. 利特维诺夫对作家在小说第一部中采用暗示影射等方法表达不满表示理解，但对第二部的创作方法提出异议，认为"本来肖洛霍夫可以利用 50 年代'解冻'的自由气氛，放开喉咙把他在第 1 部中只能暗示、只能用他人的嗓子说的话说出来，即揭露集体化运动中农民被剥夺的真相。可是他没有这样做，整个第 2 部只达到了当时'写真实'的奥维其金等人的特写的水准"。① B. 利特维诺夫还提出，不能以正确与否对小说简单界定，而应让读者在正常的阅读中"理解什么是艺术，为什么会是艺术"。另外，刘亚丁介绍了 90 年代两本讨论《被开垦的处女地》的代表性著作：瓦·奥西波夫的《肖洛霍夫的秘密生平》和伊·茹科夫的《命运之手——关于伊·肖洛霍夫和亚·法捷耶夫的真话和谎言》。奥西波夫从大量的作家书信、笔记、从未发表过的作品片段和作家的亲友回忆中进行考证，认为肖洛霍夫从现实中看到，集体化和消灭富农运动并未使农民富裕，反而使他们极度贫困，因而他通过上书斯大林直陈真情，也通过《被开垦的处女地》表达自己对当时现实的抨击，对达维多夫们和拉古尔洛夫们的驯服的愤懑。小说中对斯大林既无肖像描写，也没有让其出现在场面和情节中，只是让他担负了事务性的功能。与被多次褒奖的《磨刀石农庄》相比，《被开垦的处女地》并未得到斯大林及评论界的好评，肖洛霍夫是通过小说同斯大林展开了争论。在《命运之手》中，茹科夫通过对小说情节的分析，得出的结论是：肖洛霍夫以小说证明，"集体化运动是国家历史中的悲剧性的一页，它造成了违反法律的状态，并且有时与人民的意志相对立，因而人民采用了诸如宰杀牲口、罢耕、暴动和暗杀领导人的行动来抵抗"②。他对小说进行了充分的肯定后，还介绍了舍费尔由文本细读得来的观点：作家既要说出真理，又要让书能够到读者手中，所以采用了不少的隐语。最后，得出结论：从 80 年代后期到 90 年代，苏联和俄罗斯对小说的争论呈现出由否定到肯定的趋势。在否定集体化时期，这部小说也

① 刘亚丁：《书的命运——近年来对〈被开垦的处女地〉的争论述评》，《俄罗斯文艺》1999 年第 3 期。

② 同上。

被当成了批判集体化的靶子;进入 90 年代,通过史料发掘和冷静分析,人们逐渐承认作家通过小说暴露了集体化和消灭富农运动中不人道的一面。发生在苏联的这场正确观点和错误言论相杂糅的争论,为我国学界重新认识这部小说提供了挑战和机遇。

2010 年,荣洁的文章《肖洛霍夫研究史——20 世纪 50 年代前苏联的肖洛霍夫研究》,介绍了 50 年代苏联学界对肖洛霍夫几部重要作品的研究成果,补充了此前曾被忽视的一些观点。关于《被开垦的处女地》,荣洁主要介绍了 1953 年列日涅夫在《捍卫语言的纯洁》一文中,对新版《被开垦的处女地》的语言特征进行的有益分析。列日涅夫指出,肖洛霍夫的作品和其他俄罗斯的著名作家的作品一样,宣传了社会主义建设的经验及共产主义思想,是"生活的教科书"。肖氏笔下的人物使用的是特定历史时期中特定的农民阶层使用的日常口语,极具典型性。通过对比《被开垦的处女地》的新旧版本,列日涅夫解读了作家修改这部作品的动机:希望书中的每一句话都通俗易懂;修正第一版中的错误,注意用词的严谨性和明确性;删除、压缩作品中的自然主义描写;使作品结构更严谨。列日涅夫认为,在《被开垦的处女地》中出现了大量的成语、绕口令、民间语言,这一方面是作家从果戈理、列夫·托尔斯泰处吸取了营养,另一方面也显示出作家本人的极高的艺术鉴赏力。此外,荣洁还介绍了列日涅夫的另一篇文章《肖洛霍夫创作中的传统与创新》。文中,列日涅夫指出,在《被开垦的处女地》中,"作家表达出了对集体农庄体制改造力量的推崇之情,作家相信集体农庄体制的广阔前景,相信它有巨大的潜能"①。小说最宝贵之处是:作家在集体农庄建设初期,就已经指出,永恒和不可摧毁的工农联盟是农庄体制在农村存活的重要条件,并对农庄建设的困难和矛盾有着明确的揭示。从小说内容上来看,列日涅夫认为,作家是在没有前人可借鉴的基础上,塑造了全新的社会主义生产关系中的全新主人公;从建构方法上讲,作家秉承的是托尔斯泰的文学传统。在描写哥萨克人民的劳动观

---

① 荣洁:《肖洛霍夫研究史——20 世纪 50 年代前苏联的肖洛霍夫研究》,《外语学刊》2010 年第 5 期。

念和感情发生根本转变时，作家在借鉴前人长篇史诗的元素和形式的同时，进行了创造性的改造，努力寻找一种可以表现新内容的艺术方式，这种探索是有益的。此外，多声部是《被开垦的处女地》中的一个重要艺术手段，也是表现社会关系评价的一个手段，作家借助这一手段展现了许多人物形象。小说的最大成就是"作家艺术地塑造了集体的灵魂，描写了新型人物的共同性"[①]。此文还介绍了1955年阿布季赫娜的《肖洛霍夫的"被开垦的处女地"》一文。阿布季赫娜认为，《被开垦的处女地》是一部内容与形式高度统一的典范作品，其创作手法丰富多彩，作者运用对比手法构建小说，以此展现主要事件和人物，刻画每个人的面貌和行为；在情节冲突中展示人物性格，并借人物性格上的冲突营造喜剧效果；肖像描写不是为了反映人物年龄上的变化，而是为了反映人物的性格和心理；对话充满感情色彩；以景物的变化来喻指生活和人的变化；小说标题本身带有民间文学的象征意义，"它化身为大地，象征着力量和睿智，胜利和生命，象征着祖国"[②]。

二、主题研究

新时期以后，我国学界对《被开垦的处女地》的主题有着多种不同的理解。有学者认为小说是对农业集体化运动唱的赞歌，其基本主题是：在共产党的领导下，农村社会主义改造的胜利是历史的必然，但在实现胜利的过程中，存在着尖锐复杂和艰苦曲折的斗争。《被开垦的处女地》是"大转变的一年"的纪念碑，是有关农业集体化这类作品中的杰作。[③] 也有学者认为，作家揭露了斯大林时期的种种弊端，尤其是对"左倾"势力与"左倾"路线进行了暴露和批判，但有时"把革命本身也当作'左倾'错误来揭露了"。50年代下半期，"肖洛霍夫突然又拣起已经搁了20多年的题材，并不是对农业集体化运动本身又发生了什么新的兴趣，

---

① 荣洁：《肖洛霍夫研究史——20世纪50年代前苏联的肖洛霍夫研究》，《外语学刊》2010年第5期。

② 同上。

③ 徐家荣：《肖洛霍夫创作研究》，兰州大学出版社，1996，第75页。

而是想通过对这场斗争的描写来呼应当时对过去问题的揭露……来表现人民群众在过去年代中的不幸……来反映当时弥漫于整个苏联社会上空那种要'关心人'要'爱护人'的人道主义的呼声"①。这种观点后来得到不少学者的呼应。戚小英在《睿智·良心·勇气——〈被开垦的处女地〉新议》〔《松辽学刊》(社会科学版)1993 年第 1 期〕一文中指出,作家"把集体化运动的全过程作为小说的情节结构,而对"左倾"路线的揭露便是全书此起彼伏的主旋律,亦即小说的'灵魂'"。蓝英年在《重读〈被开垦的处女地〉》(《文汇读书周报》1996 年 8 月 30 日第 11 版)中也表达了同样的观点。另外,还有一种居于以上两种观点之间的判断,认为肖洛霍夫的初衷是要歌颂集体化运动,但"作为一个任何时候都坚守生活的真实的作家,又不能不正视这场运动的并不美满的方面,这正构成了作家的两难。小说的悲剧性的充满失落与感伤的结尾,正是作家所面临的内在矛盾的表现"②。无独有偶,刘求长的文章《〈被开垦的处女地〉与肖洛霍夫思想感情的矛盾》(《昌吉学院学报》2011 年第 5 期)也表达了这样的观点:作家遵照党的指示写作确实存在,但这只是处于其心理表层的并不坚实的显意识;遵照自己的心的指示写作,才是作家真正的创作思想;《被开垦的处女地》表现了作家思想情感中的多重矛盾,即党的斗争立场与对人的人道主义同情之间的矛盾、农业集体化运动的宣传者与严谨的现实主义批判者之间的矛盾、消灭农村私有制的拥护者与农民私有观念的深刻理解者同情者之间的矛盾。对同一部小说,能产生如此各异的理解,这本身就说明了作品的价值所在。正如孙美玲所说,"一千个读者就有一千个肖洛霍夫",见仁见智的阐释既与文本话语的丰富多样有关,也是论者以自己的立场进行阅读的结果。

　　尽管学界对作家如何反映农业集体化的问题莫衷一是,但对小说第二部中表

---

① 李树森:《作家灵魂的窗口——〈被开垦的处女地〉的结尾简析》,载《肖洛霍夫的思想与艺术》,吉林大学出版社,1987,第 76 页。

② 彭亚静、何云波:《良知的限度与选择的两难——重读肖洛霍夫〈新垦地〉》,《长沙大学学报》2000 年第 1 期。

现出来的人道主义主题却有着一致的肯定，认为在第二部中，"带有历史意义的事件逐渐被个人的喜怒哀乐所取代，历史叙事被代之以个人叙事。个人经历的叙述与抒情的成分明显加大，从中凸现出伦理道德的主题：如何去尊重人、同情人、关心人，从而更多地体现了 50 年代大力提倡人道主义的时代精神"①。

三、对小说艺术特色的研究

一般认为，《被开垦的处女地》由于急于揭示社会矛盾和解决问题，对现实生活的观察未能拉开时间和空间的距离，因而在审美价值上，没有《静静的顿河》《一个人的遭遇》等作品出色，并且，小说第二部比第一部在艺术上更加成熟，更有感染力。专门对小说的艺术特色进行论述的是易漱泉的文章《〈新垦地〉的艺术特色》，发表于《湖南师大社会科学学报》1986 年第 6 期。此文通过对作品的细致分析，总结出小说三个方面的艺术特色。第一，丰满、鲜明、雕塑感很强的人物形象。易漱泉指出，肖洛霍夫塑造人物的方法接近莎士比亚，充分揭示人物性格的各个侧面，表现人物的喜怒哀乐。他所描绘的好人不是臆想的"高、大、全"的英雄，坏人也不是没有一点人情味。他注重表现人物性格的多样和复杂，塑造的形象给人以真实感、立体感。另外，作家继承并发展了托尔斯泰的"心灵辩证法"，对人物矛盾、细腻的内心世界进行了深入的揭示，人物形象具有深度和厚度，性格鲜明、生动。第二，独特的幽默风格。易漱泉认为，幽默是《被开垦的处女地》中的显著特色，作家以轻松的语言描绘了农村生活中的一个个场景和一件件引人发笑的事情。狗鱼老大爷（西奚卡老爹）滑稽可笑的言行和拉古尔洛夫简单粗暴的作风，更是增添了作品幽默风趣的效果。这种表达既是作家创作方面的独特风格，也反映了迎接新生活的劳动人民的欢乐情绪。第三，出色的风景描写。肖洛霍夫是描写自然风光的能手。他笔下的景物随着季节的不同，有着不同的光彩和颜色，如同一幅幅浓墨重彩的油画，美不胜收，极富顿河流域的地

---

① 彭亚静、何云波：《良知的限度与选择的两难——重读肖洛霍夫〈新垦地〉》，《长沙大学学报》2000 年第 1 期。

方特色，又含有深刻寓意。另一篇讨论小说艺术特点的文章是曾勇的《浅谈〈被开垦的处女地〉》，发表于《阜阳师范学院学报》（社会科学版）1996 年第 2 期。曾勇认为，《被开垦的处女地》"较注重动态描写"，"凡以达维多夫为视角的章节，叙述者的观点便全部隐藏了起来。而在这些章节中对别人的人物背景性的交代或对其必要行为的描绘与揭示则是通过对话中由别人的口作交代"。[①]

　　这一时期，批评界对小说人物形象的研究也有所突破。评论者不再将焦点集中在以达维多夫为首的正面人物身上，而是不约而同地将狗鱼老大爷作为主要关注对象。较早论及人物形象的文章是程实的《〈新垦地〉中的人物形象》，1985 年发表于《书林》第 5 期。此文仍以达维多夫和拉古尔洛夫为主要研究对象，认为这两个人物并不符合无产阶级正面人物形象的塑造标准，但却能博得读者的好感和同情。原因在于，他们身上的优点和错误是浑然一体的客观存在，并有着深刻的原因做背景。因为在战争中度过了青春，并怀着对爱情的强烈渴望，达维多夫未能抵挡"似乎是邪恶的，又似乎是单纯的"鲁什卡的诱惑，但他能够及时自觉地认识和改正自己的错误；在面对华丽雅纯洁、炽烈的爱情时，他更多的是珍惜和诚挚的爱护。程实眼中的拉古尔洛夫，是心口如一、光明磊落的鲁莽人，有着纯朴而深情的个性。"他的痛苦使人同情，而他的幼稚又使人忍俊不禁"[②]，他忍辱负重地履行自己的职责、怀着殉道献身的热诚捍卫他终身依恋的革命事业，是令人感动的。三年以后，徐凤的文章《谈〈被开垦的处女地〉中舒卡尔的形象》对这两位人物则有了新的认识：小说第二部中，作家站在新的历史高度，清楚地看到历史的发展注定要淘汰一定时期的产物，达维多夫、拉古尔洛夫，与其说他们适应集体化运动，不如说他们更适合残酷复杂的斗争。达维多夫作为工人代表，已无法继续领导专业不断加强的农业建设；拉古尔洛夫的"左倾"思想，也已不再适应逐渐转向和平稳定的生产建设，在小说结尾，他们都在同敌对分子的斗争

---

　　① 曾勇：《浅谈〈被开垦的处女地〉》，《阜阳师范学院学报》（社会科学版）1996 年第 2 期。

　　② 程实：《〈新垦地〉中的人物形象》，《书林》1985 年第 5 期。

中牺牲了。① 此外，这篇文章还着重分析了舒卡尔（西奚卡）老爹的形象。徐凤在文中指出，舒卡尔老爹在喜剧人物的外衣下，实则是一个极富悲剧色彩的人物形象。他虽然不是小说中的主人公，却有一定的代表性，不仅在俄罗斯有许多这样的原型，更让其联想到了鲁迅笔下的阿 Q，并认为作家虽然以幽默的方式表现他的性格，但实际是对其性格中的消极性进行了批判。悲剧的成分在他喜剧的外表之下，显得愈加深刻。徐凤还指出，在第一部中，舒卡尔的形象被用来体现作家的艺术手法；而在第二部中，这一形象得到了作家的全面挖掘。肖洛霍夫以"特有的敏锐观察力和历史现实主义观点，把局限在新旧社会交替阶段的舒卡尔一类的形象真实地描述出来，从而使他的形象具有社会和历史意义"②。

此外，马家骏的文章《舒卡尔形象的创造与肖洛霍夫的幽默》在分析舒卡尔形象内容的复杂性和形象本质的综合性的基础上，进一步探讨了作家塑造这一独特人物的艺术手法。在马家骏看来，幽默不仅是作家塑造舒卡尔形象的艺术技艺和艺术格调，更渗透了作家的美学评价态度。他将肖洛霍夫在舒卡尔身上表现出的幽默称作"红色的幽默"，"是洞察了社会发展的规律和嘲弄的对象在历史中的地位后所采用的一种革命的幽默"③。由于舒卡尔的悲剧性质，作家对他没有丝毫讽刺，即使是在表现他的缺点时，也只是一种保护性的嬉笑。这种有分寸的"红色幽默"，对待人民是在滑稽和喜剧的范围内的温和嘲讽，对待敌人是毫不留情的尖锐讽刺。马家骏认为，尽管作家的幽默采用的是玩笑的方式，但在本质上是严肃的，"他（肖洛霍夫）是从生活真实出发，把对象的特征如实看作具有其特点本质的事物本身；他使读者在听过和看过舒卡尔的滑稽可笑后，会严肃地沉思那品质和那场面的深刻含义"④。另外，作家的幽默还是使生活丑达到艺术美的有效手段。同时，马家骏也指出作家幽默手法中的缺点：内容重复雷同，语言繁复有

---

① 徐凤:《谈〈被开垦的处女地〉中舒卡尔的形象》,《俄苏文学》(武汉) 1988年第4期。
② 同上。
③ 马家骏:《舒卡尔形象的创造与肖洛霍夫的幽默》,载马家骏、马晓翔《域外小说撷英》,陕西人民出版社，1993，第148页。
④ 同上。

卖弄之感。最后，马家骏还简单提到了舒卡尔形象对《暴风骤雨》中的老孙头、《创业史》中的王二直杠的影响。这种观点是颇具学术眼光的。

21世纪后，徐家荣、田润的文章《一个翻身的哥萨克农民——〈新垦地〉中的狗鱼（舒卡尔）形象》〔《长沙电力学院学报》（社会科学版）2003年第3期〕，对西奚卡老爹（即狗鱼）进行了更深入的探讨。作者认为，西奚卡老爹是给作品带来特殊风味的"怪人"，是一个悲喜结合的典型形象，并对我国同类题材小说中的人物，如周立波笔下的老孙头、赵树理笔下的李有才、柳青笔下的王二直杠以及丁玲笔下的村干部，产生了一定的影响。

在西奚卡老爹的形象之外，这一时期《被开垦的处女地》中被关注的人物还有鲁什卡和华丽雅。在李秀云的《〈新垦地〉女性形象研究》（四川大学硕士学位论文，2006年）中，作者从女性主义视角分析了小说中的两位女性形象，认为鲁什卡和华丽雅分别对应了男性视野中"妖妇"和"天使"的女性想象，在精神和肉体上都不能摆脱男性的压制和束缚。作者指出，《新垦地》是一部以男性为主导的文本，在强烈的男性中心意识中，女性以被排斥的姿态发出了主流话语之外的声音，这也是文本具有多声部表达效果的原因所在。

宋淑凤的《论〈新垦地〉的陌生化效果》（《黑河学院学报》2012年第3卷第1期）探讨了陌生化理论在《新垦地》中的运用，认为小说中两条线索交错互现的形式"难化"了作品的结构，各种情节的铺垫和插笔延迟了高潮的到来，人物语言的扭曲变形使读者产生了新鲜的生活体验。这些陌生化技巧的使用增强了作品的力度和可感性，增添了小说的艺术魅力。

四、比较研究

刘亚丁在《顿河激流——解读肖洛霍夫》一书中，将《被开垦的处女地》与苏联同题材的另外两部小说进行了比较。刘亚丁认为，虽然《被开垦的处女地》和《磨刀石农庄》同样描写了集体化运动中的重大事件，同样表现了在这一过程中农村各个阶层的反应，但二者仍有着明显的差别。首先，两位作家对斯大林的形象有着不同的处理方式。在《被开垦的处女地》中，斯大林仅限于担任事务性的功能，尽管也被多次提到，但没有对斯大林的正式出场的描写和任何赞美、恭维一类的语言；在《磨刀石农庄》中，从第三部开始，就有了对斯大林的正面描写，在第四部中斯大林的形象更加和蔼可亲，显示出作家对领袖发自内心的歌颂。其次，两个文本对富农政策持不同的态度。肖洛霍夫揭露了消灭富农政策的错误，并在隐喻的层面上进行解构；潘菲洛夫却力图证明这项政策的合理性。再次，在如何看待未来的问题上，二者有不同的取向。《磨刀石农庄》中，主人公对未来充满着激情洋溢的浪漫主义幻想，并且作家在第三部末尾和第四部中，通过描写大规模的机械化耕种和收割的场面，试图证明这些幻想已经或即将实现，为集体化的合法化提供重要论据；而在《被开垦的处女地》中，不仅小说中从未有过表现集体化优势的描写，而且达维多夫在宣传集体农庄的优越性时，也毫无理想主义的激情和幻想色彩。作家不仅对拉古尔洛夫的幻想进行了隐晦的反讽，而且以两位主人公死于非命的悲剧作为结尾。可见，"作品的叙述者并不关注未来，他立足于现实，客观展现了对农民的无情剥夺"，由此，刘亚丁得出结论：肖洛霍夫是按照自己对生活的真实认识和作家的良知来写作、来做人的知识分子，潘菲洛夫是按照上面的要求来写作和做人的写手。[①]

在这本书中，刘亚丁还将《被开垦的处女地》和《地槽》进行了比较，反驳了苏联学界"扬普抑肖"的观点（《地槽》的作者是普拉东诺夫）。刘亚丁指出，在苏联文学的大格局中，普拉东诺夫是边缘文学的重臣，肖洛霍夫是处于中心文学和边缘文学之间的过渡地带的作家，他们都以自己的作品揭露了农业集体化时期的真相，但表现方法迥然有别。刘亚丁认为，在相同的题材和相近的创作动机中，肖氏在总体肯定农业集体化道路的正确性的同时，大胆揭示了其中的偏差和错误，对无辜的受害者给予了同情；普拉东诺夫则是比较鲜明地表达了自己对这场运动的否定评价，以及对种种不正常现象的关注和忧虑，以与主流话语更远的

① 刘亚丁：《顿河激流——解读肖洛霍夫》，四川教育出版社，2001，第217—219页。

距离，实现了自己宏大的人类关怀。肖洛霍夫以现实主义的宏伟叙事，再现了苏联那段历史中的每一个重要事件，也在模拟现实的场景中曲折委婉地进行了讽喻，表达了立场；普拉东诺夫则是以"幻想现实主义"的手法，表达出自己对这种生存的荒诞性的敏锐感受。"作品中的生活不是对苏联的现实的直接语言艺术的模仿，一切都通过作家眼睛的夸张变形来写出。"①

90 年代，我国出现了将《被开垦的处女地》与国内作品进行比较的研究论文。王雷在《外国文学的渐染——〈暴风骤雨〉与〈被开垦的处女地〉的比较》中指出，《被开垦的处女地》中所表现的阶级斗争的主题和对英雄人物形象的塑造，深刻地影响了中国文学。②周立波作为《被开垦的处女地》的译者，不仅深谙小说的主题技巧，更是在学习、借鉴的基础上创作了著名的《暴风骤雨》。通过对比这两部小说，王雷认为，在人物形象塑造、题材性质、表现手法、审美视角等方面，《暴风骤雨》都受到了《被开垦的处女地》的渐染。此外，王雷详细比较了西奚卡和老孙头两位人物，认为二者之间明显的相似性，更能说明周立波受肖洛霍夫的影响之深。在另一篇文章《亲兄弟般的异国"滑稽鬼和快活的打诨者"——老孙头和西奚卡比较研究》〔江震龙、林为众著，《福建师范大学学报》（哲学社会科学版）1995 年第 4 期〕中，江、林二人分析了西奚卡和老孙头相似的原因：一方面是周立波在翻译小说的过程中被西奚卡强烈打动并留下深刻的印象，在创作中有意或无意地赋予老孙头某些西奚卡的特征；另一方面是两个人物在社会地位、生活遭遇、生存经验等方面本身具有一定的相似性和代表性，这些特性又被不约而同地反映在了作品中。同时也注意到，在相似之外，不同的环境和民族文化会使人物显示出不同的特色，并且老孙头是作家独立创作的产物，性格中有自己独特的一面。在 90 年代出版的《1898—1949 中外比较文学史》中，论者也提到了

---

① 刘亚丁：《顿河激流——解读肖洛霍夫》，四川教育出版社，2001，第 244—245 页。
② 王雷：《外国文学的渐染——〈暴风骤雨〉与〈被开垦的处女地〉的比较》，载校庆编委会《社会科学论文集》（大连外国语学院三十周年校庆丛书），外语教学与研究出版社，1994，第 196—203 页。

《太阳照在桑干河上》《暴风骤雨》与《被开垦的处女地》之间的关联，认为我国的这两部作品虽与《被开垦的处女地》有着相似的模式，但在结构上却不如后者紧凑自然。在比较了三部小说的结尾后，论者指出，《被开垦的处女地》前后两部的写作时间相差近三十年，但作家对结局是有着预见和深长思考的，他以对"左倾"错误的揭露和惩罚表达了自己对苏联这段历史的感受；我国这两部作品的结尾则是以较大的历史容量，"表现出作家对中国社会历史变革的真实反映，对中国社会的未来充满了信心"。[①]

21世纪后，王竹良的《周立波与肖洛霍夫》（《湖南城市学院学报》2008年第29卷第2期）一文，细致比较了这两位作家之间的共通性，并在此基础上，分析了两位作家创作思想的成因。

五、影响研究

从接受、影响的视角研究肖洛霍夫与中国作家之间的关系，在我国的肖洛霍夫研究中相对较少。较早注意到这种关联的是马伟业于1992年发表的论文《论周立波对肖洛霍夫的艺术借鉴》。文中，马伟业对比了肖洛霍夫的《被开垦的处女地》和周立波的《暴风骤雨》《山乡巨变》，认为在个别人物形象的塑造之外，周立波作品在主题的确定、人物类型及其关系的设置、定点透视的技巧等方面，都受到了《被开垦的处女地》的影响。但在表现土地变革的艰巨性上，周立波未能达到肖洛霍夫的准确度，并有意回避了领导的失误、偏差给合作化运动带来的困难。因此，"他的作品在某些方面没有达到肖洛霍夫的高度，缺乏肖洛霍夫作品那种深沉的内涵和斑斓的色彩"[②]。同时，马伟业也指出，"老孙头与亭面糊绝不是舒尔卡的中国翻版"，而是作家在对生活深入观察和分析的基础上的精心刻画。

21世纪以后，关于《被开垦的处女地》和我国同类题材作品之间的关系的研究

---

① 范伯群、朱栋霖：《1898—1949中外比较文学史》，江苏教育出版社，1993，第1177页。

② 马伟业：《论周立波对肖洛霍夫的艺术借鉴》，《学习与探索》1992年第4期。

有了显著进展。张卫中的《苏联文学与 40—70 年代中国作家的农村想象》(《外国文学研究》2007 年第 4 期)一文,最先探讨了苏联集体化小说对新中国农村题材小说的影响。作者指出,以"文本间性"理论来解释中国 40—70 年代农村题材小说在认知方式、人物模式、话语形态上与苏联文学之间的关系,应比反映论更为合理。

徐田秀、周春的《选择、接受与探索——丁玲与肖洛霍夫》(《湘潭大学社会科学学报》2003 年第 3 期)一文,考证了《太阳照在桑干河上》与《新垦地》之间的创作渊源关系。徐田秀、周春认为,在与《新垦地》相似的创作背景上,丁玲创作了《太阳照在桑干河上》,二者在题材、结构和现实主义手法上都是相通的。丁玲和肖洛霍夫一样,以求真求实的创作精神写出了常人不敢写的东西。肖洛霍夫的曲笔在丁玲笔下变成了多声部的人物语言,刻画人物的艺术技巧和美学原则也在《太阳照在桑干河上》中得到体现。并且,丁玲作为一位女性作家,有着男性作家所不具备的细腻敏感。她以清新明丽的笔致表达了对生活的美的感受,以细致入微的心理探幽表现了土改中不同人物的各异心态,塑造了极富特色的女性形象。通过作品分析,徐田秀、周春得出结论,丁玲既有自己的文学精神,也受到了异域文学的影响,并在选择、接受、消化、变异的过程中形成了自己独特的风格。无独有偶,吴春兰的《论〈被开垦的处女地〉对〈太阳照在桑干河上〉的影响》一文,也探究了文本间的接受影响问题。经过细节比较,吴春兰认为,《被开垦的处女地》对《太阳照在桑干河上》的影响体现在人物形象体系的建构、小说矛盾冲突的设置和对集体化运动中失误的反映等方面,"这种影响不单是有形的借取,还有无形的渗透,作家把借鉴与独创、外来因素与民族独特性有机地结合起来"[①],进行了自己的创作实践。

此外,董晓的《中国农村小说的苏联痕迹》也是一篇极有价值和见地的文章。董晓认为,我国的合作化小说对历史的阐释具有极大的局限性,不仅其艺术构思在迎合主流话语的过程中失去了生命力,而且作家未能将艺术个性融于对生活的

---

① 吴春兰:《论〈被开垦的处女地〉对〈太阳照在桑干河上〉的影响》,《福建论坛·社科教育版》2008 年专辑。

思考，没有深入挖掘现实所隐含的悲剧性，没有站在人类的高度对历史予以文化的批判，因此这类作品不能算作经典。而《被开垦的处女地》虽曾经被当作苏联主流文学中的一部"红色经典"，但"肖洛霍夫对农业集体化运动的个性化阐释超越了当时意识形态解读的框架，为后来的读者提供了了解历史真实的可能性"①，这正是我国同类作品所欠缺的。与《被开垦的处女地》比，我国作品都缺少了对历史悲剧性的感悟，"作家自由意志方面的距离导致了作品在表现历史真实性方面的差距"②，中国作家在借鉴苏联文学的过程中，较多地接受了其二、三流作品中的主流意识形态话语的建构方式，失却的恰是苏联作家最可贵的精神独立意识，这些使我国新时期中期以前的文学创作具有相当明显的局限性。

　　2014 年，王鹏程发表了《〈创业史〉的文学谱系考论》一文，详细阐述了《创业史》的"题叙"部分和结构方法与苏联文学的谱系关系。王鹏程认为，《创业史》的"题叙"来自高尔基的《母亲》，"用主要人物结构作品"的写法来自肖洛霍夫的《静静的顿河》，"梁生宝的爱情纠葛参照了《被》的结构模式。在爱情态度上，则很明显受到《钢铁是怎样炼成的》的影响"③，梁生宝和达维多夫在小说中的结构功能和作用是一样的，小说的情节和人物也与《被开垦的处女地》有着对应关系。通过史料发掘，王鹏程指出，肖洛霍夫是柳青最喜爱和尊敬的作家，"肖氏作品是他创作的最高典范"。柳青在创作《创业史》时，将《被开垦的处女地》作为重要的参照，但也对其进行了修正和改造，"其中至为重要的是对主人公形象的'洁化'，以及将农业合作化运动自上而下的'命令式'改为自下而上的'自发式'"④。肖洛霍夫的《被开垦的处女地》因为勇敢地揭示了生活的真相，独立地展示了人性的魅力，而获得了永恒的审美价值；柳青的《创业史》却因为对意识形态规范的恪守和对党性原则的高度服从，而"流为特殊历史阶段的'政治传声

---

① 董晓：《中国农村小说的苏联痕迹》，《中国图书评论》2011 年第 4 期。
② 同上。
③ 王鹏程：《〈创业史〉的文学谱系考论》，《中国现代文学研究丛刊》2014 年第 3 期。
④ 同上。

筒'"。同时，王鹏程将柳青的另一部反映合作化的小说《狠透铁》与《创业史》进行了比较，认为前者"是一部带有提醒和警示意味的隐忧之作"，基调慷慨悲凉，蕴含着作家"对农业合作化运动的出乎意料的跳跃的判断和担忧"，体现出作家的另一种心境，与《创业史》的宏大话语构成了鲜明对照。

综览新时期以后对《被开垦的处女地》的研究论文，可以看出，这一时期我国学界以更为广阔的视角和更具科学性的理性分析对小说进行了更全面的阐释。不仅发现了作品丰富、多样的主题内涵，注意到了曾被忽视的艺术特点和人物形象，而且出现了横向的比较研究和纵向的影响研究，在苏联同题材范围内和中苏不同国家间的相似题材中进行了有益的探讨，从一个新的视点解释了我国当代文学的一些问题。另外，该时期的研究使用了多种理论方法，结构主义、女性主义、接受美学等批评原理被运用到不同视角的阐释中。论者在广阔的时空背景上，在新的文学观念的引导下，以宏观的历史眼光、深刻的理性思考和艺术的审美标准，对文本进行了富有新意的解读，在研究的深度和广度上都取得了令人瞩目的成绩。

第三章
苏中集体化运动小说概述

　　苏联和中国的农业集体化小说，都产生于社会主义现实主义的理论背景之中。作为无产阶级新文学的创作方法，社会主义现实主义在 20 世纪 20 年代由苏联文学界提出。1932 年前后，苏联文学界在重新发现和认识马克思主义列宁文艺思想的基础上，肯定了文学传统的重要价值，最终在斯大林的亲自参与下，确定了"社会主义现实主义"这一术语。这一概念本身是政治和美学相结合的产物，具有极大的权威性，是在科学社会主义的基础上对俄国 19 世纪现实主义的继承和发展。在 1934 年召开的第一次苏联作家代表大会上，社会主义现实主义被写进《苏联作家协会章程》，"要求艺术家从现实的革命发展中真实地、历史地和具体地去描写现实。同时，艺术描写的真实性和历史具体性必须与用社会主义精神从思想上改造和教育劳动人民的任务结合起来。社会主义的现实主义保证艺术创作有特殊的可能性去表现创造的主动性，选择各种各样的形式、风格和体裁"[①]。社会主义现实主义的基本特征是：在艺术方面，要具有真实性、主客观性、典型性，肯定社会主义现实，塑造正面英雄形象；在政治方面，要具备有倾向性的浪漫主义色彩，具备人民性、党性、历史性，要从矛盾斗争的观点描写生活，揭示生活的本质及趋势。

　　[①]《苏联作家协会章程》，载周扬编《马克思主义与文艺》，作家出版社，1984，第 254 页。

社会主义现实主义理论不仅在三四十年代的苏联产生了重要影响，而且对于我国十七年时期的文学创作也有着重要意义。我国于 1933 年就开始积极引入这一理论。其中，林琪译的《苏俄文学的新口号》(《艺术新闻》1933 年 2 月)、华蒂译的《苏联文学底近况——社会主义的写实主义与革命的浪漫主义》(《国际每日文选》1933 年第 31 期)、适宜和聂绀弩分别转译的《关于社会主义的写实主义》(《国际每日文选》1933 年第 37、51 期) 等文章，较早地集中阐述了社会主义现实主义的概念、内容、特征和意义。左翼作家周扬在《十五年来的苏联文学》(《文学》1933 年第 1 卷第 3 号)、《关于"社会主义的现实主义与革命的浪漫主义"——"唯物辩证法的创作方法"之否定》(《现代》1933 年第 4 卷第 1 期) 等文章中，介绍了苏联文艺界提出的这一新口号，也阐述了自己对这一口号的理解。1942 年，毛泽东发表了《在延安文艺座谈会上的谈话》，苏联的社会主义现实主义被赋予"巨大的思想意义"，并成为整风运动中延安文艺界的重要理论标准。佛克马认为："由于他（毛泽东）讲话的背后没有任何直接的来自外国影响的迹象，所以可以推定：毛泽东关于文学的讲话很大程度上倾向于苏联的观点。"[1] 随后，周扬对《讲话》进行了权威的阐释：通过肯定列宁的文艺观来确定文艺与政治、政党的密切关系，强调辩证法和世界观对创作的决定作用；将现实主义与"人性主义"进行对立，认为前者是表现阶级性的、客观的、面向广大人民的，而后者是"表现超阶级的人性的"，是主观的、个人的；在创作方法上主张应"永远向人们启示光明"。至此，社会主义现实主义已不再仅是一种创作方法，在权威话语对其肯定以及以政策的形式进行规范的过程中，文艺的政治性、人民性和教育性成为创作的最高标准。

1947 年至 1952 年，我国翻译了大量苏联的社会主义现实主义论著。周扬在《社会主义现实主义——中国文学前进的道路》(《人民日报》1953 年 1 月 11 日)一文中指出：苏联文学的强大力量就在于其社会主义现实主义的方法，现在的苏联文学不仅是中国作家学习的范例，而且是"作为以共产主义思想教育和鼓舞广

---

① 佛克马：《中国文学与苏联影响(1956—1960)》，季进、聂友军译，北京大学出版社，2011，第 4 页。

大中国人民的强大精神力量，成为中国人民新的文化生活的不可缺少的最宝贵的内容了"。他列举了数部为中国读者所熟悉的苏联作品，《被开垦的处女地》位列其中。在 1953 年召开的全国文艺工作者第二次代表大会上，周扬在《为创造更多的优秀的文学艺术作品而奋斗》的报告中再次强调，"苏联社会主义现实主义的文学艺术的巨大成就提供了我们学习的最好的范本"[①]，是我国整个文学艺术创作和批评的最高准则，是指导和鼓舞作家前进的力量。此后，《文艺报》发表社论，提出要"创造社会主义现实主义的文学和艺术，这样的创造一步也不能脱离国家前进的轨道和人民的实际斗争"[②]。至此，以苏联社会主义现实主义为典范的文艺政策在我国完全确立。直至 1957 年底，我国文学界在又一次的学习苏联的高潮中，从政治原则方面进一步强化了对社会主义现实主义的接受和转化。

对社会主义现实主义理论的阐释，我国有与苏联相同、相通的方面，也有立足于本国政治和文学传统的改造。因此，苏中同在社会主义现实主义理论指导下创作的农业集体化小说，既有着明显的相似性和互文性，也有着体现了不同文学传统和民族精神的独特性和异质性。

第一节　苏联 20 世纪 30—60 年代农业集体化小说概述

苏联的农业集体化运动于 1921 年开始酝酿，1929 年全面展开。关于集体化的叙事，最早出现的是卡拉瓦耶娃的《木材加工厂》（1927），紧随其后的是戈尔布诺夫的《破冰期》（1929）、舒霍夫的《憎恨》（1931，又译《不共戴天》）、潘菲洛夫的《磨刀石农庄》（1928—1937）、普拉东诺夫的《地槽》（1929—1930）和肖洛霍夫的《被开垦的处女地》第一部（1932）。其中，在《被开垦的处女地》之外，《磨刀石农庄》对我国读者影响较大。这部小说被认为是第一部正面描写苏

---

① 周扬：《为创造更多的优秀的文学艺术作品而奋斗——一九五三年九月二十四日在中国文学艺术工作者第二次代表大会上的报告》，《文艺报》1953 年第 19 期。

②《文艺报》1953 年第 23 期。

联农业集体化道路的长篇，它通过对集体农庄艰难建立过程的描写，反映了农村的复杂矛盾和尖锐斗争，以极大的时间跨度展现了苏联农村的生活变化，"描绘了在新的历史条件下农民劳动的诗意"[1]。小说第一、第二部的自然主义倾向较为明显，方言土语和乡俗俚语的大量使用曾遭到高尔基的批评。但现在看来，这些内容却有着别样的鲜活可爱的一面。第四部对于主人公到莫斯科参加劳模大会及领袖人物出现的场面设计，以及对于现实的粉饰和美化，影响了小说的思想性和艺术性，常为后人所诟病。小说注意到集体化过程中中农的矛盾性和重要性，表现了他们的犹疑、多虑和不安，在正面人物之外以较多笔墨刻画了中农的形象和性格。作品生动表达了农民对于土地的深厚感情，展现了社会主义新人的精神成长过程，人物形象各具特点，自然风景描写优美动人，但结构较为松散，叙事繁复堆砌，语言佶屈难懂，思想厚度和艺术魅力都逊色于《被开垦的处女地》，虽赢得了官方的认可和推崇，却终在时间的沉淀中淡出人们视野。

此外，普拉东诺夫的《地槽》由于以荒诞、象征、夸张的手法，通过富有寓意的情节事件的展示和人物形象的设计，从反面揭露了集体化运动的弊端，表现了作家对运动失败的经验教训的思考，故在当时未能发表，直到1987年才问世。

随后，关于集体化的叙事比较集中地体现在对农庄建设工作的正面描写，主要作品有巴巴耶夫斯基的《金星英雄》（1953）、《阳光普照大地》（1953），苏洛夫的《曙光照耀着莫斯科》（1953），茹拉夫略夫的《联合收割机手》（1958），福隆科娃的《闲不住的人》（1958），拉普捷夫的《曙光》（1955），格里布科夫的《火光》（1956），奥布霍娃的《小城格卢宾》（1959），费什的《石松林》（1955），穆斯塔芬的《百万富翁》（1953）和拉希多夫的《胜利者》（1954）等。这些作品在情节结构、叙事方式、人物设计等方面有着极大的相似性，十七年时期被作为经典翻译、介绍到中国。

这类表现农庄建设的作品，不再强调阶级斗争和敌我矛盾，大都以一位沉着

---

① 列·费·叶尔绍夫：《苏联文学史》，北京师范大学苏联文学研究所译，北京师范大学出版社，1987，第257页。

自信、无私乐观、勇于担当并掌握了先进的科学知识的人物为主人公，描写其在工作中不断遇到困难和挑战，并终以执着的精神、坚定的信念和科学的方法化解矛盾、突破困境、取得成绩，进而赞扬其突破陈规、勇于进取、积极奉献的优秀品质。此外，小说中一般还会有一条关于主人公的爱情的叙事辅线。当其工作陷入困境时，爱情也往往一筹莫展；当其工作有了进展或取得成绩时，感情中的误会、矛盾、犹豫、迟疑也会迎刃而解。小说最终在主人公收获了事业和爱情的双重喜悦中完美结局。这类作品情节相对简单，结构较为单一，人物形象理想化，艺术手法单调，思想内涵缺乏深度，但作品风格昂扬乐观，叙事明朗活泼，在现实主义话语之下有着浪漫主义的激情，对于人物优秀品质的正面歌颂和乡村纯朴人情、人性的美好表达，显示出浓浓的温情和朴素的真诚。作品中多有对自然风光的细致描写，或是用来表现情感，或是用来推动情节，富有色彩和层次的画面在优美的语言中得到淋漓尽致的呈现。人物之间的美好情感和人对于土地、工作的热爱，使当下的读者能够感受到一种久违了的单纯的温暖和感动，体现出文学作品对于健康、健全人性的彰显的价值和意义。

不能否认，相同的叙事模式之下，每部小说也都各有侧重。其中，穆斯塔芬的《百万富翁》表现了新旧两代集体农庄主席在意识观念、工作思路等方面的严重分歧，讲述了集体农庄在新时代中面临的新问题。德高望重的老农庄主席在新的时代中，渐趋保守滞后；具有先进科学知识的新主席锐意进取，勇于实践，主张以新技术建设农庄。在激烈的争论和不懈的探索之后，年轻的农庄主席终于获得领导的支持和庄员的信任，大胆实施计划并获得成功。主线之外，是围绕男主人公的三角爱情关系。最终，男主人公情感上的动摇、矛盾在农庄建设成功之时趋于明朗、稳定。小说极力刻画男主人公的正确和完美，却适得其反地让人觉出这一形象的乏味、空洞，他如同一个标志性的符号，在作品中时时出现，却不能熠熠生辉。与之相比，老农庄主席的形象就显得精彩许多。尽管他是保守落后的象征，但他对于工作的责任忧虑，对于女儿的深沉父爱，对于庄员的宽容帮助，对于友人的珍惜理解，都使得这一形象亲切可感，丰满厚重。作品中也有一个和西奥卡老爹一样的幽默人物——别伊新，他懒惰夸张，却善良可爱，在他艰难转变的过程中闪烁着令人忍俊不禁的温情。另外，小说精心刻画了两位天使般的女性，她们纯洁的友谊和理性的情感不仅反衬出男性的自私和狭隘，更彰显出女性的善良和宽容，散发着历久弥新的光彩和暖意。

拉希多夫的《胜利者》讲述了一个荒漠变成沃野的故事。苏联乌兹别克共和国的一个山村里，有一大片荒地，终年无水，五谷不生。农村姑娘爱吉丝——村苏维埃主席兼农艺师——发现了水源，带领全村农民疏浚水道，开凿运河，修筑了水电站，改变了靠天吃饭的传统耕种方式，将这片不毛之地变成了丰饶肥沃的土地。小说主人公是一男一女两位领导者，情节较为单一、集中，在通常的歌颂、赞美之外，也展现了人物性格发展和精神成长的过程，爱情辅线的推进相对弥补了作品内容的单薄。

拉普捷夫的《曙光》描写的是二战后苏联唐波夫省农村克服 1946 年大旱灾的真实情况，获 1948 年斯大林文学奖金三等奖。小说着重展现了集体农庄日益成熟后，领导者之间的矛盾分歧和集体事务中出现的问题错误。以写实的内容，触及农庄中各类人物的心理情感、态度立场和性格行为。作家凭借深厚的电影语言基础，以大量人物对话构成一个个生动可感的场景，以富有画面感的情节冲突推进故事的发展，文字简洁而极富张力。小说的主要矛盾集中在改选村苏维埃主席—新主席上任产生的问题—改正错误、战胜困难、完成计划。围绕这一主线，细致展示了三组冲突：党组织内部关于村苏维埃主席人选的分歧和争执；新主席和以书记为代表的积极分子之间的工作思路和方式方法的矛盾；为提高产量、完成进度，生产队之间及内部成员中的竞争和比赛。小说以时间、事件的发展为序，表现了集体农庄中紧张艰苦的工作和复杂冲突的人物关系：既有狡诈、刁诡的对于权力的争夺，也有正直、勤勉的对于工作的坚守；既有世故、圆滑的见风使舵，也有诚实、睿智的坚持正义；既有犹豫、痛苦的怀疑、失望，也有坚定、乐观的信任、感动。一个个具体事件串接起农庄内外的整个世界，一位位各具特点的人物形象展现了农庄成员思想、情感、心理的变化和不同。小说塑造了两位年轻的领导者形象：布宾卓夫坚决果敢却又孤僻急躁，满腔热情却又粗暴狭隘；托劳帕青则谨慎持重、温和冷静、机智理性、胸怀宽广。作品以二人冲突的产生、发展和消除展开情节，以二人之间的信任、宽容、理解和帮助为叙述主调。鲁莽者既有可爱、可笑之处，又有可气、可恼之面，让人始终在担忧、牵挂中关注着他的一举一动；温和者则以完美的性格品质体现出作家对于理想人性的追求和期望。较为成功的人物形象还有：衣着讲究、举止稳重、尊重科学、富有智慧的新型农民；热爱劳动、爱憎分明、开朗热情、蔑视人类的弱点、蔑视体力上和精神上的贫困、勇敢追求幸福生活的新时代女性；阴险狡诈、工于心计、心胸狭窄、自私狠毒的党内敌人等。小说也有直接的政策阐释和口号宣传，影响了文本的艺术内涵。有些抒情过于直露，脱离了正在叙述的事件本身，显得生硬、突兀。语言上大量使用乡村俗语，阅读中有不少佶屈难懂之处。

　　福隆科娃的《闲不住的人》和茹拉夫略夫《联合收割机手》都以农庄庄员为主要人物，表现了社会主义新人对于工作和生活的热爱。《闲不住的人》描写一个集体农庄的挤奶姑娘主张以科学的方法进行饲养工作，却遭到经验丰富、德高望重又墨守成规的老一代农民的坚决反对。通过实践，她有力地证明了自己意见的正确，赢得了众人的信任和支持。小说以温情的笔调叙述了这场涉及观念和爱情的矛盾冲突，从一个极小的角度表现了集体农庄发展中出现的新问题。作品没有简单乐观的吟唱颂歌，也没有浓墨重彩地塑造英雄，而是以具体事件为中心，以各类人物的不同表现，构成小说和谐中有矛盾、平实中有冲突的叙述风格。女主人公的形象几近完美，她热心工作，尊重生命，富有爱心，坚持真理。她的平凡、真纯和质朴，给人一种毫不矫情的感动和温馨。女主人公的爱情与工作相辅相成：工作受挫—爱情晦暗—工作转机—爱情明朗—工作顺利—爱情圆满，两条线索交织汇聚，构成农村新人事业和爱情的主题。小说笔调清新、朴实，扑面而来的青春气息有着"天然去雕饰"的纯净和活力。《联合收割机手》以两位男性收割机驾驶员在工作上的矛盾和生活中的误会为叙述主线，以两对男女的微妙关系为切入点，描写了秋收工作的开展。作品暴露了农庄工作中的具体问题：由于领导者过分强调定额、计划等硬性数字，导致庄员们盲目追求收割数量和"劳动英雄"的称号，不仅影响了工作质量，而且疏远了人与人之间的情感。小说最出色的地方是对主人公心理、情感的细腻表现，或是通过回忆排解苦闷、表达愧疚，或是以大段的景色描写展示复杂、丰富的心理活动。反复出现的柳树的意象，象征了女性婀娜柔弱之下的坚韧和顽强，表现了主人公对妻子难以言表的深情厚谊。此外，乌云、火光、雨、水等意象，恰到好处地暗示和渲染了事件发展过程中的困难或希望。作品的叙述是内敛的，情感的表达是一种蕴藏于不动声色之中的深沉和厚重。

费什的《石松林》围绕修建水电站这一中心事件，以抒情的笔调描写了森林地区的美丽和庄员们纯朴的情感，塑造了认真负责、勇于承担的中年女性领导者形象。在主线之外，小说较多地展示了庄员们富有乡村情趣、多姿多彩的日常生活。在表现女性领导者忘我的工作精神之外，小说展露了其作为一个女性个体的情感世界。作品通过细节表现了她对过世丈夫的怀念和不舍，通过事件叙述了她在新的感情中的纠结和犹豫，通过心理刻画表现出她作为母亲的多虑和困惑，这些个体情感的表现丰富了人物形象的内涵，弥补了人物性格过于完美的缺憾。小说以女主人公对男女在工作、生活、爱情、家庭之中的位置和关系的思考，质疑了传统的以男性为主的观念及行为，隐晦地表达了建立平等两性关系的美好愿望。小说毫不掩饰地歌颂了领导者形象，既表现了他们战争中的舍生忘死，又表现了他们在建设工作中的坚强执着。然而，作品中最具活力和魅力的形象却是普通的农人们：智勇双全、英勇牺牲的沦陷区临时村长，聪慧果敢、乐观开朗的年轻战士，固执倔强、心灵手巧的木匠，风趣幽默、知识渊博的老者，善于创新、精明能干的乡村农艺师，热爱劳动、耿直勇敢的受伤军人，心直口快、善良热情的放牧员，率真质朴、尽职尽责的挤乳员……他们以各异的性格，鲜活、真实、生动地活跃于文本之中，使小说显露出富有民间色彩的意蕴和风情。作品精彩描写了森林地区的如画美景，尤其是对湖水和树木的多次细腻刻画，展现出生活的诗意。另外，小说中的场面描写别具特色，特别是洪水抢险和野外捕熊的两个场景，一个惊心感人，一个妙趣横生，于紧张激烈之中展现出友情、亲情的可贵，于幽默风趣之中表现出乡村生活的风俗野趣。

奥布霍娃的《小城格卢宾》以主人公在工作中遇到的各类人物和各种问题为线索，辐射出偏远的格卢宾地区在全盘集体化后的复杂状况，描写了充满地域色彩的人文风情。作品正面表现了主人公富有智慧的工作方法和技巧，也从侧面展示了集体农庄存在的问题以及庄员们的精神情感在劳动中所发生的潜在变化。小说没有将领导者形象塑造得完美无瑕，而是把他当作一个生活中的"人"来刻画。他工作认真、不惧艰辛，厌恶形式、不慕虚名，注重实干、以德服人，知人善用、宽以待人；但他也有着令人讨厌的坏脾气，也会不留情面地尽情嘲讽，也会失去耐心，做出错误的判断和决定。在个人情感上，他对妻子心生冷漠，多有不满，却又隐忍迟疑，回避矛盾。他对女医生产生了好感，却又在犹豫猜度中踯躅不前。小说从细腻的心理、丰富的情感、深邃的思想等方面展示了他多样的性格特点，使这一人物在同类形象中显露出属于自己的光彩。小说还描写了边远小城富有地域色彩的人情风俗，描绘了乡村充满画面感的温馨质朴的生活。作品中有着较多的叙述和议论，叙述者的声音会在正在发生着的情节或人物对话中突然出现，或表达情感，或阐释道理，也有一些呼号式的抒情，比较突兀、生硬。

这些小说在显性的农庄建设主题之下，都潜在地表现了战争创伤主题。关于战争的影响、记忆和伤痛，在这类作品中都或多或少、或隐或现地存在着。或许作家并不是刻意关注，但深埋于人们意识深处的精神创伤总是在话语叙事中不由自主地流露。它既显示了战争的残酷无情，也表现了人类在无常历史中的无奈和坚韧。《胜利者》中塑造了两位纯朴、豁达的老人，他们带着战争中失去至亲的伤痛，在新的历史时期一如既往地热爱着土地，以年迈却又是新生的力量热情工作、快乐生活。他们以生命的韧性放逐了战争的苦痛，彰显出人性的力量。《石松林》中，作者在正面描写修建水电站面临的物资劳力短缺、自然灾害频繁等困难时，巧妙地借助人物的回忆、对话，侧面讲述了卫国战争的惨烈和残酷，以人物的独白和心理活动描述了沦陷时期地下工作者与敌人的惊险斗争。小说中几乎没有一个完整的家庭，每一个人都是带着战争的伤痕记忆坚强生活。战争创伤在此类小说中多有出现，这如果不是巧合，就应该是不谋而合。关注战争带给人类的精神苦痛，是这一时期的集体化小说意外的收获。

20 世纪 50 年代后，苏联"解冻文学"开始萌动，对"无冲突论"的批判使文坛出现了一批"干预生活"的作品。其中，奥维奇金的特写集《区里的日常生活》（1952—1956），特罗耶波利斯基的《一个农艺师的札记》（1953），尼古拉耶娃的《拖拉机站站长和总农艺师》（1954），田德里亚科夫的《伊凡·楚普罗夫的堕落》（1953）、《阴雨天》（1954）、《不称心的女婿》（1954）、《死结》（1956），沃罗宁的《不需要的荣誉》（1955），扎雷金的《在额尔齐斯河上》（1964），普罗斯库林的《苦草》（1964），别洛夫的《司空见惯》（1966）等作品从不同方面暴露了苏联农村的尖锐矛盾。

奥维奇金曾在 1935 年出版了短篇小说集《集体农庄的故事》，1939 年发表中篇《普拉斯科菲娅·马克西莫夫》和《斯图卡契的来客》，这些关于集体农庄的小说，从不同角度暴露了农庄建设中存在的问题和错误。《区里的日常生活》是奥维奇金的代表作，由五篇特写构成，以纪实性的叙述虚构了人物和情节，揭露了农庄工作中的官僚主义、形式主义作风。正面人物形象体现出作者理想中的农村干部的特点：掌握理论知识，了解政策文件，关心群众，深入工作并具有创新精神。但其创作的人物中艺术成就最高的却是具有各种缺点、作为正面人物的对立面出现的鲍尔卓夫，这一鲜活的形象被认为是"当时文学中的重大突破"[1]。小说被称为是"第一本大量暴露党在领导集体农庄中的问题的书"[2]，而作者为躲避政治质疑，也设计了一些有损于作品的艺术性和真实性的情节。小说结构紧凑合理，内容简洁自然，文字凝练质朴，精心的构思常使人忘记其虚构的本质。此外，叙述者还经常直接议论工作中出现的问题，并自由、灵活地在不同问题之间转换、跳跃，显示出极强的政论性。

---

① 许贤绪：《当代苏联小说史》，上海外语教育出版社，1991，第 41 页。
② 同上书，第 42 页。

特罗耶波利斯基的《一个农艺师的札记》是由七个短篇组成的笔记小说，作者以辛辣的讽刺和怪诞的夸张表现了反面人物的滑稽可笑，用平淡无奇的"一般化"手法表现正面人物的普通平常。贯穿七篇小说的人物是"我"（农艺师），每篇又都有一个主要人物，夸夸其谈的二流子、充满幻想的懒汉、不学无术的农村干部以及工作认真的老农、富有人情味的生产队队长等各具代表性的形象，反映了苏联 50 年代农村普遍存在的弊病。其中，开会上瘾、擅长长篇空论、调动了十七次工作的农村中层干部形象是最为读者所熟悉，也最富有典型特征和艺术价值的。小说最突出的手法是寓于幽默之中的讽刺和优美的写景、抒情，作家对自然风景的富有感情的描绘也是其刻画人物美好心灵的重要手段。

尼古拉耶娃的《拖拉机站站长和总农艺师》在我国久负盛名，并影响了以王蒙为代表的一代作家。娜斯嘉纯朴、刚毅、倔强的性格使人历久难忘，她的富有青春活力的执着精神更是成为我国 20 世纪 50 年代青年学习的榜样。田德里亚科夫的《阴雨天》批判了以完成指标计划为唯一目的，不顾实际情况，压制群众的正确建议，一味迎合上级指示，给农业生产带来巨大损失的官僚主义作风，进而指出真正造成国家财产损失的不是客观的阴雨天气，而是某些干部主观、教条的行为和不敢担当、推卸责任的私心杂念。《不称心的女婿》讲述了具有新思想的女婿和私有观念极强的岳父之间的矛盾，田德里亚科夫以此说明群众的落后意识也是阻碍农村发展的重要原因。《死结》揭露了 50 年代苏联农村从上到下存在的严重问题：无处不在的官僚主义，脱离实际的生产计划，不合理的规章制度，患得患失的领导及其盲目冒险的方法，共同造成了农庄生产的混乱和困难。田德里亚科夫揭示出，农村工作出现错误的原因不仅在于领导者自身的缺点和失误，而且在于客观的社会环境对人造成的压力和影响。小说的结尾较为独特，不是以通常的坏人受罚告终，而是暗示有野心的人仍然存在并可能继续升迁，因而斗争并未结束。小说中也以一对青年男女的爱情为辅线，既对反面人物自私阴险的性格做了必要的补充，也显示出农村社会中纯朴的人性美和纯净的自然美。

扎雷金的《在额尔齐斯河上》通过农民群众的心理活动表现了集体化运动开

始阶段的困难和运动过程中的悲剧性，描写了农民决定参加集体化运动前的深思熟虑和动摇疑虑。小说主人公是一位具有人道主义思想和崇高精神境界的农民。他的悲剧命运揭示出 30 年代苏联农村存在的严重问题及错误政策给农民带来的巨大危害，引起了人们对农业集体化运动是否应重新评价的讨论。这一形象也表现出作家对人民性格的理解和同情。

苏联从 20 世纪 30 年代至 60 年代的农业集体化小说大致可以分为四个阶段：30 年代，以反映农庄建立的艰难过程和建立初期的矛盾、斗争、困难为主要内容。40 年代，受"无冲突论"影响，对农庄建设中的领导、庄员进行正面歌颂，以描写光明为主，美化生活，粉饰现实，但一些作品在歌颂之外也表现出对人性、人情美的赞扬，对战争的思考和对历史的反思，明朗、乐观的叙事风格洋溢着活力和温情。50 年代初期，作品以讽刺、夸张、幽默等手法对农庄工作中的错误、问题进行揭露，描写了官僚主义、教条主义、主观主义对农村工作带来的伤害，特写、政论、笔记体等多种风格被运用到创作中，表现出作家勇于干预生活的写作精神。但由于小说为和形势发展密切配合，不能在艺术上精雕细琢，在某些地方有着雷同、重复、单一的缺陷。50 年代中后期，作品主题思想明显深化，作家更加注重刻画农村人物的思想、性格，积极探索人的道德面貌和心灵世界，出现了哲理性抒情、史诗性追溯等叙事风格，既表现了农村的严酷现实，也看到了农村生活的新气象。

在数目众多的苏联农业集体化小说中，不少作品随着时间的流逝早已被人遗忘。而肖洛霍夫的《被开垦的处女地》则因丰富的历史内容、雄阔的生活画面、多义的文本内涵和独特的艺术构思，自面世至今仍在文学史中占有一席之地。尽管小说是在革命领袖的鼓励下创作完成的，作品本身也在阶级叙事的框架中显示出文学对于政治的配合宣传作用，但小说仍在宏大的时代主题中有着对复杂人性的深刻思考和对世态人情的细腻体察。也可以说，肖洛霍夫以深沉的情感和精湛的艺术技巧表现了苏联农业集体化时期哥萨克民族的一段曲折而残酷的历史。小说在带着泥土气息的鲜活场景中，展现了富有民族、地域特点的苏联农村生活，刻画了各具特征的哥萨克农民，表现了时代政治裹挟下从革命领导者到各类农民的复杂心理和情感。作品以多声部的文学话语淡化了政治话语介入文本可能产生的生硬感，以多色彩的时代画面强化了文学独具的审美表现。另外，小说的全部完成有着近三十年的时间跨度。作家因此能够以注视和反观的双重视角对时代政治进行更为全面和客观的反映，作品也因此而具备了更丰厚的社会历史内容和更丰富的艺术内涵。正是这些原因，使《被开垦的处女地》显示出超越于其他苏联农业集体化小说的经典魅力，即使在今天读来仍令人为之震撼，毫无久远、陌生和隔膜之感。

第二节　中国十七年时期农业合作化小说概述

我国于1951年底开始进行农业合作化运动，经过了互助组、初级社、高级社、人民公社等阶段。十七年时期的农村题材小说，对这一翻天覆地的历史变革既有着配合运动的同步反映，又有着不同风格、不同角度的历史反观。"所谓合作化小说，就是指那些以农业合作化制度的创建和巩固为内容，以社会主义集体主义价值观的合理性、合法性为诉求重点的小说。"[①]解放区文学中，欧阳山的《高干大》、柳青的《种谷记》就已经出现了对合作化萌芽状态的互助组的描写，集体化道路与私有观念的矛盾开始被作家关注和反映。土改小说可以看作合作化小说的前奏，其代表作品《太阳照在桑干河上》和《暴风骤雨》所采用的叙事模式、结构框架、阶级立场都直接影响了合作化小说的写作。20世纪50年代初期至中期，紧跟时代步伐、及时反映农村现实的小说多以中短篇为主，"篇幅在四五万字以上的中篇和较大的长篇，我们有着将近二十部"[②]，长篇中，影响较大的是赵树理的《三里湾》和秦兆阳的《在田野上，前进！》。人民公社制度建立后，出现了一些反映农村社会主义改造的历史必然性的鸿篇巨制：《山乡巨变》《创业史》《风雷》《艳阳天》《香飘四季》等，这些小说多以宏观的视角、史诗的气魄表现合作化运动的正确性、

---

① 杜国景：《合作化小说中的乡村故事与国家历史》，中国社会科学出版社，2011，第6页。
② 康濯：《关于两年来反映当前农村生活的小说——在中国作家协会第二次理事会会议（扩大）上的补充报告》，载《初鸣集》，作家出版社，1959，第133页。

艰巨性和复杂性，描写农民各阶级在这一过程中的不同心态和表现，展现了农村生产方式和农民思想意识的艰难变革。这一时期的中短篇小说，仍是密切反映当时农村的主要工作，以表现"大跃进"运动和人民公社建设过程中农村的新人新事新风貌为主要内容，既不可避免地显示出时代的烙印，也有着作家细致的观察和深刻的思考。此外，浩然在"文革"时期还著有一部合作化的长篇《金光大道》，由于此书写作背景相对特殊，并且全书最终完成于20世纪90年代，在艺术上也并未超越《艳阳天》，因而在此不将其放入十七年时期合作化小说的范围内。

从作品的叙述方法、艺术技巧、审美追求和风格特点来看，我国的合作化小说大体可以分为两类：以赵树理、孙犁、李凖、康濯、沙汀、刘澍德、西戎、马烽等作家为代表，自觉从民间传统文化中汲取资源，以普通农民为关注对象，以日常生活的细微改变反映社会运动的发展，于朴素、真诚的叙事中彰显人性、人情的美好，作品在时代特征之外有着来自民间的风俗俚趣和诗意情怀；以周立波、丁玲、柳青、浩然等为代表的作家，其艺术积累较多受到外来文学的影响，欧化倾向明显，常以容纳广阔社会现实的长篇展现农村波谲云诡的巨变，以宏观的视角和庞大的结构正面表现合作化运动的合理性和必然性，表现农民在这一运动中情感、心理、精神的变化，其叙事语言文雅优美，景色描写意境深远，抒情议论张弛有致，以阶级的眼光表现正反面力量的斗争，以党性原则为标准塑造社会主义新人，注重群众场面描写，于富有诗意的刻画中展现农村生活的多彩和人物情感的丰富。

赵树理反映合作化运动的小说中最有影响的是《三里湾》（1955）和《锻炼锻炼》（1958）。作为一个特别重视民族传统和群众阅读习惯的作家，他的小说总是有头有尾，注重故事的完整性、连贯性，以评书小说式的写法将情景描写融入故事叙述之中，单线推进情节结构；语言上，汲取了群众口语和说唱文学语言的精华，自然、流畅、朴实、平易，"达到了通俗化和艺术化的结合，口头语和书面语的统一，具有华北农村群众语言的特色而又为全国人民所喜闻和共赏"[①]；善用

---

① 冯健男：《赵树理创作的民族风格——从〈下乡集〉说起》，《文艺报》1964 年第 1 期。

白描手法塑造人物，通过人物的语言、行动展示其心理，独特、有趣的民俗描写使小说在幽默、乐观的基调中显露出土里土气、结实质朴的农村本色。在赵树理影响下，马烽的《三年早知道》（1958）、西戎的《宋老大进城》（1955）、《赖大嫂》（1962）都以严谨活泼的结构、幽默明快的语言、丰满鲜明的形象讲述了农村生活中的新人新事，在明朗流畅的叙述中展现了农民精神、物质生活的变化，具有浓郁的民族风格和独特的地方色彩，但也有着在单一的情节中过分表现美好的不足，"小真实，大虚假"的感觉总让人挥之不去。

孙犁关于合作化的书写呈现出的是另一种风貌。他于1949年发表的中篇《村歌》描写了互助组时期的农村面貌，讲述了泼辣热情、敢作敢当的农村姑娘双眉组织村里几位思想落后的女性成立互助组，经过努力获得成功的故事。小说的内容和同类作品并无太大差别，但清丽的语言和简洁的叙事使这一故事脱去了政治的沉重，对主流话题的反映巧妙地消解于日常生活的人情风俗之中。并不紧凑的情节由人物精短的对话连接，散文化的语言如出水芙蓉般清澈，女性的美好在温和的矛盾中尽显。孙犁另有一个短篇《秋千》（1950），以轻灵的文字关注了革命风暴中富农子女的命运。时代风云是故事展开的基础，但作家通过对女性美好情怀的表现不仅弱化了政治运动的分量，而且似乎对于政治标准、条文规定进行了委婉的嘲讽。小说虽也是表现先进人物的正面力量和品质，但更注重发掘历史变动中个体生命超越阶级局限的美好和善良。因此，同样是积极进步的人物，在孙犁的小说中却显得如此朴素、真实、自然。合作化时期，孙犁一如既往地关注着冀中平原的农村生活，对家乡的深情厚爱，对农民的理解同情，使他的作品显示出疏离于政治运动之外的纯净和轻灵。中篇《铁木前传》（1956）是一篇别致的合作化小说，孙犁将运动本身作为反映农村生活和农民心态变化的背景，以抒情的笔调，从人情变迁的角度展现了历史规律的无情。小说情节单纯明净，语言清新洗练、优美动人，时代风云的变幻莫测在日常琐事、儿女情感的细腻体察中淡化，深刻的哲理和丰富的社会历史内容相融于富有人情的叙事之中。作品中，老一辈人曾经深厚的友谊，在阶级分化的过程中无可奈何地走向了破裂，"这里所提出的社会问题，正是作者对生活进行了深刻的探索和认真的科学分析（阶级分析）所得出来的结论。作品的深刻的思想意义和严峻的现实主义精神也就在于此"①。在表现新生的社会力量时，小说塑造了各具特色的年轻一代的形象：热爱生活、追求进步、勤俭好强的九儿，灵巧能干、活力四射，又散漫放荡的小满儿，好学上进、热爱劳动、恭谨孝顺的四儿，贪图安逸、纯真善良、与世无争的六儿。孙犁没有简单地将落后人物脸谱化，而是在客观展示其缺点的同时表现出人物性格的多样，以温情、豁达的胸怀发现人物品性中的美好，浓厚的人道主义情怀溢于言表。与《荷花淀》等小说一样，孙犁在反映社会变革的背景下，格外关注了农村女性的美丽生命和美好情感，不仅用充满诗意的文字描绘了她们朝气蓬勃的青春风貌，而且用细腻的情感体察了她们丰富的内心世界。小说中关于乡村风俗和人性、人情的描写，冲淡了社会变革带来的紧张、不适之感，孙犁在清新、柔婉的叙事中反映了时代的步伐，政治运动淡化为表现人物情感变化的后台布景。小说以明丽典雅的文字营造出古典文学的意境，以抒情化的笔调彰显出生活本身的意趣，复杂的历史内容在日常生活的诗意中消解、沉淀。孙犁以富有人情味的生活视角观照合作化运动，以普通农民命运和情感的变化烛照社会历史的变迁，叙事明快隽永、韵味十足，在并不激烈的冲突中反映了时代的脉动。

康濯也是一位偏爱传统文学技法、善于吸取群众语言进行创作的作家，《春种秋收》收录了他从 1953 年到 1954 年写的十个短篇，描写了合作化初期的农村生活，着力表现了年青一代的精神面貌。小说语言单纯、朴素、明朗，较多地继承了传统文学和民间文学的特色。尤其是在代表作品《春种秋收》中，无论是人物对话还是叙事描写，使用的都是从人民生活中提炼而来的生活化语言，简练准确，生动形象。对人物形象的刻画，善于抓住主要特征进行突出表现，人物性格鲜活明朗。叙事过程中，名为"老康"的叙述者时常出现，使康濯能够灵活地进行插叙、倒叙、抒情，以表达自己鲜明的倾向和强烈的感情。在艺术上，《春种

---

① 黄秋耘：《关于孙犁作品的片断感想》，载《古今集》，作家出版社，1962，第 23 页。

秋收》显示出稳健、平实的风格，但集子中的其他作品大都显得粗糙、枯燥，缺乏表现力。康濯最显功力也最为人称道的合作化小说是《水滴石穿》（1957），他以积极干预现实生活的态度描写了年轻寡居的女劳模申玉枝在新的历史时期面临的工作上的困难和生活上的困惑。合作化运动是女主人公情感矛盾展开的时代背景，康濯描写了她工作中表现出来的出众的能力和高尚的品德，更关注的是她作为一个女性对爱情的向往和追求。尽管作品也表现了合作化的正确性和人们积极参与的高度热情，但康濯着力描写的是申玉枝爱情生活的曲折、复杂和其丰富细腻的心理世界。康濯以对一个女性命运的关注，表现了复杂莫测的社会生活和世态人心，反映了政治对爱情、人性的摧残和对个人生活合理权利的损害。小说中的各类人物都是生活中普遍存在的，他们的矛盾和困惑既有着鲜明的时代特征和历史局限，又有着各自不同的积淀和渊源，他们丰满各异的性格显示出作家塑造人物的精湛技巧。作品基调阴郁沉重，语言朴实凝重，民间风俗和乡野传说被恰到好处地融入人物命运和情节发展之中。在艺术技巧上，人物刻画与情节、命运、行动相结合，结构的紧凑、情节的张弛及前后的衔接则较多地借鉴了我国古典小说的传统。

秦兆阳于 1954 年出版的短篇小说集《农村散记》，以亲切朴实的语言叙述了合作化时期农民生活中的点滴小事，通过极富生活气息的日常细节以小见大地表现了新时期我国农民的精神世界。小说巧妙地截取生活中的一些片段，或表现肩负着沉重历史的年老一代在新的形势下无可奈何的落寞，或表现充满青春活力的年青一代丰富的内心世界和多彩的生活情调，取材别致，布局精巧，手法多样，技巧圆熟。对于合作化运动，小说没有正面的直接描写，但通过人物纯朴平实的对话、细微真诚的行动和毫不矫饰的心理活动，从平凡琐碎的生活中反映了时代的巨变，恬淡、平和的叙事使作品润泽、流畅、质朴可感。

李準的第一个短篇《不能走那条路》（1953）最早表现了农业集体化对农村建设的意义，反映了农民放弃千百年来形成的买田置地发家的理想后走上集体化道路的复杂心路历程。小说明显配合了政治宣传的需要，但也提出了现实生活中出现的新问题，尤其是李準对河南农村方言、俗语的准确、生动使用，为作品增添了浓郁的生活气息和独特的地方色彩。《李双双小传》（1960）以一位泼辣、爽快、倔强的农村女性为主角，通过她走出家庭、走向社会的命运变化，表现了农村普通女性精神世界的成长过程。小说带有"大跃进"时期的时代特征，但作品幽默风趣的语言、鲜明生动的人物、富有生活色彩的人情风俗冲淡了以文本图解政治的单调和刻板，喜剧的色彩使小说显示出欢快、明朗的格调。李準擅长以民间俗语、口语刻画人物，渲染氛围，通过对充满矛盾的家庭风波的描写，表露出富有民族特点的含蓄、委婉、细腻的夫妻情感。对于李双双的刻画，李準说："李双双爽朗、泼辣、快乐……我觉得她好像是快嘴李翠莲和莺莺的笑的结合。"[①] 从中可以看出作家塑造这一形象的历史文化渊源。随后不久，李準又写了短篇《耕云记》，仍是从生活细节、普通人物、日常事件表现历史变革时期农村的新面貌，结构巧妙，语言朴实，虽也是反映新人新事，但李準对主要人物并没有溢美之词，而是通过其朴实无华的言语和踏实勤恳的行动塑造了其平凡质朴、亲切可感的形象。李準善于通过富有时代气息的生活变化和家庭矛盾反映时代特征，通过充满民间情趣和乡土气息的点滴细节表现时代主题，在关注现实生活主流倾向的同时兼顾了作品的艺术价值，显示出文学对于政治的自觉规避。

沙汀的《过渡集》收录了他从 1950 年至 1964 年创作的 24 个短篇，其中既有对农村生活中社会主义新人的塑造，又有对农村中"不愉快的生活片段"的直接描写。[②] 作为一位严谨的现实主义作家，沙汀在反映合作化运动的小说中对于农民的积极热情和落后自私，对于农村工作中的成绩功效和问题错误都进行了反映。小说对于重大事件一般不作正面表现，而是通过对工作中确实存在的矛盾、困难及生活中不可避免的摩擦的细致入微的描写，反映时代大环境中农民思想的复杂多样。沙汀没有回避农民精神世界中存在的种种缺陷，也没有过度拔高农民纯朴的热情，而是在生活的底色上进行了冷静客观的表现。在人物塑造方面，沙

---

① 朱珩春：《海滨的谈话》，载《外部的和内部的世界》，作家出版社，1998，第361页。
② 冯健男：《谈沙汀的短篇小说》，《人民文学》1959 年第 8 期。

汀擅长抓住人物外貌和性格的主要特征，以极少的文字进行精彩、准确的刻画，并往往采用插叙的方式，见缝插针地交代人物性格形成、生活现状的来龙去脉，在叙述中经常使用借代的修辞手法强调人物特征，突出人物特点。小说选材严格，开掘深广，以小画面、小事情反映出时代的大特点。作品结构极为严谨，沙汀往往采用截取横断面的手法开始故事的叙述，并在情节的自然发展中进行转折、深入，然后适可而止地结束全篇，显示出深厚的功力和恰到好处的火候。小说语言含蓄谨严，人物描写细致自然，细节刻画精致深刻，叙事内敛，意味深长，在生活的丰富中表现了矛盾的无处不在。

以描写滇疆乡土见长的作家刘澍德，在 50 年代中期以后的创作中较多地涉及了合作化运动中农村生活的变化。中篇《桥》（1955）以富有地域色彩的笔调描写了云南农村收购余粮，建立合作社的过程。作家以家庭、亲情、爱情为叙事主线，从生活纠葛中展开主题、塑造人物，在幽默又耐人寻味的语言中表现了辛勤劳动、致力发家的老农在时代洪流中的艰难抉择，表现了集体化过程中一类农民的精神世界。小说具有浓郁的地域特点，在充满民俗习惯和民间方言的日常生活描述中表现了集体思想和自发势力的斗争。虽也反映了政治事件对农村生活的影响，但作品中富有情趣的生活内容、细腻丰富的人物心理以及轻快之中隐含凝重的风格，都使小说具有了一定的思想深度和艺术特色。刘澍德此后的三个短篇集也都描写了新中国农村的变化，《造春集》（1958）侧重于在欢快的基调中描写农村新事，《红云》（1960）主要通过新旧矛盾表现农村新人，《卖梨》（1963）则大胆地触及了农村工作中的问题。从这些作品可以看出，时代变革虽然是作家坚持的主题，但农民精神、情感、观念的改变才更是作家实在的着力点，以农村的淳朴生活、农民的复杂心理侧面反映社会变化，是其合作化小说的显著特色。未完成的长篇《归家》（1962）对于合作化时期的农村进行了富有探索的表现，小说在选材上涉及了以先进科学知识进行农业生产的新内容，在情节上以两位男女主人公的情感纠葛来结构故事，在人物塑造上以历史原因的现实发展为背景表现社会主义新人的内心世界。平和冲淡的叙述话语含蓄蕴藉，内涵丰富的细节情感韵味无穷。

　　此外，反映合作化时期农村生活的中短篇小说中，谷峪的《强扭的瓜不甜》（1951）、《新事新办》（1953）以生动的故事描写了翻身解放的农民在思想、道德观念上的变化，刘绍棠的《青枝绿叶》（1953），王汶石的《风雪之夜》（1958），王西彦的《新的土壤》（1958）、《眷恋土地的人》（1957），吉学霈的《在前进的道路上》（1956）、《一面小白旗的风波》（1954），骆宾基的《夜走黄泥岗》（1953），方之的《在泉边》（1955），浩然的《喜鹊登枝》（1956），何永偕的《大风暴》（1956），杨禾的《爱社的人》（1956）和杨书云的《石板沙沟一家人》（1956）等，都以较小的视角、欢快的基调反映了农村的新生活，描写了合作化的具体工作，表现了农民新的道德风尚和精神面貌。总之，十七年时期以合作化运动为主题的中短篇小说在艺术上各有千秋，或是注重语言的民间色彩，或是注重形式的活泼生动，或是注重技巧的打磨锤炼，或是在乐观明朗的基调之下隐现作家的深刻思想。在较为单一的主题中，作品力求从生活的复杂性、人物的多面性、现实的丰富性等方面表现农民真正的生活。虽不可避免地带上了时代的烙印，但也在一定范围内最大限度地表达了作家对于生活的观察和思考，作品在多种限制之下显露出的美学特点和艺术风格应该可以看作文学对于政治的自觉反抗。和同时期介绍到我国的苏联同题材作品相比，我国的中短篇合作化小说对于光明的歌颂和矛盾的揭露都显得含蓄委婉，既没有苏联小说中对于胜利不加掩饰的赞美和对于生活前景过度自信的想象，也没有苏联小说中对于实际工作中出现的问题、错误的深刻反思，而是在一种有节制、有分寸的把握中，既表现了时代变革的正确性和生活变化的进步性，又适度地展露出社会进程中的矛盾和问题。在创作手法上，我国中短篇合作化小说更多从传统文学中借鉴技巧和语言，谋篇布局、情节设计和结构设置较多地从民间文学汲取营养，以生活细节侧面表现时代变化，以乡土人情、风俗俚趣淡化政治事件的严肃，不直接表现阶级斗争的血雨腥风，也不注重从宏观视角表现时代历程，而是通过新中国农民实在具体的生活细节和质朴细腻的心理情感表现社会变革对农村的巨大影响。

　　我国合作化长篇小说中，陈残云的《香飘四季》（1963）与大多数长篇的叙事模式有着较大的差别。这部描写广东农村从高级社到人民公社的历史进程的小说，将时代主题作为故事展开的背景，在男女情爱的叙事主线中描绘了南方水乡秀美热烈的生活场景，展现了岭南文化的世俗性、多元性和开放性，通过对小人物命运的关注表达了时代变革中朴素率直的乡民情感。小说没有采用史诗结构，也没有以阶级斗争为叙事主线，而是在一个看似周密严整的政治框架中以对乡村生活的日常性、民间性书写，表现出浓厚的乡土意识和作家细腻婉切的审美品格。这样精巧的艺术构思和自觉的美学追求在我国十七年时期的长篇合作化小说中并不多见。

　　总之，这类作品对于合作化的书写较多从农民的视角和日常的生活进行表达，注重民间文化资源的汲取和利用。作家以巧妙的构思和丰富的内容力图在政治话语的覆盖中实现作品的艺术价值，从农村人情世俗、道德伦理关系的变化中反映新的历史时期农民精神世界的成长和实际生活的改变，小说在共同的时代主题中呈现出一定程度的多彩和丰蕴。但在文学史中占有更多篇幅和分量，具有更大影响力的合作化小说大多是另一种文本：《在田野上，前进！》（1956）、《山乡巨变》（1958）、《创业史》（1960）、《汾水长流》（1962）、《风雷》（1964）、《山村新人》（1965）、《艳阳天》（1966）、《我爱松花江》（1979）等。这类宏伟长篇，多在阶级斗争叙事的主线中，以广阔的生活场景和尖锐的矛盾冲突对时代运动进行气势磅礴的书写和激昂澎湃的表达，显示出与我国同时期的其他合作化小说以及其他时期的农村题材作品明显不同的话语方式和美学风格。这类作品，更鲜明地呈现出以文学创作反映政治变革、从阶级斗争表现农村生活的文本特点，在思想表达、审美追求和艺术技巧等方面，表现出与苏联同类题材小说《被开垦的处女地》的明显互文性。

第四章
《被开垦的处女地》与中国合作化长篇小说

　　1966 年，法国学者朱莉娅·克里斯蒂娃在《词、对话、小说》一文中第一次提出了"互文性"这一术语："任何文本的建构都是引言的镶嵌组合；任何文本都是对其他文本的吸收与转化。"[1] "横向轴（作者—读者）和纵向轴（文本—背景）重合后揭示了这样一个事实：一个词（或一篇文本）是另一些词（或文本）的再现，我们从中至少可以读到另一个词（或另一篇文本）。在巴赫金看来，这两支轴代表对话（dialogue）和语义双关（ambivalence），它们之间并无严密的区分。巴赫金第一次将这一视角引入了文学理论。此后，克里斯蒂娃在《封闭的文本》（1967）中进一步明确了"互文性"的定义，认为"互文性"是一篇文本中交叉出现的其他文本的表述，是文学文本最基本的特点之一。[2] 1969 年，她在《符号学，语义分析研究》一书中又重申了这一概念。并且，在她的博士论文《作为文本的小说》里，"互文性"作为重要的文本概念出现，也是她得出的结论之一。她以《让·萨德列》为例，分析了隐藏于这一文本之中的来自古代、中古的众多其他文本的影响因子，论证了"书乃书之本，书从书中来"的道理。她认为文本并

---

[1] 朱莉娅·克里斯蒂娃：《词语、对话和小说》，载《符号学：符义分析探索集》，史忠义等译，复旦大学出版社，2015，第 87 页。

[2] 朱莉娅·克里斯蒂娃：《封闭的文本》，载《符号学：符义分析探索集》，史忠义等译，复旦大学出版社，2015，第 51—53 页。

不是孤立的单数存在，而是隐含了各种其他文本信息的复数存在，当前文本中蕴含着众多的历史文化因素，历史文化因素也凝聚在当前文本之中，这就是"互文性"。"文本意味着文本间的置换，具有互文性（intertextualité）：在一个文本的空间里，取自其他文本的若干陈述相互交会和中和。"①1971 年，索莱尔斯进一步将互文性定义为：每一篇文本都联系着若干篇文本，并且对这些文本起着复读、强调、浓缩、转移和深化的作用。②"文本写作"观认为，任何文本都是对其他文本的承续、移位、置换和转化，文本之间是相互渗透、相互交叉的，先前文化的文本和周围文化的文本都以不同的形式存在于新的文本之中。因此，文学创作中，作家并不是纯粹客观地反映现实，而是在对其他文本的浓缩、融合、修补、深化中，在对"以前文本的记忆或遗迹中"形成新的文本，文学史本身就是一个从文本到文本的系列，文学的发展是文本之间的拼接、吸收和改编。"文学作品的作者不仅从语言系统中选词，他还要从已有的文学文本和文学传统中选择情节、文类、意象、叙事方式和套语等。"③

　　文本是阅读的产物，每一位作家的阅读都是无数文本的交汇和融合，记忆的机制使得作家在创作过程中不可能完全抹去其他文本的痕迹信息，因而脱离互文性而绝对创新独立的作品和不受其他作家影响而完全独立创作的作家都是不可能存在的，整个社会的历史以及古代的、当代的文本都会在当前文本中得到不同程度的体现。任何一个文学文本都可以分为现象文本和生成文本两个部分，从表层的语言到深层的生产都是对其他文本的模仿、改造和转换。同时，"互文性"不仅承认文本之间的共时性关系，而且强调文本之间的历时性联系，对于文本意义的解读力求通过追溯与其他文本的关系发现文本与文学传统、历史文化之间的关联，放弃对于文学文本终极意义的阐释，注重探寻文学文本意义的多义性和隐喻

---

① 朱莉娅·克里斯蒂娃：《封闭的文本》，载《符号学：符义分析探索集》，史忠义等译，复旦大学出版社，2015，第51页。

② 菲力普·索莱尔斯选编《理论全览》，Seuil 出版社，1971，第 75 页。转引自萨莫瓦约《互文性研究》，邵炜译，天津人民出版社，2003，第 5 页。

③ 李玉平：《多元文化时代的文学经典理论》，南开大学出版社，2010，第 34 页。

性。我国传统文论中，对于诗歌创作师承关系的发掘、对于诗体句法流脉的考察以及刘勰的"秘响旁通"(《文心雕龙·隐秀》)的思想和西昆体诗人注重因袭模仿的创作主旨，应该都可以看作和"互文性"相通。

20世纪50年代的中国，在政治体制、社会思想和文艺规范等方面，都受到了苏联的全面影响。我国此期的文学创作，不仅有着和苏联相似的社会主义现实主义理论背景，而且积极、主动地从苏联文学中汲取营养。对于很多成长于这一年代的作家来说，苏联文学作品是他们最为重要的精神资源，也为他们提供了最为直接的阅读经验。肖洛霍夫作为苏联久负盛名的作家，不仅以其鲜明的立场和丰厚的创作赢得了我国主流话语的推崇，而且凭借其深刻的思想和精湛的艺术技巧，赢得了我国各类读者的喜爱。《被开垦的处女地》是苏联农业集体化小说的典范之作，既及时、真实、深刻地反映了时代变革，又以丰富的话语内涵显示出独特的美学价值。于政治话语中彰显文学的魅力，于时代环境中坚守创作的底线，是肖洛霍夫和《被开垦的处女地》带给我们的重要启示。

与苏联的社会主义进程相似，我国在50年代也进行了轰轰烈烈的合作化运动，并同样涌现出了一批对这一重大政治事件进行反映的合作化小说。如热奈特所说："没有任何一部文学作品中不在某种程度上带有其他作品的痕迹，从这个意义上讲，所有的作品都是超文本的。只不过作品和作品相比，程度有所不同罢了(或者说有的作品更公开、更直观、更明显)。"① 在相似的社会背景和时代主题中，我国合作化小说在叙事模式、话语方式、人物塑造等方面，都表现出与苏联农业集体化经典作品——《被开垦的处女地》的某些相似性。但同时，我国合作化小说也在结构设置、细节刻画、情节内容等方面显示出与民族古典文学和乡土小说之间的传承性。应该说，正是在吸收了外来文学和本土文学的优秀艺术资源的基础上，我国十七年时期的合作化小说形成了兼具世界性和民族性的独特文本风貌。

① 热奈特：《隐迹稿本》，转引自萨莫瓦约《互文性研究》，邵炜译，天津人民出版社，2003，第36页。

第一节　相同叙事模式之下的相异美学表现

由于寒冷的地理环境和多民族融合的历史因素，以及东正教的影响，俄罗斯形成了独具特色的具有"两面性"的民族性格特点。在这种充满矛盾的民族文化精神和倔强耿直、热烈夸张的民族性格中，阶级斗争叙事就成为文学选择的必然结果。并且，在俄罗斯历史中，阶级斗争本身也是极为残酷和暴力的，文学即使是仅按照现实主义传统对生活进行忠实的反映，阶级斗争叙事也是必然涉及的。此外，俄罗斯的文学传统中较为强调善恶斗争，其作家也更偏重于从二元对立的格局中表现生活。这些都使得《被开垦的处女地》中的阶级斗争叙事具有了一定的合理性和必然性。我国的民族文化较为注重血缘、伦理，推崇宽容、隐忍、博大、和谐的儒家思想，强调人的社会性和群体性，民族性格表现为含蓄、谦虚、温和、内敛等特点。阶级斗争虽然也始终存在于我国历史进程之中，但在暴力血腥程度和影响波及广度上，和俄罗斯有明显差异。这种差异在文学作品中表现为：我国小说中的反思性和斗争性都不及俄罗斯文学尖锐、深刻。梁漱溟说，西方社会中"中古则贵族地主与农奴两阶级对立，近代则资本家与劳工两阶级对立。中国社会于此，又一无所似。假如西洋可以称为阶级对立的社会，那么，中国便是职业分途的社会"①。由此可以认为，我国社会中的阶级对立的矛盾并没有近代西方国家那样明晰、尖锐，阶级关系也更多地被血缘、伦理、宗族等其他社会关系遮蔽，阶级斗争也不是能够涵盖一切冲突的革命形式。

我国较早的以土地改革和解放区的合作化运动为主题的作品（如赵树理的《李有才板话》《李家庄的变迁》、欧阳山的《高干大》等），以及合作化时期的一些中短篇小说，较多侧重于从农民的视角表现其精神世界的波动和实际生活的矛盾，没有泾渭分明的敌我阵营，也没有剑拔弩张的阶级斗争，只通过日常生活琐

---

① 梁漱溟：《中国文化要义》，上海人民出版社，2011，第 134 页。

事的描写表现农村传统的生产方式和血缘亲情在时代风云中的变化。还有一些中短篇合作化小说，如作家出版社1955—1956年选编的"农业合作化短篇创作选"丛书中，阶级斗争意识较为明显的仅有克非等著的《阴谋》，入选的四篇小说都涉及了富农和反革命分子对合作社的阴谋破坏活动。另有曾被称作"是一幅当前我国农村阶级斗争的生动图画"[①]的王希坚的《迎春曲》，虽也写到了阶级斗争，但更主要的是讲述了一个整党整社的故事，阶级斗争本身也没有被表现得复杂激烈。孔文的《粮食》和艾芜的《夏天》同样涉及了具有对抗性质的题材，但也只是温和地提出问题，并没有提升阶级斗争的地位和作用。由此可以看出，在相当一部分作品中，阶级斗争的确被不同程度地涉及，但无论是在内容上还是在形式上，它并不是作家所着力表现的对象。而在以《山乡巨变》等为代表的另一些长篇小说中，阶级斗争的作用则明显提升，不仅成为小说结构和叙事的主线，而且被定性为一切冲突的根源。这类小说，从情节的安排、人物的设计、矛盾冲突的展开，到对人物性格、行为、心理动机的剖析，都在阶级斗争的叙事框架中推进、铺排。阶级斗争成为农村生活的全部内容和农村工作的唯一方式。这种叙事模式，和我国传统农村题材小说的童年视角、回忆追溯、反观烛照等叙事方式不同，而和以《被开垦的处女地》为代表的苏联集体化小说更为相似。

《被开垦的处女地》开头的前两章分别安排了两个外来者同时进入格内米雅其村。第一章描写的是反动阶级的代表、前白卫军上尉波罗夫则夫在冰雪初融的晚上悄悄溜进村中富农雅可夫家中，并带来了策动顿河草原哥萨克暴动以推翻共产党的统治的任务。第二章则是接受了区党委的派遣、作为"两万五千大军"中的一员的前红军水兵、布替洛夫工厂工人达维多夫到达格内米雅其村，并带来了在较短的时间内帮助农民全面实行农业集体化的任务。波罗夫则夫一方面与国际反苏势力和顿河地区的反苏势力密切联系，一方面在幕后操控着村中的破坏活动。他以混进集体农庄并取得达维多夫信任的富农雅可夫为傀儡，造谣惑众，制造事

---

① 李兴华：《迎接社会主义的春天——读王希坚的〈迎春曲〉》，《文艺报》1955年第22号。

端，利用农民矛盾、纠结的心理引发冲突，阻挠集体化工作的开展。对于农业的全盘集体化，格内米雅其村的各类农民有着不同的态度和立场：三十多个贫农第一批就积极加入集体农庄并始终是坚定的支持者；中农和富裕中农则表现出或犹豫或抵制的态度，甚至通过宰杀牲畜的方式以避免被集体化；富农则是明显的反对和敌视。因此，达维多夫来到格内米雅其村后，首先没收了富农们的财产并将他们驱逐、流放，以此净化了村中的阶级组成，为集体化工作做好了阶级准备。在此后的情节发展中，每一次的冲突和矛盾都在以波罗夫则夫为代表的反动阶级和以达维多夫为代表的无产阶级中展开。从宰杀牲畜到破坏耕牛，再到抢夺麦种，都离不开富农阶级的暗中策划和党员、贫农的正面领导与积极补救。直至小说第二部，反动势力蓄谋已久的暴动最终流产，而两位正面主人公也在斗争中献出生命。作品在阶级斗争的叙事主线中明确了这样一个观点：农业集体化运动并不仅仅是农民以何种方式、何种态度加入集体农庄的问题，在生活的表层之下，这实则是一场不可调和的阶级斗争。小说在阶级斗争的叙事框架中表现了苏联集体化的曲折过程，描写了传统的小农经济在现代化进程中的艰难转变，刻画了各个阶层各具特点的人物形象，并强调了阶级斗争对于集体化运动胜败的决定性作用。

我国大多数的长篇合作化小说，也都使用了这种以阶级斗争为主线的叙事模式。作品通常以出身贫寒、饱受屈辱、斗争性强、立场坚定并经过战争的洗礼，有着丰富的经验和强烈的责任感的退伍军人为主人公，以外来者的视角对农村变革的复杂过程进行表现。情节发展大致脉络是：宣传政策、积极号召、推进合作化运动—遇到反革命势力的破坏、党内不同意见的阻挠，以及农民私有观念的干扰等困难和挫折—通过阶级斗争辨明真相、统一思想、提高认识、击败破坏活动，迎来光明。阶级矛盾是一切冲突的根源，阶级斗争是解决问题的唯一方法。围绕主要矛盾，小说人物一般分为正、反两大阵营：以优秀共产党员为核心、积极进行合作化运动的贫雇农阶级和以富农为代表、热衷于个体发家致富、以多种方式破坏集体生产建设的资本主义势力。此外，为突出阶级斗争的复杂性，具有动摇性的中农也是作品重要的观照对象。人物性格主要特征与其阶级属性密切相关：贫雇农无私、坚定、吃苦耐劳，富农凶残、狠毒、贪图享乐，中农纠结、矛盾、踯躅徘徊。正面人物形象序列中，以外来者身份进入农村建设的领导者具备一定的理论知识，能够正确把握政策路线，并且方法得当、深谋远虑，是小说中的灵魂人物；在其周围一般会设置一"左"一"右"两个得力助手，一个激进、急躁、容易犯错，一个稳妥、慎重、细腻又略显保守。通过英雄群像的塑造，着力表现党的正确领导的重要作用。在这些正面人物身后，一种更为强大的精神力量始终隐含存在，或是高一级的领导，或是领袖人物及其重要思想论著，在阶级斗争的每一个关键时刻都会为主人公提供支持、进行指导，并帮助其战胜困难、打败敌人。反面人物形象设置中，反革命分子深知自己的不利处境，因此往往利用物质利益诱惑拉拢某个立场不够坚定的党员或领导者，作为其利益集团的代言人，为其打探政策或暗中进行破坏。而这个傀儡人物又总是被错划了成分的假中农，虽然也会因为精神情感的矛盾常常陷入痛苦的分裂状态，但阶级的本性仍使他不忘仇恨、伺机报复。反面人物中大多还会设置一个爱慕虚荣、轻浮魅惑的"坏女人"形象，在精神高度洁化的年代，她的毫无阶级立场的爱欲追求不仅使自己成为道德规范的批判对象，更是成为阶级冲突中多种矛盾的聚焦点。她的行为并不会对生产建设产生多少实质性的破坏作用，但她的角色因为更多地承担了历史、社会对于女性的某种功能想象，而显得不可取代。两大阵营之外的中农，是正反阶级力量争夺的对象，其面对私有财产的复杂心理和艰难选择，常常是小说的艺术价值和美学魅力之所在。语言习惯方面，贫雇农擅长使用铿锵有力、节奏感强的口号话语和朴素、通俗的生活语言，语调昂扬乐观、浅白易懂、激情四射；富农则多使用象征着腐朽、落后的文言话语，佶屈聱牙、含沙射影，甚至还常常引经据典，在字斟句酌中追忆往昔、讨论时局。这类文本中，阶级属性是划分人性善恶的唯一标准，阶级观念、阶级意识是进行农村工作的根本法则，阶级矛盾是农业集体化面临的一切困难的根本原因，阶级斗争是农村生活复杂矛盾的集中体现。这样的叙事模式和结构框架，和《被开垦的处女地》是异曲同工的。

　　不过，在我国的长篇合作化小说中，正面人物的塑造大都圣洁完美，精神世界高尚有余却丰富不足;反革命分子及其破坏活动与主线的交织融合,远不如《被开垦的处女地》中那样恰到好处、浑然一体,甚至有着出离于主线之外的画蛇添足之感。在对"坏女人"形象的塑造中,无论是《在田野上,前进!》中的魏月英、《风雷》中的羊秀英,还是《汾水长流》中的杨二香等,都仅被刻画为泼辣庸俗、好吃懒做的农村恶妇人,在个性的独特、精神的丰满、情感的丰富等方面都远逊色于《被开垦的处女地》中的鲁什卡。

以陈登科的《风雷》为例,小说讲述了 1954 年冬至 1955 年初夏,淮北地区生产落后、灾害频繁的黄泥乡由成立副业生产互助组到农业生产合作社的艰难过程。小说同样采用了外来人物进入农村领导生产的视角:复员军人祝永康为寻找曾经的救命恩人重返淮海战场,在沿途的观察、经历中不禁为当地农民意识的落后和生产能力的低下所震动,最终决定留在这个他曾经战斗过的地方,领导农民通过互助合作的方式克服困难、积极生产,走上社会主义农业建设的道路。与之相对的,是村中以黄龙飞为首的资本主义势力和反革命分子的破坏活动。这两条线索在小说叙事中同步推进,每一次的交叉相会都是一次矛盾的集中爆发,而每一次的较量又总是以正面形象的胜利告终。小说第一章,就巧妙地让正面人物祝永康和反面人物黄龙飞等在小镇街头的芦席棚子中相遇,并在第一次交锋中就以前者对后者的鄙视、厌恶表明阶级矛盾的不可调和性和阶级类属的本质性。随后,祝永康带着救济粮来到黄泥乡,在河边正赶上区委宣传部部长朱锡坤被受到破坏分子煽动的民众围困在渡口,步步紧逼要求发放粮食和贷款。陷入窘境的宣传部部长不仅无计可施,而且步步后退、险落水中。这个场面和《被开垦的处女地》中妇女抢夺麦种的情节极为相似,既有着共同的原因——破坏分子的造谣、煽动,又有着相似的表现——共产党员在被动和无奈中陷入困境。所不同的是,《被开垦的处女地》中达维多夫为保护麦种以险些送命的遍体鳞伤为代价,他面临窘境时的狼狈不堪也被作家无情地展现于纸上,他在一系列的受辱行为中建构了自身并不完美的英雄形象。而在《风雷》中,朱锡坤的被困受窘只是承担了正面人物遭受困难的文本表现,真正的英雄行为和英雄气概是由祝永康来完成和实现的。他沉着镇定、临危不惧，以有力、恰当的举措毫发无损地解决了问题，确立了自己毫无瑕疵的英雄形象。对于正面人物的不同处理方式，显示出在共同的阶级斗争叙事中，肖洛霍夫更注重表现人性本身的真实，而我国作家更倚重政治话语的规范。

围绕着阶级斗争的叙事主线，《被开垦的处女地》中的人物形象明显分为正、反两个阵营。正面人物中，《风雷》的人物设计和《被开垦的处女地》有着大体对应的关系。达维多夫和祝永康，都是坚持正确路线、具有优秀品质的共产党员代表。拉古尔洛夫和任为群，都对自己热爱的事业执着、坚定，甚至过于热情，都因为自身性格的暴躁、处理问题方式的简单而在工作中犯错，并受到了不公正的处分。拉古尔洛夫醉心于世界革命，不仅夜以继日地学习英语，而且将这一理想作为教育别人和鞭策自己的真理和动力，因此引起妻子鲁什卡的不满并最终导致婚姻的破裂。任为群有着治理九湖、铲除水患的宏大计划，即使在被免除了职务之后，仍然不分昼夜地穿梭于各个湖水河流之间测量水道、计算土方、设计图纸，并希望能拿着规划图上北京获得领袖的支持，帮助其实现治水大业。因为过分热衷于工作，他忽略了妻子的感受，放松了为父的责任，还认为妻子思想落后、自私麻木，并与之心生隔膜、误会重重，致使婚姻出现严重危机。在相似的远大理想和狂热激情中，拉古尔洛夫的行为幼稚可笑却又纯真可爱，他的牺牲使这一形象在令人感动之余又现出浓浓的悲剧意味。任为群则始终陶醉于关于未来的美好想象中，并在单纯的乐观和盲目的自信中实现了个人性格的成长。这一形象质朴、真诚，美好有余却丰富不足。《被开垦的处女地》中的拉兹米推洛夫和《风雷》中的万寿年，都是温和的革命工作者。残酷的战争夺去了拉兹米推洛夫挚爱的妻儿，只留他和年迈的母亲相依为命；残酷的战争也带走了万寿年深爱的长子，只剩他和唯一的女儿相伴为生。共同的创伤感使他们在工作中更具有人情味，更能设身处地为他人着想。他们看似优柔寡断，实则稳重踏实；看似胆小拘谨，实则慎重深思；看似平淡寡言，实则心怀大爱。拉兹米推洛夫对于富农的同情，对于小生命的爱护，表现出浓厚的人道主义情怀，对于亡妻的深情更让人于悲哀中心生感慨。万寿年对于受伤战士舍生忘死的救护，对于贫苦农民无微不至的关心，对于工作不计回报的责任担当，体现出乡土农民朴素的胸怀和真挚的阶级感情，其对于牺牲在救护战场的儿子的追忆，在伤感之外更具警醒、鞭策的力量。正面人物序列中，《被开垦的处女地》和《风雷》都塑造了单纯、美丽、勤劳、能干的女性形象——华丽雅和万春芳。她们都在劳动中对男主人公产生爱意，并勇敢、大胆地主动表白，最终获得男主人公的回应，建立起精神相通的纯洁之爱。不同的是，华丽雅和达维多夫确定恋爱关系不久，达维多夫不幸牺牲，留给这个多情又执着的少女的是不尽的痛苦和思念；万春芳和祝永康则在拨开迷雾、散去乌云之后，有情人终成眷属。在对反革命分子的描写中，尽管《被开垦的处女地》中前白军上尉波罗夫则夫处心积虑却仍难逃失败的命运，但其破坏活动和农庄建设始终是相互交织、密切相连的。这条线索不仅有力地推动了情节的展开，而且对于人物形象的塑造和主题的表达是必不可少的隐性因素。而在《风雷》中，反革命分子仅被描写为动机不明地潜回村庄杀害了一个共青团员，在偶然、神秘地几次出现后，又奇怪地消失了。其破坏活动既和黄泥乡的富农分子没有必然的联系，也没有直接影响合作化工作本身，在同情节主线没有任何关联的情况下完成了阶级斗争叙事中必须存在的反动力量的角色功能。而以黄龙飞为代表的富农分子和落后分子的阴谋活动，虽也显得隐蔽、凶狠，但实质性的破坏作用并不明显。在阶级斗争的叙事框架中，《风雷》将"人民内部矛盾和敌我矛盾纠结在一起"[①]进行表现，把农村工作生活中存在的新与旧的思想斗争、先进与落后的矛盾冲突，甚至党内不同思想的严重分歧都上升到阶级斗争的高度，并以阶级分析的观点深入探究其错误根源。这种描写将阶级斗争在范围上进行了夸大，而在程度上又没有《被开垦的处女地》那般血腥、残酷和激烈。

在同时期的其他长篇合作化小说中，如《山村新人》《汾水长流》《我爱松花江》等，阶级斗争叙事同样是被普遍采用的经典模式。其中，秦兆阳的《在田野上，前进！》描写了农业合作化高潮到来前后积极建社、扩社和保守、右倾观

---

① 范子保：《谈〈风雷〉对农村阶级斗争的描写》，《文艺报》1965 年第 10 期。

点之间的矛盾。与他在《农村散记》中以日常生活细节变化表现合作化运动对农民精神世界和物质生活产生的影响不同，作家在这部作品中将阶级斗争叙事置入党内不同思想矛盾和农村复杂人物关系的真实表现中，强调了阶级矛盾对于公社发展的严重阻碍作用，描写了以新富农郑洪兴为代表的资本主义自发势力的顽固和腐朽。但相对于其他作品来说，这部小说对于农村阶级矛盾的描写是最为温和的，阶级斗争的叙事模式在小说中更多地体现为一种外在框架，文本内部的发展动因则是包括阶级冲突在内的多种矛盾的交织共生。秦兆阳作为一位对现实主义理论有着深刻理解的作家，其著名的《现实主义——广阔的道路》一文，不仅对苏联的社会主义现实主义概念进行了深入解读，而且以肖洛霍夫的《被开垦的处女地》和《静静的顿河》为例，论述了优秀文学作品所具备的深刻的真实性和独特的艺术性，并以此批判了我国文学创作中由于对苏联文艺理论和我国文艺政策的误读而出现的公式化、概念化倾向。因此，《在田野上，前进！》在阶级斗争叙事的框架内，对于华北农村的人情风貌、农民的心理动态甚至青年男女的纯真爱情都进行了细腻、生动的展现，不仅在叙事模式上与《被开垦的处女地》明显相似，而且在小说创作的精神层面也有着与《被开垦的处女地》的相通、相近之处。

在同样的阶级斗争叙事中，《被开垦的处女地》中的阶级斗争是残酷血腥的，是对社会主义革命有着巨大破坏力、对农村生活有着直接影响且无法调和的；阶级斗争密切交融于集体化进程之中，决定着集体化运动的成败，主导着农村革命的方向；小说中的一切重要事件都是阶级斗争的原因或结果，各类人物都在阶级斗争中展现自己的性格特征。或许，正是20世纪30年代苏联农村的复杂形势，促使肖洛霍夫选择了以阶级斗争为主线的叙事模式。因为只有如此，才能充分、全面地展示出苏联农村社会的真实状况。在这一叙事模式中，阶级斗争与农庄建设、农民生活相反相生，成为不可分割的矛盾共同体，并在紧密相连的交汇中，共同完成了对农村复杂形势的展现。或者说，正是在阶级斗争的叙事框架中，《被开垦的处女地》才能以一种暴力美学的风格表现革命的残忍、人性的复杂和历史的无常。这也正是俄罗斯文学中极具特点的艺术传统。

在我国 20 世纪小说中,以阶级斗争为主要叙事视角的作品大致有三类:革命历史题材小说、土改题材小说和合作化题材小说。前两类作品的内容多以政权更替、翻身反抗的残酷的阶级斗争为依托,其关于阶级斗争的话语叙事显得更为激越和真切。而合作化题材小说中,阶级斗争虽仍然存在,但仇恨的因子明显减少,农村生活的矛盾更多地体现在农民对自身的私有观念难以克服、对千百年来形成的小生产者的劳动方式难以舍弃的困惑上。在这种情形下,长篇合作化小说所普遍采用的阶级斗争叙事实际上并没有有力的现实支撑。因此,这种叙事模式从本土话语中自发产生的合理性和必然性并不明显。应该说,我国作家是在对苏联同类题材小说《被开垦的处女地》所提供的叙事模式基础上,结合我国农村题材作品的艺术经验,创作了富有民族文化特点并反映了我国农村实际矛盾的合作化小说。因此,我国作品中的阶级斗争表现是相对温和的。一般只会将反革命分子作为批判、防范的对象,置于革命事业的对立面;其破坏活动,大多是谣言惑众、引起混乱,或投机钻营、倒卖粮食。阶级斗争有时被弱化为合作化运动的背景,有时被强加于事件发展之中。正反力量的冲突,多集中在对重要事件的方向争夺和面对面的语言交锋之中。虽然也会有牺牲,但很少对主要人物造成直接影响。只有在浩然的《艳阳天》中,阶级斗争显得相对激烈和严峻。以地主马小辫为代表的反革命势力,不仅事事在明处对合作化的发展进行阻碍和破坏,而且时时在暗处伺机伤害革命者。小说以萧长春儿子的无辜受害,表现了阶级斗争给革命者带来的伤痛,也保护了革命者自身形象的完整。这与《被开垦的处女地》中直接牺牲了革命者生命的内容安排,是明显不同的。另外,我国合作化小说中,阶级斗争线索虽无处不在,却又总是晦暗不明,未能如《被开垦的处女地》那般恰到好处地与合作化发展的线索交织并进,于无缝的融合之中表现农村的复杂形势。在同样的阶级斗争叙事模式中,我国合作化小说更侧重于表现阶级斗争之下农村生活的人情风俗、伦理道德,更善于表现时代变革中人物细腻的情感波动。这种特点,在内容上符合我国实际的时代风貌,在审美倾向上显示出对我国农村题材小说平和温婉的艺术传统的继承和发展。总之,我国合作化小说是在相对温和的阶级斗争叙事中,反映了农村社会一段复杂独特的历史。

第二节 相似文本建构之中的不同文化倾向

政治话语叙事和现实主义精神，是《被开垦的处女地》文本建构中的两个显著特点。我国长篇合作化小说也有着同样的文本表现。但在程度上，我国作品又表现出政治话语介入更深而现实主义精神相对较弱的文本特点。

一、政治话语叙事的移接

福柯认为，"人类的一切知识都是通过'话语'而获得的，任何脱离'话语'的东西都是不存在的，我们与世界的关系只是一种'话语'关系"，"历史文化由各种各样的'话语'组构而成"。[①] 宗教、法律文本、文学文本、科学文本都是叙述"话语"。"话语"的存在具有一定的系统性，不同历史时期有着不同的"知识型"，不同的学科也都有着不同的话语形式，一个社会的各个层面也都有特定的话语组成。"话语"的力量来自无所不在的权力，权力也必须进入"话语"并接受"话语"的控制。"话语"总是在历史的、具体的社会环境中产生，是权力的产物，也是权力的重要组成部分。但这种"权力"不是政权，不是规章制度，也不同于法律和国家机器，而是随时随地产生的来自一切的构成了历史运转的机制和整合社会的决定因素。不同的"话语"表现出一定的意识形态、道德规范、文化思想、宗教法律等方面的内容，体现出社会群体的一种无意识倾向，并有着属于自己的语言、词汇、句法和修辞。

《被开垦的处女地》产生的时代背景是被称作和"十月革命"有着同样重要意义的苏联农业集体化运动的开展，肖洛霍夫不仅亲自参加了顿河地区的集体化运动，而且在记忆犹新的时候按照时代鲜明的足迹进行了创作。作为一位坚定的社会主义者，肖洛霍夫对于无产阶级的革命观、价值观，自然是熟悉并且运用自

---

① 王治河：《福柯》，湖南教育出版社，1999，第 159 页。

如的。在已经取得社会主义革命胜利的 30 年代的苏联，马列主义思想和革命理论是主导意识形态、形成社会规约的主要标准。在此基础上形成的代表无产阶级道德价值观念的话语，不仅充溢于官方文本和公共空间，而且在整个社会机制的运作中成为体现新时代特征和阶级意识的权威表达方式。在这一时期产生的文学文本不可避免地受到强大的革命话语的影响，或直接以革命话语进行叙述描写，或通过人物的语言显示出革命理论的绝对正确和阶级意识的无处不在，或以无产阶级的各种标准规范对事件、人物进行潜在的判断。《被开垦的处女地》第一部是在苏联社会主义现实主义理论被极力推崇的时代创作的，并曾被誉为这一理论的典范之作，其对于富有时代特点的革命话语的自觉或不自觉的使用是显而易见的。完成于 50 年代的小说第二部在话语的使用上与第一部有明确的一致性，但也无法避免地显示出"解冻文学"时代的话语烙印，这也是小说能够产生多样的美学效果和多重的文本内涵的重要原因。尽管作家以对生活残酷真实的婉曲表达，使小说显示出在社会主义现实主义之外的厚重和多义，但作品也在一定范围内积极、明显地使用了无产阶级革命话语，并形成一套影响深远的话语表达方式和内容标准。

《被开垦的处女地》在以阶级斗争为主线的叙事中，对于农业集体化运动重大事件的描写，对于社会主义新人的表现以及对农民精神世界复杂转变的呈现，都是在富有时代特征的政治话语的使用中完成。小说中，达维多夫第一次出现就和区委书记严肃地讨论起集体化问题，"剥夺富农财产""执行党的路线""消灭富农阶级"等政治术语在对话里反复出现。当两人在对待富农问题上出现分歧时，列宁的"要认真注意农民情绪"的论断和斯大林文章中的观点，便成为双方争论的武器，而且达维多夫最终得出的结论是"他的右腿有点跛"（他有些右倾）。在人物双方极富政治色彩和阶级意识的话语中，关于集体化的不同意见就产生了具有政治意义的表达效果。每一次群众大会上，"分子""主义""产权""政权""措施"等字眼经常出现在革命者口中。这些在日常生活中并不常被使用的概念术语，潜在地排除了农民语言本身的叙述习惯和逻辑经验，以一种体制化的话语内容组织、推动了小说叙事。当达维多夫号召中农和贫农参加集体农庄时，有人充满怨恨地指责他不能随便把大家赶来赶去，并对他不久前清算富农时被打伤的经历进行嘲笑和提醒。达维多夫听后哑着嗓子嚷道：“你！敌人的调子！我流的血不多！我还要活下去，直到你们这些混蛋统统被消灭。可是，如果必要的话，我为了党……为了自己的党，为了工人们的事业，可以献出全部鲜血！”[①]拉古尔洛夫（即纳古尔诺夫）因为犯了强迫命令的错误而遭受开除党籍处罚，当他被要求交出党证时，他痛苦地说：“没有党叫我上哪里去呢？去干什么呢？不，党证我不交！我把我的一生都交给了……把我的一生……”[②]经过激烈的思想斗争，他很快又恢复了生的勇气：“我就是没有党籍也要跟那些毒蛇斗争到底。”[③]看到田地在农耕时节没有及时耕种，他愤怒地认为：“不去播种，就因为私有观念在他们身上作怪……”[④]《被开垦的处女地》以具有鲜明阶级意识和激昂革命思想的话语，表现了革命者对于革命理论的谙熟和使用的自如。另外，新人们还常使用一些富有时代特征的新词汇（如：“乌达尼克”，意为突击工作者，这一词语曾使梅谭尼可夫因为不解其意而十分懊恼），以显示出其作为先进力量代表者和新生活实践者的身份。不仅“新人”如此，《被开垦的处女地》中的中农代表梅谭尼可夫，也能够娴熟地以具有革命理论高度的时代话语表达自己的思想和情感。他在决定把与自己相依为命多年的公牛交到集体农庄的当天夜里，经历了激烈、痛苦的心理斗争。他告诉自己：“这种舍不得私有财产的卑劣感情，一定要克制，不要让它在心里作怪……”[⑤]在难眠的夜里，他思绪万千，“想象着莫斯科上空喜气洋洋的灿烂灯光，他仿佛看见一面庄严的红旗，威武地飘扬在克里姆林宫上空，飘扬在无边无际的上空”，他“相信领导全世界劳动者走向解放走向光明前途的共产党了”，他“主张只有劳动的人才有面包吃，才配生活在世界上。他已经跟苏维埃政权紧

---

① 肖洛霍夫：《新垦地（第一部）》，草婴译，安徽人民出版社，1984，第83页。

② 同上书，第320页。

③ 同上书，第349页。

④ 同上书，第350页。

⑤ 同上书，第88页。

密结合，不可分离了".① 在他的内心独白中，马列主义理论中关于劳动创造世界的思想、关于国家的学说、关于私有财产的观念等重要内容，都得到了具体表现。这些政治话语，表面看来是梅谭尼可夫因为牲畜交公而产生的矛盾心理和引发的多种联想，实际上是具有一定理论修养的革命者所阐发的政治观点和革命理念。文本话语在将马列文论"常识化""实用化"的过程中，置换了农民自身的话语内容和叙述方式。但肖洛霍夫也并没有将政治话语毫无节制地使用于《被开垦的处女地》中的每一类人物身上。大部分农民（包括贫农和富农）话语，都鲜明地体现出各自的身份及性格特征。他们俏皮、生动的俚语俗话，显示出哥萨克民族自由洒脱的文化特点和开朗直率的思维习惯。他们既擅长小心谨慎、委婉含蓄地隐晦表达，又喜欢热情奔放、恣意无羁地直接宣泄，在比喻、借代和夸张的多种修辞中，表现出生活与情感的丰富多彩。尽管西奚卡老爹在令自己激动不已的发言中，也使用了一些词不达意的新概念、新名词，但那显然只是作家通过人物身份与话语的错位，使小说产生引人发笑的喜剧效果的艺术技巧，并不是真正意义上的贫农话语。总之，《被开垦的处女地》明显而又巧妙地将宏大政治话语植入文本叙述，以新的意识观念对旧生活进行解释，对新生活进行预测，在革命理论框架中对农民生存方式和生存面貌的改变进行表达，从国家政治的高度表现新时代人物的精神气质和理想追求，显示出意识形态话语无所不在的渗透和影响作用。但《被开垦的处女地》并未以革命话语覆盖日常话语，生动、鲜活的哥萨克语言在作家的精准使用之中增添了文本内容的现实感和丰富性，也使小说在多层的话语空间里产生了多维的审美效果。

在我国早期的中短篇合作化小说中，作家多以各具个人气质和语言风格的话语组织文本，对于事件的描述和人物的塑造，大都以合作化运动给农民日常生活所带来的变化为切入点，通过农民心理、情感的细腻变化，侧面表现时代变革产生的影响。这类作品中的社会主义新人形象多从农民群体中产生。他们木讷拘谨

① 肖洛霍夫：《新垦地（第一部）》，草婴译，安徽人民出版社，1984，第170页。

的性格里，有着强烈朴素的美好生活愿望；他们注重乡村邻里间的亲情友谊，在解决问题、组织工作时，不以革命理论和政治原则进行判断，而是在乡村伦理的基础上，以温和的话语和以身作则的方式进行相对全面的衡量把握。在他们质朴的话语中，很少出现代表着革命立场和阶级意识的政治术语。这类小说里，也有着带来革命理论和政治标准的外来工作者形象。但他们多以引导者和帮助者的身份退居农民群体之外，在文本中也仅起到穿插、连缀和衬托的作用。这类文本不以宏大的政治话语反映时代变革的社会历史意义，也无意表现革命理论对于普通农民产生的深刻影响，只是在生活的本色上描写了一个时代的面貌和特点，体现出作家各有侧重的思考和思想。

但我国十七年时期的长篇合作化小说，则明显表现出以政治话语介入现实生活表达的文本特点。不仅小说叙述中有着分量颇重的对于合作化运动的意义分析和关于政策路线的讨论，而且作品里从革命新人到普通农民都能自觉地以阶级分析的观点认识问题并追本溯源。他们在流利自如地使用政治术语之外，还能将深奥的革命理论进行深入浅出的转化，以相对生活化、通俗化的内容进行形象的宣传和讲解。这类作品对于事件的描述，多以无产阶级的世界观、价值观为原则；对于人物的刻画，多以其阶级属性和党性立场为标准。叙述人在推动故事情节发展之外，还时常通过插话解释马列理论的具体含义及其对革命事业的指导作用，通过议论分析政治形势和路线政策，通过抒情表达革命对于无产阶级的重要意义。小说中的新人，都接受了系统的革命思想教育，具有一定的理论素养，不仅能准确、熟练地使用政治术语，而且能自觉地以领袖论著指导自己的工作，纠正自己的思想，还能以敏锐的阶级观点认清形势、发现根源。以秦兆阳的《在田野上，前进！》为例，县委副书记张骏刚到曲堤村就碰见中农郑洪兴借地界不清闹事，他就镇静自若地说道："社里侵犯你的私有财产，这可是个政策问题……"[1]当他给大家讲起自己的入党经历时，说道："当时，我的眼泪就流下来了。……

---

[1] 秦兆阳：《在田野上，前进！》，人民文学出版社，1982，第18页。

我为什么流眼泪呢？是欢喜，是心里发热。为什么欢喜，为什么心里发热呢？因为，我是个穷放羊孩子，是党让我成了人，是党引着我走上了光明大道；因为我热爱党，愿意做一个党员，愿意把党当作亲生父母，愿意为了党的事业奋斗到底……现在，全国解放了，土地改革已经完成了，国家已经进入到第一个五年计划了，要建设社会主义社会了！'为党的事业奋斗到底，为共产主义事业奋斗到底'……那么，现在我们该怎么去'奋斗'呢？"① 当他因为扩社问题和县委书记出现分歧时，有着这样激烈的心理活动："一九四三年毛主席发表《论组织起来》的文件，陕甘宁边区掀起了大生产运动，这不是明摆着的事实吗？为什么在全国范围里就不能组织起来搞生产呢？只要全省全国的农村干部都把思想打通，脚踏实地地搞互助合作运动，那是能够逐步做得到的！现在国家正需要大量增产粮食啊！……"② 诸如此类，革命领导者以丰富的党史知识和斗争理论建构了自己的思想观念，在自如地运用阶级斗争话语和国家政治术语中，显示出意识形态无所不在的权威作用。不仅革命领导者如此，小说中的农民对政治话语的使用也是流利自如的。曹老鸭在群众大会上激动地说："往后，社会主义，社会主义，社会主义要让咱们穷人大翻身……"③ 村支书郭大海反省自己的错误思想时说："同志们，咱们打了仗，受了苦，镇压了反革命，搞了土地改革，为了什么？……是为了建设社会主义呀！怎么建设法？……切切实实地走互助合作的道路，一点一点地从头学起……"④ 在"国家""阶级"等革命理论的规训中，政治话语以强大的威力，排除了农民的叙述方式和生活话语，小说以由上而下的视角对农民的情感心理进行了构想。将严肃深奥的政治概念编织进人们的日常思维和生活语言，赋予革命领导者和普通民众敏锐的政治感知力和思考力，以阶级斗争观点和劳动学说解释社会变革的原因，以无产阶级的世界观、价值观为话语核心，将中国式的马列主

① 秦兆阳：《在田野上，前进！》，人民文学出版社，1982，第171—172页。
② 同上书，第381页。
③ 同上书，第451页。
④ 同上书，第339页。

义语言作为组织工作和日常生活的语料资源，是这类小说共同的话语特点。我国
20世纪50年代中期以后的长篇合作化小说几乎毫无例外地以这套红色革命话语
组织文本。这既使作品呈现出具有现代意义的时代色彩，也显示出政治理念对文
学的改造和渗透作用。

　　我国十七年时期的长篇合作化小说使用的政治叙事话语，与之前的农村题
材小说的启蒙话语、批判话语和反思话语不同，与同时期的中短篇合作化小说的
民间话语也不同，而与《被开垦的处女地》的话语方式有着更多的相似性。这既
是相似的社会环境和文艺思想带给不同民族同类题材小说的共同选择，又是先进
的社会主义文学对其他民族的革命文学产生影响的具体表现。历史类型学研究者
B. 日尔蒙斯基曾说："没有一个伟大的民族文学是在其他民族文学的积极的创作
相互影响之外发展起来的。"[①] 正是在内部创新和外来影响的主客观条件的共同作
用之下，我国长篇合作化小说叙事话语表现出了和《被开垦的处女地》的明显互
文。但与其相比，我国作品对于政治话语的介入和使用，显得更为直接、激进和
迫切，甚至以政治话语遮蔽了农民本身的语言，减弱了乡村话语应有的丰富性和
生动性。尤其是某些出自农民之口的生硬的政治术语或牵强的革命理论，甚至让
人对其真实性和合理性产生怀疑。不能否认，我国作品在激切的政治话语之下，
也使用了极具地域特点和民族风格的乡村语言，如《山乡巨变》中轻俏、伶俐的
水乡语言，《汾水长流》中幽默、质朴的山西语言，《我爱松花江》中浑厚、耿直
的东北语言等。这些体现着农民的思维习惯和生活面貌的民间话语，在一定程度
上冲淡了政治话语的严肃性，减弱了革命叙事的生硬感，对于表现农村社会的原
生状态、反映乡村世界的本质建构，有着积极的补充作用。另外，在强势的政治
话语裹挟之中，独具美学特质的文学话语始终以机巧的方式坚韧存在，这本身也
体现出文学与政治之间的复杂、微妙关系。正是文学所具备的这种自主性和多义
性，使合作化小说在彰显、服务于政治之外，仍显露出其自身的艺术价值。

───────────

① B. 日尔蒙斯基:《文学的历史比较研究问题》，载中国社会科学院文学研究所编《现
代文艺理论译丛（中）》，王文译，知识产权出版社，2010，第806页。

二、现实主义精神的同质异显

《被开垦的处女地》的创作是肖洛霍夫受到斯大林的鼓励，并亲自参加了家乡的集体化运动之后完成的。他认为："一个善于艺术地反映生活的作家，他写的作品就应该有助于共产主义建设，特别是现在，应当使全国都知道党在农村中的工作。"① 他以党员作家的责任意识密切关注着当时发生在农村的重要政治事件，并在实际工作中了解农民、积累素材。对于肖洛霍夫来说，《被开垦的处女地》的创作既是完成宣传国家政策、报道重大政治事件的任务，又体现出一个共产主义作家以艺术的眼光反映现实生活的能力。并且，小说遵循着"社会主义现实主义"的理论原则，以正在发生的社会事件为内容，选取典型环境中的典型人物进行表现，在肯定社会主义现实的基础上塑造了以达维多夫为主的正面英雄形象，以阶级分析的观点表现社会主义建设中的矛盾，彰显党员集体的人民性、党性原则和社会变革的历史性、阶级性特征，在有倾向性的浪漫主义色彩中表达了关于国家和政权的理解和想象。新生活的建立是《被开垦的处女地》的主题。在这个讲述了劳动的人们为着崇高的目的而劳动的故事中，作家深刻地表现了历史进程中的各种矛盾。小说展现了当时苏联农村尖锐的阶级分化情况，以史诗般的画面表现了农民在党的领导下摆脱私有感情和旧习惯的艰难过程，反映了社会主义改造中旧的生产方式被淘汰、新的社会关系逐渐建立的时代变化。作家以最大限度的历史具体性，表现出集体化运动的全部意义。小说第二部中，肖洛霍夫以抒情的笔调表达了关于人性、人道主义和历史必然性的深刻思考，在对日常生活图景的描写中发掘温暖的人性光辉，在紧张激烈的斗争中彰显英雄主义激情。总之，肖洛霍夫在社会变革的氛围中紧跟时代步伐，按照生活的原貌再现了苏联社会进程中的一段历史，以艺术的方式表现了各类农民在阶级革命中的心理和行为。由于对重大事件的及时反映，小说有着如同历史材料一般的文献价值；由于多种艺术技

---

① 丁夏：《世界文学经典导读·永恒的顿河》，时代文艺出版社，2001，第41—42页。

巧的娴熟使用，以及作家对忠实于自己良心的创作原则的坚守，小说也散发出经典的艺术魅力。

我国长篇合作化小说同样是在以"社会主义现实主义"理论为创作规范的时代环境中产生，创作者也都在亲历了这一运动之后，以党员作家的身份自觉地对农村变革进行了同步反映。在精神指向上，从《在田野上，前进！》到《艳阳天》，每一部小说都在合作化的主题下反映了农村生活中阶级矛盾的尖锐和农民生产方式及精神观念变革的艰难，通过英雄形象的刻画表现新生力量的强大和党的领导作用，在对个人生活遭遇和日常言行的描写中发掘其中蕴含的深刻的社会意义，以历史画卷展现时代变革的过程，在肯定合作化运动的合理性和必然性的基础上展现群众力量并宣传党的政策路线，在富有浪漫主义的激情中对新中国农村生活进行展望和思考。无论是作家的创作追求，还是文本的精神指向，十七年时期的长篇合作化小说都表现出与我国其他时期农村题材创作的明显不同。这种裂变，虽有着现实的社会背景和时代环境，但也与苏联模式的启发和影响不无关系。俄国历史类型学研究认为，在不同民族的相似历史阶段产生具有某种相似性的作品，是文学发展的一个普遍规律。并且，20世纪50年代的中国，对于苏联几乎是"亦步亦趋"地接受和学习。苏联无产阶级文艺作品，更是在被大量引进后成为我国作家的必读内容。互文性理论认为，前文本对后文本产生影响并在后文本中得到某种程度的再现，是整个人类文化发展的必然态势。因此，我国长篇合作化小说中出现的新变，无论是从历史类型学的角度，还是从互文性角度，都可以认为与苏联的经典集体化小说《被开垦的处女地》有着更为密切的关系。

罗曼·罗兰说："苏联文学的新的优秀作品（例如肖洛霍夫的书）主要是继承了过去时代的伟大现实主义的传统。……依然是那些广阔的画卷，在那里人类各阶层在自然环境中活动着，依然是毫无歪曲地反映世界的那种客观的观点和广阔的视野，依然是作家在努力隐蔽自己，同时又千方百计揭示出他的艺术的对象来……"①《被开垦的处女地》在社会主义现实主义原则之下表现了苏联集体化运动的发生、发展过程，也在严格的现实主义精神中反映了其"残酷的、未加任何修饰的真实"②。小说描写了划分富农时，曾经的红军战士、贫农出身的基多克在战后以辛苦的劳动发家致富，却被认为是让私有财产迷了心窍，最终被当作富农赶出村庄；当一些中农按自愿原则要求退出集体农庄时，曾交到农庄中的牲畜、农具和种子却遭到农庄的扣押。小说还经常通过反面人物之口，说出某些真相。当拉古尔洛夫用枪指着抢劫麦种的人们时，巴塔里西可夫说："别再用枪吓唬人了，不会有好处的！你是在跟谁作对？跟人民作对！跟全村人作对！"③在波洛夫采夫（即波罗夫则夫）的信件中，写道："布尔什维克中央正在向庄稼人征收粮食，说是为集体农庄准备种子。其实这些粮食将卖到国外去。因此，庄稼人，包括集体农庄庄员在内，将忍受无情的饥饿……"④此外，小说还有许多婉曲之笔，如梅谭尼可夫在将牲畜交公之后难眠时，听见小女儿的梦话："爸爸……慢点儿，慢点儿……"⑤因为错误地将小家禽公有，集体农庄不得不进行退还时，人们表现得兴奋喜悦，洗澡迷还开玩笑地说："鸡的集体农庄要解散啦？……看样子，搞集体农庄，它们的觉悟还不够！"⑥在人物塑造上，肖洛霍夫反对人为地拔高一些人，贬低一些人。因此对于正面人物，他表现了新人们的优秀品质，也将他们置入革命理想与人性道德之间的冲突矛盾之中，描写了他们在激进革命中产生的精神危机和情感困惑。对于反面人物，他表现了混入集体农庄的富农雅可夫复杂的性格：一面深爱着土地并有着依靠先进技术设备进行大规模生产的勇气和能力，一面又因为强烈的私有观念对集体农庄心生怨恨并暗中破坏；"一闻到血就恶心"，又能

---

① 罗曼·罗兰：《论作家在当代社会里的作用》，原载法国《公社》1935 年 5 月第 165 页，转引自孙美玲编选《肖洛霍夫研究》，外语教学与研究出版社，1982，第 436 页。

② 安娜·西格斯：《生活——真实的源泉》，原载苏联《火星》杂志 1965 年第 43 期，转引自孙美玲编选《肖洛霍夫研究》，外语教学与研究出版社，1982，第 444 页。

③ 肖洛霍夫：《新垦地（第一部）》，草婴译，安徽人民出版社，1984，第 354 页。

④ 同上书，第 216 页。

⑤ 同上书，第 170 页。

⑥ 同上书，第 179 页。

配合波洛夫采夫杀害哥萨克霍普罗夫和其妻子，还残忍地饿死自己的母亲。肖洛霍夫不排斥反面人物也有人的自然行为和丰富的情感。狠毒的白军军官波洛夫采夫也会在回忆中流露出纯朴的人性，暴躁隐居的梁吉夫斯基也会在深夜里采来鲜花并小心翼翼地浸入水中，表露对美好事物的珍爱和呵护。备受女性青睐的富农儿子基摩斐被拉古尔洛夫枪杀后，被描写得"连死了都很美"，表现出作家在阶级性之外对人的自然性的关注。小说第二部以正面人物的牺牲进行了富有悲剧意味的结尾，表达了作家对于革命本身的反省和思考。

可以看出，肖洛霍夫对集体化运动的反映并不只局限在社会主义现实主义的规范之内，而是在历史真实的基础上，对这一运动给农村社会的生产秩序和亲缘关系所带来的混乱、给革命者造成的精神冲击以及给农民生活带来的苦难等方面都进行了真实的表现。正如作家自己所说："一个作家哪怕是在一些细枝末节上违背了真实，他也要引起读者的不信任，读者会想：'这一点可以说明，他在大事上也可能撒谎。'"①在俄罗斯民族优秀的现实主义传统中，肖洛霍夫艺术地呈现了一个时代的真实面貌，在符合主流意识形态规约的同时也表达了自己对于人性、人道主义和社会历史性的深沉思考。《被开垦的处女地》在宏大的政治话语叙事中隐含了丰富的人性话语并有着多维的精神指向，它也因此而产生了复杂的文本内涵和独特的美学价值。

我国作品中，作家在表现合作化的正面作用和积极意义时，也会对生活中的某些真实进行一定的反映。如陈登科的《风雷》中就触及新中国淮北地区因自然灾害频繁而无地可耕、断粮要饭的实际境况。秦兆阳的《在田野上，前进！》中对于富农郑洪兴珍爱土地的描写，让人心生同情。他的苦痛无奈，集中反映了时代变革对一部分农民造成的精神伤害。这一人物也成为小说中最有魅力的形象典型。但从总体上看，我国长篇合作化小说对于社会主义现实主义的理论原则是严格遵守的。作家们以体制内知识分子的身份自觉反映时代重大事件，以坚定的革

---

① 列·雅基缅科：《论肖洛霍夫的〈被开垦的处女地〉》，苏联作家出版社，1960，转引自孙美玲编选《肖洛霍夫研究》，外语教学与研究出版社，1982，第 222 页。

命信念和执着的政治热情宣传国家政策、想象美好图景。他们较多地服从于意识形态规范，在主流话语的影响之下将人物的历史进步性等同于人性或人的魅力，以政治话语取代日常生活语言，以阶级属性遮蔽复杂人性，以马列主义人生观、价值观为标准而放弃对革命者和农民精神世界的深度探寻。应该说，我国作品在反映时代重大变革、肯定社会主义现实、彰显无产阶级事业的党性和人民性等方面有着和《被开垦的处女地》一样的现实意义。而《被开垦的处女地》中所隐含的对于人性，对于革命者道德情感危机的思考和对于革命的合理性的质疑，对于历史的反省等深层精神探索，在我国作品中则表现得较为温和。虽然在《山乡巨变》《创业史》等经典长篇合作化小说中，也可以看到作家在政治环境的约束下对自身审美追求的巧妙表现，但民族性格和文化传统的差异，使我国作家在以文学的方式对政治规约进行反抗时显得内敛谨慎，只是在含蓄的情感中进行了水波不惊的表达。

在文学从属于政治的时代，政治话语以介入文学想象的方式对其统治权威进行建构，并通过文学特有的审美效果获得大众的理解和认可；而文学作为一种富有情感和创造性的审美意识，在服务于政治、服从于政治的同时又总是通过自身特有的意蕴内涵和技巧方式，表现出对宏大历史叙事的自觉规避和潜在反抗。肖洛霍夫的《被开垦的处女地》和我国十七年时期长篇合作化小说在多义的文本叙事中共同表现出：文学即使是作为工具参与国家意识形态的建构和想象，也仍会以属于自身的话语实践和属于个人主体的感性思考，显示出独立于政治之外的特性和韧性。

第三节　人物形象的再现和变形

《被开垦的处女地》中塑造得最为成功的有两类人物形象：以达维多夫为代表的社会主义新人和以西奚卡老爹为代表的翻身贫农。这两类人物因表现了社会主义革命中无产者精神的成长和命运的转变而显示出鲜明的时代特点，又因表现了人性的复杂而显示出丰富的美学内涵。在我国合作化小说中，这两类人物也是最具分量和价值的重要角色。他们的成长经历、性格气质、行为方式，和《被开垦的处女地》中的人物有着某些相似点，也有着深受民族文化影响的独特表现。

一、社会主义新人形象

社会主义新人形象最早出现在苏联作家马雷什金的《来自穷乡僻壤的人们》中。小说讲述了苏联工业化建设时期，一群在精神、觉悟、思想意识上保守落后的小人物经过各种锻炼和自我选择，成为具有新的价值观，积极投身于社会主义建设的社会新人的故事。其中，经历了由个体意识到集体意识、由个体劳动者到集体劳动者的艰难转变的茹尔金，被描写得最为精彩、深刻。他也因此成了最早的社会主义新人形象代表。一般来说，新人应该具备这样一些品质特点：较高的政治觉悟、鲜明的阶级立场、坚定的革命思想、强烈的责任意识和无私的奉献精神。作为社会主义建设的中坚力量，他们在不断克服工作中的困难和解决精神上的困惑的过程中，逐渐实现个体的成长与成熟。

我国早期的合作化小说对于农村新人的描写，大多以农民的视角表现农民的纯朴品质和他们对于土地的深厚感情。他们热爱劳动、积极进步、热心集体工作的行为，多是在经历过苦难岁月后对新生活格外珍惜的自然表现。这类新人的性格有着新旧因素混杂的特点，或者说他们只是相对开明一些的农民，他们在时代环境之中，用心、勤恳、实在地生活和工作。作家对他们的塑造没有刻意地以典型人物原则为标准，也没有以马克思主义理论进行升华，只是对其各种行为方式和性格特点进行了本色化的原样呈现。因此，这类新人形象表现出的特点是："土气"十足、沉默寡言、倔强坚韧、温和低调。作品通常不把新人的成长放入宏大的社会主义革命中表现，更多的是就事论事，通过具体事件朴素地描写这样一类人物，不过分追求其教育功能和榜样作用。

在我国50年代中期以后的长篇合作化小说中，社会主义新人的形象特点则发生了显著变化。他们通常有着一定的理论知识，有着先进的新思想、新观念，并自觉担负着社会主义建设领路人的重任。他们精力充沛、昂扬乐观、百折不挠、忘我工作，他们理智冷静、胸怀坦荡、运筹帷幄、无私奉献。在阶级斗争的实际工作中，他们能够自觉地以马克思主义理论为指导，采用正确的方法解决问题、化解矛盾、统一思想，并从中积累丰富的经验教训，最终实现英雄形象的完美呈现。这类新人和早期合作化小说中的新人形象似乎并无太多相似之处，而和《被开垦的处女地》中达维多夫等一类新人有着更为亲近的血缘关系。正如 B. 卢得曼娜所说："新的主人公是中国现实生活孕育出来的，是为解放的斗争锻炼出来的，是共产党培养出来的，而苏联文学帮助了包括周立波在内的中国作家看清了这些主人公的特征，并正确地描写了他们的形象。"[①]

达维多夫作为社会主义新人，最为显著的特征是无产阶级英雄的身份定位。有着丰富战斗经验的水手、布替洛夫工厂的资深工人、支援农村集体化建设的"二万五千大军"中的骨干等身份，是其成为农业革命英雄的前提条件。坚定的共产主义信念、鲜明的阶级立场、自觉的革命意识，这是其成为社会主义新人的必要保证。《被开垦的处女地》对达维多夫英雄形象的塑造，采用的手法是：以人物曾经遭受的阶级压迫，来解释其革命性和阶级立场；通过人物曾经的屈辱历史和血泪回忆，来诠释其革命热情和反抗精神。在后来的无产阶级文学中，这一手法成为塑造英雄人物的经典方式。小说第九章，拉兹米推洛夫（即拉兹苗特诺夫）对驱赶富农的行动下不了手、要求不干时，达维多夫气急之下讲述了自己悲惨的身世：父亲在罢工以后被工厂开除，并充军到西伯利亚，母亲为养活四个幼小的孩子只能卖身，"她把客人带回家来，当时我们住在地窖里……只剩下一张床……我们就睡在帷子后面……睡在地上……我才九岁……喝醉酒的男人跟她一起来……我就用手捂住小妹妹们的嘴，不让她们大声哭……有谁来擦过我们的眼泪吗？……到早晨，我就拿着那个该死的卢布……拿着妈挣来的卢布去买面

---

① B. 卢得曼娜：《〈暴风骤雨〉俄译本第一版前言》，苏联莫斯科外国文学出版社，1951，转引自李华盛、胡光凡编《周立波研究资料》，湖南人民出版社，1983，第 360 页。

包……"①这样的经历，使达维多夫在革命道路中始终立场坚定、勇敢顽强。这种必然的、内在的、合理的逻辑关系，使得革命新人的品质具有了历史积淀的依托和现实生成的可能。此外，尖锐激烈的矛盾冲突是新人成长的外部动因。他们在复杂的环境中，凭借自身敏锐的判断、超人的毅力、优秀的品质，认清形势、经受考验，显示出不同于常人的英雄气概。《被开垦的处女地》中最能体现达维多夫英雄特质的一场冲突是，不明真相的农庄庄员在敌人的挑拨煽动下，要抢回集体贮藏的麦种。达维多夫明知形势险急，还毅然出来制止，结果遭到众人的殴打。当闹事者到处寻找谷仓钥匙时，钥匙已被达维多夫交给梅谭尼可夫，并将他派去寻求救援。达维多夫为保护他人的安全，在无计可施的情况下谎称钥匙在自己家里，企图拖延时间等来援助。结果，在被逼迫回家拿钥匙的路上，他遭到了更严重的殴打，鼻子肿了，衬衫沾满了血，短裤的膝部也撕破了。"他不再开玩笑，不断地在平地上绊跤，不断地用两手抱住脑袋，脸色发白，哑着嗓子……"②尽管遭受如此侮辱，在暴乱被平息后，当他知道参与者多是受了蒙蔽时，便毫不犹豫地原谅了曾殴打他的人，也因此赢得了格内米雅其村农民的尊重和喜爱。小说第二部中，农庄第三生产队因为休息日问题产生了不满情绪，女队员趁机进行宗教活动，男队员打牌偷懒、消极怠工。达维多夫来到农庄看到这种情况，激动得情绪几乎失控。但他在气愤交加的关头理智地保持了冷静，用哥萨克能够接受的方式耐心问明情况，在平等的谈话中倾听他们心中的真实想法，了解他们生活中的实际困难，并以细致、准确的数字，讲明休息日的安排和工作日带来的收益，解除他们的顾虑，赢得他们的信任；对于擅自离岗的女庄员，他不仅带着最好的马车亲自迎接，而且极有耐心地劝说解释，最终得到女庄员的理解，回到各自的工作中。这次矛盾使达维多夫认识到农村工作的复杂性，认识到真正了解哥萨克们的思想性格的重要性和艰巨性。矛盾最终圆满解决，不仅是达维多夫的领导者身份得到哥萨克们情感上的认可，更是其英雄形象在革命考验中的进一步升华。作家

① 肖洛霍夫：《新垦地（第一部）》，草婴译，安徽人民出版社，1984，第74页。
② 同上书，第341页。

通过达维多夫在激烈冲突中的表现，描写了他从具有革命意识和阶级觉悟的工人到具有革命理论和领导能力的农村干部、从不了解农村工作到逐渐掌握规律方法并克服自身性格缺陷的精神成长历程。这种以人物的发展史来塑造新人形象的写法，在我国合作化小说新人形象的创造中得到了再现。

《被开垦的处女地》在刻画英雄群像时，为凸显主要人物的高大，还采用了以次要人物的不足进行衬托、对比的手法。小说中的另外两位党员——拉古尔洛夫和拉兹米推洛夫也都具有社会主义新人特点，但作家毫不避讳地描写了他们的错误思想以及性格中的致命弱点和工作上的严重失误，以此显示出达维多夫的主导作用和权威地位。除了以革命工作中的困难挫折考验新人外，《被开垦的处女地》还将达维多夫置于个体情感的矛盾纠结之中。在经受得住欲望的诱惑、寻得纯洁的同志之爱后，英雄形象最终得以完整呈现。达维多夫曾一度被美丽妖娆的鲁什卡迷惑，不仅引来众人非议，而且自己也陷入理智与情感的矛盾之中。难忍的煎熬和痛苦的挣扎使他萎靡不振，领导者形象也因之严重受损。勤劳质朴、善解人意的年轻姑娘华丽雅的出现，使达维多夫晦暗的情感世界迎来光明。经过认真考虑，他接受了华丽雅热烈、单纯的爱情，也承担了和华丽雅一起劳动养家的重任。摆脱情欲困扰，收获圣洁婚姻，在经受了道德伦理的考验后，新人形象更加光辉夺目。但肖洛霍夫没有把达维多夫塑造为完美的英雄，在描写他作为社会主义新人所具备的优秀品质的同时，也表现了他作为个体的人无法超越的自身弱点和缺陷。达维多夫这一形象，也因其丰富的人性内涵显得生动可感，产生了恒久的艺术魅力。

此外，《被开垦的处女地》还以新人对于未来美好图景充满激情的想象设计，表现其革命工作的神圣性和革命信念的坚定性。但同时，作家也表现了革命与人性的不可调和的冲突。一方面是革命新人无私的动机和美好的愿望，一方面是革命者在革命过程中的委屈难堪、压抑郁闷和自我放纵、自我陶醉。这两方面的同生共存，显示出理想化的激进革命不仅对农村的传统生活和精神秩序造成影响，而且对于革命者自身的精神世界也带来极大冲击。作家在表现新人对于革命不懈的追求和努力时，也注意到新人本身在革命过程中遭遇的精神危机，并以复杂的文本内涵表现了革命的多义性。小说最终以两位主人公的牺牲结束全篇，在低沉的调子中对新人及其革命的意义进行了反思。总之，肖洛霍夫对于新人的塑造，在手法上是多样的，在情感上是复杂的：赞美、理解、同情和质疑并存。表现人物革命性和表现人性缠绕交织，彰显革命乐观精神，也反思革命所造成的精神恐慌，这些因素共同构成了文本的反讽效果和悲剧意味。

在我国十七年时期的长篇合作化小说中，社会主义新人以繁多的数目和各异的表现，组成了一个声势浩大的形象系列：《创业史》中的梁生宝，《山乡巨变》中的邓秀梅、刘雨生，《艳阳天》中的萧长春，《风雷》中的祝永康，《山村新人》中的李铭山，《汾水长流》中的郭春海，《在田野上，前进！》中的张骏，《我爱松花江》中的丁万红……对于新人的塑造，我国作品基本上使用了和《被开垦的处女地》相似的表现手法。如在《山村新人》中，领导者李铭山也是一位复员军人，也有着悲惨的童年：四岁时随父母逃难到异乡，母亲饿死，父亲以给地主当长工养活幼子。除夕当日，父亲用辛苦积攒了一年的钱给他买了一件新褂子，却被地主老婆说是自己儿子丢的，强行将衣服扒下，还反诬李铭山父亲抵赖，并将他吊到大桑树上进行毒打。父亲忍受不了这种侮辱和折磨，第二天夜里就含愤而死。幼小的李铭山被好心、贫寒的王宝庆收留，却又遭遇家庭变故，没有劳动能力的他只能忍着饥寒，外出讨饭养活父母。直到村里来了八路军，他才开始了新的生活。在屈辱、压迫中形成的阶级仇恨，是李铭山坚定地进行革命反抗的根本动力，也是他以鲜明、自觉的阶级立场进行农村工作的重要原因。李铭山回到家乡之后，面对农村新的工作环境，"深深感到，对于种庄稼，自己完全是个外行，一切都得从头学起"[1]。和达维多夫努力学习用犁耕地，并创造了一天之内耕完一又四分之一公顷的纪录一样，李铭山在割豆子时虚心向大家学习，"忍着疼痛，努力向前赶着"，虽是生手，仍以不寻常的速度赢得好评。大堤修建工程即将完工之

---

① 胡天培、胡天亮：《山村新人》，作家出版社，1965，第 26 页。

时，混入农业社的富农孙满昌利用恶劣天气和工期时间安排，故意煽动闹事、制造混乱，引起人们对农业社的不满。李铭山及时来到工地现场，冷静判断、耐心解释，戳穿了阶级敌人的谣言，消除了众人的疑虑，也因此获得了更多的信任和拥护。在大堤面临洪水考验又遭到反革命分子故意破坏而塌陷进水的危急时刻，李铭山镇定指挥、沉着应对，以战斗的激情迎接挑战。当有人面对险境动摇退缩时，他果断制止，并且不顾伤痛带头跳入水中，用身体堵住决堤缺口，保护了村庄田野，粉碎了阶级敌人的报复阴谋。一次次的困难挫折使李铭山对于农村工作的认识日益深刻，一次次矛盾冲突的解决也都使其新人形象日趋完美。主人公之外，还有一些同样具有社会主义新人质素的人物角色：莽撞倔强又热心质朴的铁牛，优柔寡断又稳重谨慎的志成，泼辣急躁又热情积极的红英等。他们以旺盛的精力和充沛的激情全力配合着主人公的工作，也以自身性格中的缺陷和工作上的不足对主人公形象的高大无瑕进行了衬托。在达维多夫的精神世界中，党的理论、政策是其革命的力量源泉，不仅使其有着坚定的信念和立场，而且在实际工作中对其有巨大的指导帮助作用。当格内米雅其村的合作化工作出现严重失误时，斯大林的《胜利冲昏头脑》及时发表，既从理论上给予达维多夫们支持、教育，又在实际工作中纠正了错误，指明了方向。《山村新人》也同样以革命理论和领袖著作对新人精神世界的强大影响和有力支持，表现其信念的坚定性和行为的正确性。当李铭山在工作中遇到困难、疑惑时，领袖形象就会及时出现：他"看见山墙上的毛主席正在慈祥地对他微笑，他的心立时从忐忑不安中平静下来。他赶紧走到桌前，坐下来，伸手拿起了那本放在桌上的《毛泽东选集》"[1]。这本经常被他翻看的书"已经很破旧了，每页上都圈圈点点，画满了各种符号，书眉上写满了密密麻麻的小字"[2]。他自觉地以革命理论为精神动力之源，在不断的学习中获得勇气和智慧，在不断的提升中日趋成熟和完美。

这类合作化小说中的新人都有着较高的思想境界和理论修养，他们以外来者

---

① 胡天培、胡天亮：《山村新人》，作家出版社，1965，第104—105页。
② 同上书，第105页。

的眼光看待农村变革，以领导者的身份组织农村工作，他们对革命可能带来的美好生活有着浪漫的想象和热切的希望，并满怀激情为之奋斗；他们在强大的革命理念的支撑下，以完美的人格、圣洁的品质实践着革命导师的引领作用，以偶像般的影响力成为领袖精神思想的实际体现者。这类新人和我国早期合作化小说中具有较多乡土气息的农民新人不同，他们是经过历练的具有勇士气概和战斗精神的革命新人，是视野开阔、引领时代的先锋楷模。他们与《被开垦的处女地》中的达维多夫有着更多的相似性。但肖洛霍夫笔下的新人既是激进革命的主要推动者，又是革命与人性冲突的直接体现者。作为社会主义新人，达维多夫是并不完美的。在形象上，他少了一颗门牙，身上有着"荒唐的"刺青。在工作上，他轻信雅可夫·洛济支，给农庄生产带来损失。在两性关系上，他曾经的恋爱只是"偶然碰到个女人，发生了短促的关系，但谁对谁都不承担义务，如此而已"[1]，后来又沉迷于拉古尔洛夫的前妻鲁什卡的情欲诱惑之中无法自拔。他在建构自身英雄形象的同时，又以种种人性的弱点和精神的深层危机销蚀着新人的光辉。他和鲁什卡的情爱关系，可以看作性和革命权力相扭结的一种隐喻。他在狂热的政治激情之中无可奈何地陷入了革命、道德、爱情的两难境地，意志与肉欲的冲突使他在坚强外表之下无法掩饰地慌乱和尴尬。鲁什卡虽然最终被赶出了村庄，但她在情感上对拉古尔洛夫和达维多夫是同样轻蔑和鄙视的。对于这位"哥萨克皇后"来说，革命的影响并不能冲淡她对爱情的渴望，革命者在伟大信念之下扭曲压抑的情爱是她不愿也不屑留恋的。拉古尔洛夫作为一个"破损"的新人形象，在生活上他无法处理好和妻子的关系，在工作上他因为鲁莽犯错而遭受处罚，他对于世界革命的偏执想象可笑荒诞，他对于富农儿子、鲁什卡情人基摩斐的血腥斗争在革命需要之外掺杂了嫉妒、屈辱的复杂情感，他永远严肃而性格怪僻，在革命事业和个体情感中倍遭磨难。拉兹米推洛夫是一个相对温和的革命者，他热爱生活、富有同情心，但在各种能力的表现上又和新人的光辉形象不太相符：当泥水

---

① 肖洛霍夫：《新垦地（第二部）》，草婴译，安徽人民出版社，1984，第 385 页。

匠帮助情人玛利娜修房顶，干的活儿却完全不中用，不仅浪费了时间和原料，最终还要西奚卡老爹重新盖过；作为村苏维埃主席，当情人玛利娜要求退出集体农庄时，他不仅在束手无策的哀求中遭到唾骂和讥讽，而且不得不毫无尊严地结束了这场恋爱。在工作中，他或是帽子一歪，一动不动地坐在办公室里，或是在村中荡来荡去，忙忙碌碌又无所作为。作家对于拉兹米推洛夫的塑造，最精彩的不是他作为革命新人表现出来的优秀品质，而是他作为丈夫、父亲所表现出来的对妻儿痛彻心骨的怀念和深沉永恒的挚爱。或者说，他在并不完美的新人外衣下，凭借着人性的光辉获得了丰富的形象内涵。最终，肖洛霍夫以两位革命新人的毁灭质疑了革命本身，表达了"革命者是革命的牺牲品"的深刻寓意。"这位伟大的苏联作家大胆地描述了拉古尔洛夫、达维多夫这些最极端最真诚最暴烈革命者在集体化运动中自我的人格、情感的大幅度扭曲，从而展现了最自觉最忠诚的革命者心灵中最脆弱无能的一面。"[①]

而我国作品中的新人则是绝对纯洁、绝对完美的。在爱欲面前他们洁身自好并有足够的理智保持清醒，甚至无欲无念。即使是遇到爱的挫折，他们也能自觉地用严肃纯正的意识形态标准或具体的政策规范进行自我反思、自我调整，并在最短的时间内恢复到昂扬激进的工作状态。他们没有达维多夫和拉古尔洛夫那种在肉欲和意志之间的失衡感，他们以异于常人的理性和节制，成为革命事业中无所不能的胜利者。他们的精神世界是如此完整统一，没有人性道德与革命事业的冲突，没有爱情私欲和信念理想的矛盾。面对激进革命，他们从不怀疑，更不会恐慌，在"正面的磨难"中始终保持着新人形象的"纯正性"。他们身上没有人性的弱点，也不会产生精神危机和道德困惑，更不会在时代风云中沦为革命事业的牺牲品。此外，我国合作化小说中的新人，还有着来自乡土中国的性格特点和情感指向。如刘雨生、梁生宝、郭春海等新人，均有着民族文化和传统道德所倡导的仁义品格与善良本性。他们一方面以革命思想领导合作化工作，一方面以符合

---

① 佘岱宗：《被规训的激情——论 1950、1960 年代的红色小说》，上海三联书店，2004，第 140 页。

民间审美标准的重情义、能吃苦、肯奉献等朴素品质，赢得乡亲的信任和尊重，在细密的人情交往中推动农村变革。他们极具人格魅力，是乡村世界中"好人"的代表。他们也因此成为兼具农民情感和革命意识的社会主义新人。而李铭山、萧长春等新人，在复员军人的身份中，有着更强的革命性和政治性。他们的超人理智，能够抵挡所有丑恶的侵袭。甚至在萧长春得知唯一的儿子被害时，也能于悲痛之中沉着应对，并胜利完成决定合作化成败的麦收工作，使敌人的破坏活动以失败告终。他的冷静和自制，显示出身为革命者的坚强，却缺少了作为人、作为父亲应有的正常情感。这类新人，以坚强的意志和完美的人格，成为具有神力的革命意识形态镜像。总之，我国合作化小说中的新人形象，既在表现手法和性格特点上显示出与合作化前文本《被开垦的处女地》的互文性，又在人物精神内蕴和理性诉求中显示出富有民族理想的独特性。但也必须承认，我国作品对于新人在革命、信仰、激情之下可能产生的人性冲突、精神危机、道德困惑的思考是逊色于《被开垦的处女地》的，对于生活真实的反映也只是局部的。这应该是我国合作化小说中新人形象雷同、内涵单一的主要原因。

二、幽默生动的翻身农民形象

《被开垦的处女地》中最经典的人物形象应该就是可爱、可笑的西奚卡老爹（即狗鱼老大爷）了。小说第二章，西奚卡老爹就以"穿着一件女式白羊皮大衣"的独特装扮在第一次的出场中给人留下深刻印象。此后，在每一个重要事件和每一次的重大场面中，他都以妙趣横生的话语和滑稽夸张的行为占据了醒目的位置。甚至在小说的结尾，也是以他深切的思念和不尽的哀伤完成了悲剧的表达。

西奚卡老爹是一个极具代表性的哥萨克农民。在旧时代，他屡遭磨难。刚出生，就在洗礼时被烫得"浑身上下都起了水泡"，还因此得了疝气；成长中，不仅遭受狗咬、鹅啄、马踢、牛抵，而且被黄鼠狼追过，被野猪撞过；夏天和小伙伴们潜入水中捉弄钓鱼的老头儿，却又不小心被鱼钩钩住嘴唇钓上了岸，从此落下了"狗鱼"的称呼；放鹅时因为贪玩，眼睁睁地看着小鹅被老鹰抓走，自己也从高高的翼板上跌落地面,"手腕跌坏了,骨头都露了出来";和哥哥割麦子时看到一只极大的鸨并兴高采烈地去活捉它,却"好像拗马拖着一把耙"一样被拖到收割机底下,"糟蹋得认都认不出来"。[1] 这些苦难的原因,"归根到底是因为我生在庄稼人的家里"。经济上的贫困和政治上的弱势,使他大半生的命运都是艰难困苦的。

但西奚卡老爹并不是一个悲观、哀怨的贫苦农民,他对自己痛苦的经历总能绘声绘色地讲述,在赢得听众笑声时也获得了精神的满足。他有着超强的语言能力,不仅擅讲离奇风趣的故事,而且喜欢不顾场合地饶舌、吹牛、撒谎。西奚卡老爹"天生成这样的性格:他不吹牛不撒谎就过不了日子"。自从穿着女式羊皮大衣和达维多夫在马房里第一次见面后,他就以"达维多夫的老朋友自称",并到处炫耀说"我跟达维多夫决定怎么办,就怎么办"。看到别人屠杀牲畜,西奚卡老爹也不甘落后地宰杀了自己的小牛,并由于吃了过多的牛肉而腹泻不止。当达维多夫去看他时,他自知理亏,谎称是因为"听了老太婆的话",还恳求达维多夫不要把他开除出集体农庄。第二天他就又在村中蹒跚地走来走去,还逢人就讲两位领导去他家里作客并向他请教修理农具和农庄里别的事。西奚卡老爹的话语总是生动有趣,富有吸引力。集体大会上,他常常在激烈的讨论中成功地转移听众注意力,在喋喋不休又幽默可笑的讲述中成为焦点。虽因此屡遭批评,却又是大家心目中最不能缺少的人物。难怪人们会说:"但愿老头儿别死掉,村子里要是没有他,将会多么寂寞啊!"小说第二部里,他奉命到镇上接土地测量员,出门前就在不尽的啰唆中发着可笑的牢骚,在忘我的唠叨中找鞭子、找帽子、找烟荷包。慢慢吞吞出了门,还抱怨兆头不吉利。路途中,他在"带有哲学和抒情意味的思想"中不慎打起瞌睡,还遭到赤链蛇的袭击,不仅腿受了伤,而且腿骨也被自己掰得脱了臼。但他仍能很快忘记伤痛,在心满意足的晚饭后,给热心的听众们兴致勃勃地讲述他那没有尽头的有趣故事和传奇经历。晚上睡觉时,他又糊涂地误入女人帐篷,并在慌乱的逃离中不幸穿错了一只女鞋。更糟糕的是,他

---

① 肖洛霍夫:《新垦地(第一部)》,草婴译,安徽人民出版社,1984,第 300—302 页。

没有完成接土地测量员的任务，还在回家后遭受到陌生婴儿认他作父的打击。当他声嘶力竭得差不多就要让老太婆相信这是个误会时，却又被一个八岁的小男孩送回了他扔在山谷里的鞋子。他的惧内是人所共知的，这一连串的伤心事自然给他带来了"情况不明"的后果。人们只看见他"整整一星期一只眼睛浮肿，半边脸庞扎着绷带；当人家嬉皮笑脸地问他，为什么把脸庞包扎起来的时候，他就转过脸去，说他嘴里那只独一无二的牙痛，而且痛得那么厉害，简直连话都不能说了……"[1]西奚卡老爹是如此使人快乐，他开朗乐观的性格和自我解嘲的本领，使他有韧性地渡过了艰苦的岁月，他的风趣幽默在给别人带来精神愉悦时，也实现了自我的精神想象。

西奚卡老爹是极富爱心的。他负责照顾从富农家清算来的山羊，却总是遭到这只难以驯服的"带角鬼"的袭击。他整日鞭不离手又从没有真正打过山羊，他没完没了地抱怨山羊限制了他的自由，断送了他的健康，也许还会要了他的命，但片刻不见便又怅然若失。他一会儿气急败坏地咒骂，一会儿又安静地和它挤在一起睡觉。当山羊不小心落入井中淹死后，他为它伤心地哭泣，并照规矩把它埋掉。当达维多夫以再买一只羊对他进行安慰时，他悲伤地说："这样的山羊不论出多少钱都买不着，天下再没有这样好的山羊了！"[2]喋喋不休的牢骚下，是西奚卡老爹简单朴实的纯真情感。尽管经历了岁月沧桑，他善良的本性却始终存在。不仅如此，西奚卡老爹还有着一颗天真、纯朴的心，他对陌生的事情总是充满好奇，对别人的玩笑也常信以为真。群众大会上，他充满激情、"一针见血"地批评完梅谭尼可夫后，被人调侃适合去做演员，他就开始海阔天空地幻想并跃跃欲试，恨不能立刻就能拥有这个好差事。当听说当演员可能还会挨打，他又被吓得膝盖哆嗦，立即为自己没有加入这个冒险的行当感到庆幸。当阿加方故意和他开玩笑，说梅谭尼可夫因为他的批评决定拿斧子杀死他时，他不仅深信不疑，还急急地向拉古尔洛夫寻求保护，得到安全承诺后又得意扬扬、幸灾乐祸地对梅谭尼

---

① 肖洛霍夫：《新垦地（第二部）》，草婴译，安徽人民出版社，1984，第306页。
② 同上书，第448页。

可夫表示嘲笑。他如此天真单纯，让人忍俊不禁又心生怜爱。

身为一个饱经苦难的贫农，西奥卡老爹在旧的时代环境中也形成了胆小懦弱、自私愚昧的性格特点。清算富农财产时，铁推克不仅拒绝交出粮食，还抽出铁棒打了达维多夫。西奥卡老爹看到这种情景，吓得拔腿就跑，偏偏被身上皮大衣过长的前襟绊倒，只好拼命大喊"救命"。他恐怖的叫声和摊开在雪地的大衣引起了狗的注意，背后领子被紧紧咬住，皮大衣也被撕成了两半。事后，他又虚张声势地要拿手枪打狗，还把自己说成是个保护同志的英雄好汉，并在被人追问时适时地转移话题，为自己的胆小进行了欲盖弥彰的开脱。妇女抢夺麦种事件中，西奥卡老爹早早地就钻进干草堆中避难，却堂而皇之地把自己说成是为了给达维多夫做见证。听说牲畜要归公，他就赶快杀了小牛以防自己吃亏；看到其他庄员不下地干活，他也不甘落后地跟着凑热闹；让他去请土地测量员，他得想尽办法吃饱肚子后才上路。他虔诚地信仰上帝，每当遇事不顺，就不停地边念叨边画十字，希望以此带来好运。西奥卡老爹的愚昧自私相当顽固，但他可笑的行动和善意的谎言又总使人对他产生着深深的理解和同情。

新的时代中，西奥卡老爹的生活有了翻天覆地的变化。在集体农庄的大会上，他因为有了话语权而更加肆无忌惮地发表独到意见，还常用一些政治术语为自己的发言增加深度，并在滔滔不绝的高谈阔论中使自己深受感动。他热爱自己的工作，成为集体农庄的马车夫和饲养员后，不顾严寒搬到马房睡觉，以便能和马匹更亲近些。他为自己身份、地位的变化感到由衷的高兴，不仅神气活现地向哥萨克夸口，而且"样子变得庄重，连话都少了"。看着农庄日益巩固，他也有了更多的自信，高兴地认为"从社会主义到共产主义，我不但能走着去，简直还能跑着去"。[①] 他对新生活的珍惜和满足，是一代农民在时代变革中的真实情感。

小说结尾，达维多夫和拉古尔洛夫死后，西奥卡老爹衰弱得简直让人认不出来，他变得孤僻、寡言，更容易流泪。他断然辞去了赶车的职务，做了守夜人，

---

① 肖洛霍夫：《新垦地（第二部）》，草婴译，安徽人民出版社，1984，第348页。

整夜坐在墓旁，想和亲人接近些。艰辛的生活和多难的遭遇没有使他放弃快乐的本性，达维多夫和拉古尔洛夫的离世却使他心痛至极，没有了自作聪明的饶舌，也没有了夸夸其谈的谎言，只有在无言的孤独寂寞中的悲哀度日。西奚卡老爹心底最珍贵的情感，被革命者的牺牲触动。他判若两人的转变，显示出哥萨克贫农在时代转型中经历的精神伤痛，也使得这一形象在嬉笑欢乐之余产生了浓浓的悲剧意味。

西奚卡老爹在饶舌唠叨之中深藏着慈父般的真情厚爱，在吹牛炫耀之下蕴含着对生活最真切的向往和渴望，在嬉笑滑稽之中是满含辛酸的苦难伤痛，在不合时宜的积极踊跃中是对翻身命运的激动满足。作家用揶揄的语言表现了西奚卡老爹的可笑滑稽，用深情的笔调描写了他的悲哀感伤，在赋予他喜剧色彩的同时揭示出人物表象之下的悲剧内涵。这一人物在小说中没有简单地被塑造为插科打诨的滑稽角色，而是成功地被刻画成集喜感和悲调于一身、融欢乐和痛苦于一体的独特农民形象。在增添了作品的生动性和生活的丰富性的同时，西奚卡老爹以独特的美学内涵和复杂的思想意蕴，拓展了小说的审美空间，深化了作品的主题意义，成为肖洛霍夫笔下哥萨克农民的一个经典。

我国短篇合作化小说中，也常有一类引人发笑的"丑角"形象，如马烽《三年早知道》中的赵满囤、西戎《赖大嫂》中的赖大嫂、李準《李双双小传》中的孙喜旺等。这类人物在性格上是自私、落后、愚昧的，在文本中承担的是穿插、点缀、衬托的辅助作用。他们的诙谐、滑稽总能得到善意的宽容和理解，他们的错误往往在啼笑皆非的反讽中，受到温和的嘲笑或得到积极的转变。他们不以复杂的性格内涵获得丰富的美学意义，只以明显的缺点和落后的思想产生直接的喜剧效果。在我国长篇合作化小说中，翻身贫农形象大致可以分为两类：富有幽默色彩和乐观思想又有点自私愚昧，不甘落后又小心谨慎，常为自己着想的一类，如秦兆阳《在田野上，前进！》中的曹老鸭，周立波《山乡巨变》中的亭面糊，柳青《创业史》中的梁三老汉、任老四，胡正《汾水长流》中的郭守成、郝同喜等；吃苦耐劳、积极进步、善良无私，又倔强固执、急躁耿直的一类，如陈登科《风雷》中的何老九、浩然《艳阳天》中的马老四、安危《我爱松花江》中的于四海等。在这两类翻身贫农形象中，都或多或少带有着西奚卡老爹的影子。

《在田野上，前进！》中的曹老鸭在性格语言、形象神态、身份地位等方面和西奚卡老爹有着极高的相似度。"曹老鸭有四十多岁，矮小个儿，全身精瘦，上宽下尖的三角脸，嘴角上生着几根黄胡子楂儿，像经了霜的草儿似的。他说话声音嘶哑，使得听的人觉得他挺费劲。他却又最爱说话，而且最爱在人多的场合里，特别是在工作人员面前露露脸。他好像经常有一种表示自己的存在和引起别人尊敬的欲望，所得到的却总是轻蔑和嘲笑。好在他还有个长处，不到五分钟就会把不愉快的事情忘记得干干净净，等到有了新的机会，就又要呱呱呱地露露脸了。"[1] 县委副书记张骏刚到曲堤村，正碰上中农郑洪兴借地界不清故意闹事，曹老鸭在人群中主动和张骏打招呼，第一次出场就在自作聪明中引来了众人对他惧内的调侃和嘲笑；看见郑洪兴蛮不讲理地胡闹生事，他也想发表意见进行调解，结果话未说完就遭到一顿怒骂，"被吓得一个劲儿后退"，不知如何应答。他胆小懦弱却又极爱出风头，常把自己陷入尴尬的境地。和西奚卡老爹一样，曹老鸭也有着苦难的人生经历。贫寒的家庭养活八个子女，从小没吃没穿、受冻挨饿，"头上常常是红一块肿一块，鼻涕眼泪一年到头不断线"[2]，到杂货铺里当伙计，挨打受气更是家常便饭。"他的媳妇比他个儿高大，身体有劲；他下地干活时常常丢了家具；他有时候把东西拿在手上还到处找；他说出话来总是不内行，总是让别人发笑；他出奇地怕老婆……"[3] 土改之后，他因为表现积极又爱发表意见，成为大家感兴趣甚至觉得亲切的人。他也因此颇为看得起自己，就更爱出头露面，偏偏说的话又不在行，总引得人们爱和他开玩笑。在受尽了磨难的半生中，他养成了自卑、懦弱、谨慎的性格。他深知自己贫寒穷困、地位低下，在别人的嘲讽甚至捉弄中，常常显得狼狈不堪。村里刚成立农业社时，尽管他地薄劳力弱，没牲口

---

① 秦兆阳：《在田野上，前进！》，人民文学出版社，1982，第 20 页。
② 同上书，第 449 页。
③ 同上书，第 450 页。

没车，又不会操持，但还是以观望的态度等待了一年。虽总是积极参加会议，真心实意地关心农业社，但多年的苦难经历使他对生活充满恐惧和疑虑，谨小慎微地面对时代变革。在加入农业社后的群众大会上，他为自己身份地位的变化由衷的高兴，不仅满怀深情地踊跃发言，而且还在别人嘲笑他"耽误时间又丢人"时，"生气地直起腰来，猛一下忘记了胆怯"，流利地完成了自己的精彩演讲。自尊、自信的情感在他贫苦的人生中第一次如此真实地产生。他的天真单纯、自以为是、滑稽可笑、多话饶舌和西奚卡老爹简直如出一辙。小说通过这一形象，表现出翻身农民在新的时代环境中精神世界的显著变化，显示出合作化运动的正确性和合理性，也增添了作品生动活泼的趣味性。同为滑稽幽默的喜剧人物，西奚卡老爹丰富的语言和夸张的想象在恣意的流淌中显得轻松自如，他也心安理得地享受着喋喋不休所带来的快乐和满足。曹老鸭的语言虽也风趣可笑，但无论是他因为地位低下、身份卑微而进行的自我解嘲，还是为了表现积极进步、无所不知而进行的夸大其词，都显得紧张费力，在极力卖弄之中似乎还有点哗众取宠之嫌。在艺术手法上，肖洛霍夫主要让人物通过自己的语言、行为进行表现，也常用揶揄的语调进行善意的嘲讽，但对于人物性格特点基本不做叙述性介绍或评价，而让读者在阅读过程中自觉做出判断。秦兆阳在描写曹老鸭时，常借助他人的回忆或叙述对人物生活经历和性格特征进行介绍，对于人物实际行动的正面描写相对较少。读者对人物的了解较多依赖于由他人转述而来的间接感受，阅读过程中应有的想象空间一定程度上受到了限制。在人物功能方面，西奚卡老爹这一形象在喜剧色彩之外还蕴含着浓浓的悲剧意味，以丰富的人性内涵和独特的艺术魅力在《被开垦的处女地》中占据了灵魂人物的位置；曹老鸭则以鲜明的喜剧色调表现出翻身贫农对于新生活充满激情的向往和拥护，显示出社会变革中农民心灵世界的复杂蜕变，具有深广的社会意义和鲜明的时代特征，但在小说中却并不占据重要位置。

《汾水长流》中的郭守成也是一个因袭了旧思想旧习惯，行动和意识常与现实发生冲突的诙谐可笑的农民形象。老实本分的郭守成在旧社会总是吃亏上当，因此便格外胆小、谨慎、多疑。他凭着异常的节俭和勤劳艰难谋生，土改中分得田地后，更是一心一意只想守住那点来之不易的家产。他平常舍不得穿新衣、吃油盐，舍不得花钱买药治眼病，舍不得点灯耗油，祭神时却格外大方，希望以此得到好运，实现发财的美梦。农业社的成立打乱了他多年来的如意算盘，面对从未见过的生产、生活方式，他不仅处处担心、事事盘算、生怕吃亏，而且在疑虑重重中还时常动摇退缩。他本是村里有名的起得最早的人，加入农业社后却睡起了懒觉，上工干活迟到懈怠，看见别人闹退社，更是不肯落后地要抢先退出。顽固的自私心理使他患得患失，在精打细算的焦虑中紧张度日。社里为防庄稼受冻，要求每家送两捆高粱秆到地里熏烟防霜，儿子郭春海从家里多拿了两捆，他就觉得吃了大亏，半路上竟又把自己背的那一小捆扛回了家中；给农业社地里送肥料，他觉得太不合算，便偷偷把肥料上到自留地里，结果由于天干地旱，菜蔬玉荚不仅没有得到滋养，反被过量的营养烧死了苗子；为从渠中偷水浇自留地，他左躲右藏，慌乱之中被灌了一身的泥水，又不敢告诉老伴和儿子实情，受了一夜冻还病了一场；为了不把余粮借给社里的缺粮户，他私下托人把粮食粜出去挣钱，结果被骗得分文未得还不敢声张；他心疼自家的老黄牛，总是伺机让它多吃两口农业社地里的庄稼，结果却因为吃得太多把牛活活撑死了。总之，他处处怕吃亏，却又因为自私、贪心处处吃亏。他的可笑行为不仅增添了小说的幽默情趣，还成为作品中最具艺术光彩的点睛之笔。这一形象有着"丑角"一类人物"偷鸡不成蚀把米"所产生的喜剧效果，也很容易在出于自我保护的小心计、小花招中得到会心一笑的理解和宽容。郭守成有着和西奚卡老爹一样的由传统观念积淀而来的自私、胆小、愚昧的性格特点和思维习惯，他们因为落后保守而在新的时代面前显得可笑，因为体现着农民特质的纯朴、真诚、善良的性格显得可爱，也因为凝结在诙谐滑稽行为之下的对于生活和土地的厚爱深情显得可敬。不同的是，西奚卡老爹通过幽默话语和积极表现的行为为大家带来乐趣，他对于新生活的热爱远远大于疑虑，并能在很容易实现的满足感中忘记苦痛，怡然自得地从生活里获取快乐。他由于自身地位和生活条件的改变而对革命事业绝对地信任和拥护，对于革命者更是有着源自人性深处的父子般的厚重感情。郭守成则是通过自己的自私行为所带来的适得其反的结果引人发笑，语言表现较少，内心活动描写较多，性格更为内敛谨慎。他对于时代变革显得顾虑重重，对于个人发家始终执着地迷恋。他最终在事实面前，在儿子的帮助下进行了积极转变，有力地配合了小说表现农民精神世界的复杂和转变的艰难的主题，表现了一代农民在社会变革中心灵深处的震动、不安、挣扎和无奈。小说以鲜明的喜剧手法塑造了这一具有代表性的农民形象，在对其可笑行为的诙谐描写中淡化了人物主体应有的沧桑感和悲剧感。

我国合作化小说中还有一类翻身贫农形象，他们对于时代变革是毫无保留地拥护接受，并积极热心地投身到革命建设事业中，以高度的责任感和无私的奉献精神保护胜利果实，打击阶级敌人，进行合作化生产。他们在旧社会经受了最深重的压迫，因而革命愿望也最迫切。他们不会因为合作化运动给私有财产和个体生产方式带来的巨大冲击感到彷徨疑虑，而是以和革命领导者高度一致的目标与决心，为合作化运动的开展感到兴奋，也为其中遇到的困难感到担心。他们没有诙谐滑稽的性格，也没有幽默风趣的语言，但他们在艰难的人生中所承受的沉重的精神苦痛和灵魂创伤、他们对于生的执着韧性以及对于革命者充满深情的信任和厚爱，与西奚卡老爹都是息息相通的。但西奚卡老爹在生的艰难悲凉之中还有着轻松快乐的释放空间，而我国作品中的这类农民却是在生的困境中将沉重进行到底。即使他们偶尔也会因为困难的解决或事情的成功生出难得的喜悦之感，但也终究无法掩盖那种侵入心骨的拘谨和抑郁。

西奚卡老爹以令人难忘的性格特征和丰富的美学内涵，成为世界文学中哥萨克农民形象的经典。他不仅深受各国读者的喜爱，而且在我国合作化小说中得到一定程度的再现。但由于地域环境的差异和民族文化的不同，我国农民在精神品格和情感特质上，也与西奚卡老爹有着显著区别。并且在创作手法上，我国作品或完全以喜剧手法表现农民因落后、自私产生的滑稽可笑行为，或极力彰显贫苦农民获得政治地位和身份认可后对革命事业的忠诚坚定，虽对农民精神世界的乐观坚韧和沉重压抑也有积极探索，但仍与肖洛霍夫于轻松幽默之中蕴含悲凉痛楚的悲喜交融手法有一定的差异。

此外，在俄罗斯的文学传统中，心理描写向来占有重要分量。从果戈理到契诃夫，从高尔基到法捷耶夫，都擅长在细腻生动的心理刻画中表现人物精神世界的复杂和情感的丰富。肖洛霍夫的《被开垦的处女地》也不例外：达维多夫对自己水手生涯的回忆，对于农村工作的焦虑和思考以及在鲁什卡离开后的苦闷，拉古尔洛夫在被开除党籍时的愤懑和迷茫，拉兹米推洛夫对于亡妻的怀念和自责，西奚卡老爹在达维多夫和拉古尔洛夫牺牲后的悲哀忧伤，都通过人物的内心独白进行了淋漓尽致的表现。我国文学传统中较为注重故事的完整性，多从外部视角对情节发展进行描述，对人物心理世界的表现不以繁复细腻见长。因此，在我国合作化早期作品和中短篇小说中，以心理描写推动矛盾的展开并以此显示人物性格发展过程的手法并不多见。这类作品中的心理描写大都单一简短，或是人物因某事而起的小心思、小顾虑，或是因生活变化而生的小感慨、小喜悦，对于作品主题的表现和人物形象的塑造没有直接的影响或促进作用。但在 50 年代以后的长篇合作化小说中，心理描写则显得集中而突出，各类农民在时代变革中的心灵波动和革命者在矛盾冲突中的深思熟虑，都是通过大段的内心活动进行表现：《在田野上，前进！》中张骏对革命路线的思考、郑洪兴对个人命运的困惑，《风雷》中祝永康对农村工作的探索，《山村新人》中李铭山对革命理论的信服，《汾水长流》中郭春海在斗争中的沉稳等，都是如此。小说通过对人物心理活动的细致描写，表现了他们在复杂矛盾之中的独立思考，显示出其性格发展的量变过程，在对人物精神情感的聚焦透视中，突出了其成长变化的内在动因。因此，可以看出，我国长篇合作化小说中的心理描写，与《被开垦的处女地》的人物表现方式有着明显的互文性。

最后，《被开垦的处女地》中写景抒情的手法，在我国长篇合作化小说之中也有所再现。肖洛霍夫被称作"写景抒情的大师"，特别擅长在事件发展的描述中融入恰到好处的景色描写，以此对小说情节进行铺垫、烘托、渲染。《被开垦的处女地》以草原早春冰雪初融的午后至傍晚的景色描写为开头，在顿河秋季的闪电雷雨中结尾，在每一个重要事件中，都有着各具特点的自然景色对人物情感进行衬托，呈现出景中含情、情托于景的美学效果。《在田野上，前进！》《汾水长流》《风雷》《山村新人》等小说中，都有着大段的景色描写。在语言上，它们优美生动，形象逼真；在效果上，它们色彩鲜明、层次清晰，有着强烈的画面感；在功能上，它们或是为即将发生的冲突进行铺垫，或是为人物心理活动的展开进行渲染，寓情于景，情景交融，使小说在严肃的主题之下有了轻灵的诗意。这种以景色表现人物心理、渲染环境氛围、暗示事件发展的手法，和《被开垦的处女地》中景色描写的技巧及作用有着异曲同工之妙。

总之，我国长篇合作化小说在阶级斗争叙事、政治话语表达、人物形象设置和艺术手法使用等方面，都表现出与《被开垦的处女地》的某些关联性。究其原因，既是集体化经典前文本《被开垦的处女地》对我国作家的示范和渗透作用，又是相似社会背景中相同主题文学创作的共同选择。如波兹德聂耶娃所说："中国进步作家所以能提高到真实地反映新中国农村的建设工作和工人的自由劳动，并且表现共产党在这过程中所起的领导作用，多多少少是由于他们仔细研究了苏联作家的作品。因此我们完全有理由说，中国作家向着毛泽东所指示的新民主主义现实主义道路的转变，所以能这样迅速完成，是由于已经在苏联创立了社会主义的文学和中国作家的努力向它学习。"[①] 在向苏联全面学习的年代，我国从文艺理论路线到文学创作思想，都是在苏联的直接影响下形成。周扬曾在《社会主义现实主义——中国文学前进的道路》一文中明确指出：作家要在现实的革命的发展中真实地表现现实生活，深刻地揭露生活中的矛盾，看清现实的主导倾向，坚决地拥护新的东西，反对旧的东西；学习苏联文学中对社会主义新人的表现，展示这类人物对生活积极的改变作用和新的性格特征，并以此来教育群众；学习如

---

① 波兹德聂耶娃：《〈太阳照在桑干河上〉俄译本序言（节录）》，载袁良骏编《丁玲研究资料》，天津人民出版社，1982，第 592 页。

何描写新旧力量的矛盾和斗争，表现生活的复杂性。^①在《讲话》精神和文艺政策的号召下，我国作家迫切地需要用革命视角对时代变革进行反映，而肖洛霍夫的《被开垦的处女地》正是以富有时代感的内容和强烈的革命斗争精神，契合了我国20世纪50年代的审美需求，成为外国合作化小说的模本。应当承认，若没有苏联文本的直接影响，仅从我国文学内部发展，很难在如此短暂的时间内形成如此成熟的话语系统和表现手法。同时，我国的土改运动和合作化运动，与苏联社会主义进程中的历史事件极为相似，我国社会主义革命中出现的新情况、新人物，也与苏联社会较为相近。因此，我国长篇合作化小说在表现时代变革中的农村生活时，采用了和《被开垦的处女地》较为一致的视角和手法，不仅有一定的现实合理性，而且符合文学发展的客观规律。此外，外来文学进入我国作家的接受视野后，也经过了不同程度的"文化过滤"。在经过符合我国现实语境和文化心理的阅读后，《被开垦的处女地》中的各种文学质素都发生了一定的变形，最终以体现了我国文学审美期待的内容再现于我国合作化小说之中。因此，我国合作化小说与《被开垦的处女地》在每一个相似处，又都有着体现了不同民族文化传统的明显差异。并且，我国合作化作品始终立足于民族乡村的风情展现和现实表达，含蓄、内敛的文字中显露出的是深厚的历史文化积淀。也正是由于民族精神和地域风情的不同，中苏集体化小说在相近的文本建构中表现出了不同的美学风格和人文倾向。最后，在接受苏联社会主义现实主义文艺思想的过程中，我国学界也对其进行了本土化阐释，在更为切合我国民族文化传统和文学发展现状的基础上，融合具有民族意识的新内容，如：强调文艺的大众化，强调对本民族文化传统的继承和发展等。这些原因，都使我国长篇合作化小说在表现出与《被开垦的处女地》的某些互文性、相似性的同时，又以富有民族精神气质的人物形象和富有传统文化渊源的审美风格显示出自身的创造性和独特性。

---

① 周扬：《社会主义现实主义——中国文学前进的道路》，《人民日报》1953年1月11日。

第五章

译介与接受:《被开垦的处女地》与周立波创作

　　自学生时代起,周立波就接受了无产阶级革命思想,并在新文艺思潮的影响下,开始了自己的文学创作。求学期间,他长期坚持自学英语。1931 年,他和周扬合作,由英文转译了苏联作家顾米列夫斯基的长篇小说《大学生私生活》。从此时起,他便以英语 liberty(自由)的译音"立波"为笔名,进行翻译和创作工作。入党后,他积极学习、研究马克思主义文艺理论,广泛阅读外国文学作品,并常常撰文对外国作家、作品进行评论。在大量的翻译工作中,他开阔了自身的文学视野,也为自己的文学创作积累了丰富的经验。他在作品中曾多次提到外国文学对自己的影响,不仅对喜爱的作家推崇备至,而且对喜爱的作品运用自如。1940年,周立波到延安鲁迅艺术文学院工作,讲授了著名的"名著选读"课程,系统介绍了俄罗斯古典文学和苏联革命作家高尔基、法捷耶夫的作品,并对马列主义的革命文艺思想进行分析研究,从革命斗争的角度提出了自己的观点和看法。在周立波的阅读经验中,俄苏文学有着十分重要的位置。他曾在《我们珍爱苏联的文学》中指出:与近代欧美资产阶级文学相比,苏联文学有着更强的生命力和更广的流传性,尤其是在"人民的中国",苏联文学作品在干部、知识分子和工农兵等广大读者群中受到热烈欢迎,并成为解放军和其他一切机关学校教育的材料和谈话的话题。他认为,苏联文学之所以被我国读者珍爱,是因为其作品以战斗的、健康的内容使受压迫者看到了光明的前途和民族的出路，为我国的革命和建设提供了榜样；其作品对社会主义革命和建设忠实而生动的反映，也使我国读者深受启发。我们"把苏联文学当作我们的最好的先生。我们文艺工作者从苏联文学里学习了最进步的创作方法。这种方法教导着我们要有深刻的思想性，要紧紧地和人民连接在一起，要忠实地表现劳动人民的战斗和生活"①。在延安印刷品和纸张困难的条件下，周立波翻译的《被开垦的处女地》被印刷出版。此后，他又翻译了苏联学者列兹内夫的《肖洛霍夫论》，进一步扩大了肖洛霍夫在中国读者中的影响。作为《被开垦的处女地》较早的中译者，周立波对肖洛霍夫的创作精神和艺术技巧谙熟于心。在他的创作实践中，无论是反映土改的《暴风骤雨》，还是表现合作化运动的《山乡巨变》，都有着《被开垦的处女地》的艺术痕迹。

第一节　相似背景中创作精神的渐染

肖洛霍夫出身于顿河地区普通的劳动家庭，艰苦的生活使他从年轻时代就产生了为劳动人民的幸福进行斗争的愿望。加入共青团后，他曾在粮食征集队中参加过对富农的斗争，也曾在同匪帮的较量中有着积极的表现。他热爱自己的顿河和草原，熟悉哥萨克的生活、习俗和富有地方色彩的民族语言，对哥萨克们智慧和心灵的细微活动有着细腻深刻的体察。这一切都成为他文学创作的精神资源，也是他全部作品的主要内容。如绥拉菲摩维奇所说："起初他是带着枪杆参加战斗的，后来是手握笔杆参加了战斗。"②

从创作初始，肖洛霍夫就表现出对重大社会题材的关注。在《顿河故事》里，他描写了俄罗斯的国内战争岁月和社会主义初期农村改造的复杂经过。《静静的顿河》以史诗的气魄展现了从 1912 年至 1922 年间顿河地区哥萨克所经历的第一次

---

① 周立波：《我们珍爱苏联的文学》，《人民文学》1949 年第 1 期。

② 绥拉菲摩维奇：《米·肖洛霍夫》，《文学报》1937 年 11 月 26 日，转引自孙美玲编选《肖洛霍夫研究》，外语教学与研究出版社，1982，第 406 页。

世界大战、1917 年二月资产阶级革命、十月社会主义革命及国内战争和战后生活等重大历史事件,肖洛霍夫以对故乡农民的熟悉和理解塑造了以葛利高里为代表的俄国农民新形象。《被开垦的处女地》是在苏联实行全面的农业集体化的社会背景中,对正在发生的时代变革的及时反映。肖洛霍夫受到领导人的鼓励之后,中断《静静的顿河》第三部的创作,回到家乡维约申斯克参与了集体农庄的劳动和工作,积累了大量素材,"在记忆犹新的时候"按照时代鲜明的足迹实现了《被开垦的处女地》这一新的创作构思。在顿河地区的集体化运动中,他和过火行动进行了坚决的斗争,参加了维约申斯克区建立第一个拖拉机队的工作,还发表论文谈论苏联人民所面临的崇高任务。他和庄员们一样劳动,并极有兴趣地关注日常生活中各种各样的事情和人们,热心地帮助农庄中的各类工作人员解决问题和矛盾,从不吝惜自己的时间。他耐心地倾听庄员们的抱怨和不满,观察他们的性格,关注他们的命运,并为自己和他们建立起来的亲密关系感到高兴和满意。他目睹了一位刚刚自愿加入集体农庄的中农在将自己的牲畜牵到公共牛栏后的痛苦和留恋,并以他为原型在《被开垦的处女地》中创作了梅谭尼可夫的形象。他清楚地看到顿河地区阶级斗争的尖锐,将隐藏在维约申斯克的敌人谢宁上尉的险恶行动通过白党军官波罗夫则夫的形象进行了表现。他十分了解农业区的生活,对区中心的发展有着自己的看法和担心,认为区中心的问题"完全是人的问题",认为沟壑对草原耕地和牧场的影响是深远而可怕的。他忙碌于各种事务工作,在难得的空闲时间里还总兴致勃勃地对农民遇到的生活问题提出建议,或做出解释。因此,顿河地区的人们"不仅把他看作敬爱的作家,而且看作自己的代表"。此外,肖洛霍夫还细心研究了党代表大会的决议、党关于集体化的决定和斯大林的《论联共(布)党内的右倾》《大转变的一年》《论苏联土地政策的几个问题》等著作,为小说中涉及的思想、政策问题做好了理论准备。

肖洛霍夫认为,作家应当接近生活和人民,只有在和人民同呼吸共患难的生活中,"忧人民之所忧,乐人民之所乐,把他们的需求当作自己的需求",才会写出"真正的激动读者的书"。他正是以自己的实践证明了这一论断。《被开垦的处女地》第一部在暴风雨般的时代气息中，以对生活原貌的摄取表现了顿河地区的一个村庄开展集体化运动的过程，再现了苏联社会发展中一段曲折复杂的历史，表现了集体化运动给农村生活带来的生产方式和观念意识的剧烈变动。凭借着对最具历史特点的现实生活的如实反映，《被开垦的处女地》获得了极高的赞誉，并被当作农村工作的教科书对实际工作进行指导，甚至"有的农庄主席'仿照肖洛霍夫的达维多夫领导集体农庄'，有的庄员则用达维多夫的榜样要求自己的农庄主席"。小说以极高的艺术价值和现实的指导意义，对文学创作和农村工作产生了深远的影响。

与肖洛霍夫一样，周立波从青年时代起就积极参与共产党领导的革命运动，较早地接受了左翼文学的影响，并以自己的作品宣传革命思想，进行反抗斗争。左联时期，他在评介我国左翼作家作品和译介外国文学作品的过程中，形成了文艺为人生、为大众的创作思想，认为文艺应该反映现实并为现实服务，应该以反映劳苦大众的生活斗争为主，在语言形式上要做到大众化。延安时期，他确定了与工农兵相结合的文艺思想，在战火硝烟的严峻考验和锻炼中，成长为"钢铁的文艺战士"。1946年，我国东北地区开展大规模的土地改革运动，周立波作为一万二千多名下乡干部中的一员，随工作队来到当时的松江省珠河县（不久改为尚志县）元宝区参加了这场声势浩大的土地革命。他全力以赴地开展实际工作，深入群众，访贫问苦，充分了解情况，认真对待问题。他和农民一起劳动，一起生活，吃粗粮咸菜，忍受冰冻严寒。工作中，他谦虚质朴，以小学生的态度向村干部和农民积极分子学习，不懂就问；与人谈话时，他总带着文雅、温和的微笑，平易可亲。村干部和翻身农民都乐于和他接近，谈自己苦难的经历和家庭的琐事，谈对工作的意见和对斗争的认识。在和农民的相处交流中，周立波了解了许

① 肖洛霍夫：《在苏共第二十次代表大会上的发言》，《真理报》1956年2月21日，转引自孙美玲编选《肖洛霍夫研究》，外语教学与研究出版社，1982，第427页。

② 孙美玲：《肖洛霍夫的艺术世界》，社会科学文献出版社，1994，第213页。

多生产知识和风俗民情，也学会了不少当地的方言土语。通过实际工作的深入接触，他对各类农民有了新的认识，很多给他留下深刻印象，与他产生亲切友谊的农民积极分子都成为《暴风骤雨》中的新人形象的原型。土改工作中，周立波表现出坚定的党员立场和高度的革命热情，不仅在思想上和农民心气相通，而且在和敌人正面的战斗中也是冲锋在前。随着时间的沉淀，元宝区土改中那些惊心动魄的场面和许多人物的身影在他的脑海中愈加清晰，并使他产生了强烈的创作冲动。开始创作后，因为深感素材的缺乏，周立波又来到五常县周家岗参加农会工作，继续体验生活并搜集资料。这段日子里，当地农民的英雄事迹和精神品质使他深受感动，他将现实生活中的人物有机地融合进《暴风骤雨》中农民形象的塑造，增添了人物性格的丰满度和真实感。同时，周立波还认真研究了中央和东北局关于土地改革的政策文件，追忆了自己参加的区村干部会议，阅读了大量关于土改的报道，以极为严谨、认真的态度进行艺术创作。《暴风骤雨》出版后，在东北文艺界获得极高声誉，甚至成为土改工作队员人手一册的工作参考书。小说被认为是"东北文学创作的一个重要收获，是解放区描写农民斗争生活的优秀作品之一；它真实、生动地反映了土地改革初期，农民在党的领导下初步发动起来后，对地主展开的尖锐复杂的阶级斗争，在人物塑造和语言掌握上都是相当成功的"[1]。1951年，《暴风骤雨》荣获斯大林文学奖。

新中国成立后，周立波继续响应毛泽东《在延安文艺座谈会上的讲话》的号召，深入工农兵队伍，了解他们的思想情绪，学习他们的语言，完善自己的创作。被称作《暴风骤雨》的续篇的长篇合作化小说《山乡巨变》，也是在他亲身参与了合作化运动的基础上完成的。1955年，为深入了解家乡人民革命以来的变化，周立波举家从北京迁回湖南益阳定居，并以乡互助合作委员会副主任的身份参加了大海塘乡的建社工作。为帮助当地一个初级社的建立，他和农村干部一起，或在隆冬的寒风和冷雨中走街串巷，进行说服动员，或是忙碌地参加各种会

---

① 胡光凡、李华盛:《周立波在东北》,《社会科学战线》1981年第2期。

议，学习党的政策文件，研究解决工作中遇到的具体问题。这些经历使他了解了各个阶层的农民对于合作化的态度，成为他后来创作《山乡巨变》的构思来源。1956年，在合作化运动的高潮中，周立波参加了益阳桃花仑由初级社到高级社的转变扩建工作。他高兴地看到走上集体化道路的农民在新时代中振奋喜悦的精神面貌，也为自己在这一过程中付出的劳动和心血感到欣慰和自豪。此后，周立波又参加了家乡益阳邓石桥的合作化运动。他积极参加办社的有关会议，经常提出意见、建议，帮助干部、社员出主意，还鼓励自己的亲友带头转社，并拿出三千多元稿费，支援农业社建畜牧场、办俱乐部。两年多的时间里，周立波在和农民的朝夕相处中建立了深厚的感情，如他在《纪念、回顾和展望》一文中所说："我们和农民，又比邻而居，喝着同一井里的泉水，过着大体相同的生活……在这种频繁的接触当中，他们都跟我讲心里的话，使我对于他们的情感、心理、习惯和脾气等等，有着较为仔细的考察。"[1]家乡人民在社会主义建设中的精神面貌和功劳业绩，经过他的观察和思考，都成为《山乡巨变》的创作素材。他对农民日常生活细节有着细致的观察，也特别留心乡间的传统礼节和风俗传说，甚至还饶有兴趣地把一些仪式和掌故弄得一清二楚，这些生动的场面也总出现在他后来的作品中。周立波认为，只有和群众一起生活、劳作，才能真正了解他们的思想感情。因此，他和社员一样，"腰上系一条浅蓝布围巾，扎脚勒手，汗爬水流"[2]，经过锻炼，竟也能挑起七八十斤的担子，快步如飞了。不仅如此，他对于困难农民总是给予热情的关怀，并在真诚的相处中交下了许多知心的朋友，他也因此熟悉了农村干部和群众多样的性格和各异的思想。这些人物的谈吐举止、音容笑貌都在《山乡巨变》中得到体现。在和农民"三同一片"的实际锻炼中，周立波积累了关于合作化的丰富素材，许多经历过的事件和现实中的人物，甚至生活中的有趣细节，都被生动地编织进合作化运动的主题中。1958年，《山乡巨变》出版后引起热烈反响，不仅中央和地方的各类报刊发表了大量的评论报道，而且一些著

---

① 周立波：《纪念、回顾和展望》，《文艺报》1957年第7期。
② 胡光凡：《周立波评传（修订本）》，湖南文艺出版社，2018，第214页。

名评论家也都发文肯定了小说的思想意义和艺术成就。1960年小说被译成俄文后，苏联著名学者 B. 克里夫佐夫在为小说所作的序言中写道:"周立波是属于受过鲁迅和苏联文学的良好影响的一代中国作家，这一代人的个人命运和创作与人民的生活斗争是休戚相关的。周立波的创作活动和他本人的全部生活就是紧密联系人民群众的典范，他敢于面对生活的现实问题，善于在自己的作品中展现广阔动人的群众生活画面。"①

如高尔基所说:"艺术家首先是自己时代的人，是自己时代的悲喜剧的直接观看者和积极参与者。"②肖洛霍夫在对农村生活的深入了解和与农民的亲密交往中，以自己的眼光观察了集体化运动的真实经过，并以艺术的方式对自己熟悉的哥萨克所经历的精神情感和劳动习俗的种种变化进行了富有思考的表现。作为无产阶级作家，肖洛霍夫对现实中的革命斗争始终有着热切的关注，并自觉地承担起为苏联这场翻天覆地的农民变革进行史诗书写的任务。在对共产主义信念的坚守中，他既以党员的身份对国家建设和社会发展表现出迫切的希望和积极的参与意识，又以作家的眼光对时代政治进行思考和反省。或者说，他以代言者的身份，将革命对于农民生活的想象编织进反映现实的文字之中，也将农民精神、心灵的震荡展露在激昂亢奋的革命话语之下。肖洛霍夫带着任务和目的创作完成的《被开垦的处女地》，通过对革命事业中最有代表性、最具影响力的重要事件的正面描写，表达了人民经过革命获得解放的主题，也客观地展现了革命的正确与失误。因此，小说超越了单纯表现集体化运动的时代精神的局限，在对人性、人道主义、人和人之间的关系的思考中显示出丰富的诗学意义。

在相似的社会背景和相同的创作目的中，肖洛霍夫以革命作家的身份积极参与时代建设，以深刻的艺术洞察力表现广阔的社会历史内容，以敏锐的眼光和

① B. 克里夫佐夫:《〈山乡巨变〉正篇俄译本译者序言》，转引自李华盛、胡光凡编《周立波研究资料》，湖南人民出版社，1983，第456页。

② 高尔基:《维诺格拉多夫的〈时代的三色〉一书序》，载《论文学(续集)》，冰夷等译，人民文学出版社，1979，第345页。

超凡的勇气直面社会变革的矛盾冲突，揭示生活的真实，反映时代变迁的创作精神显然深深影响了周立波。作为《被开垦的处女地》的中译者，他不仅了解小说创作的背景、经过，而且对于作品中涉及的民俗风情、地理风貌以及作家所坚持的苏联无产阶级文学的方法和精神都谙熟于心。周立波认为，小说创作的关键是人，而人又是时刻都在活动之中，心理情感也会不停地变化，因此作家需要时间、耐心和眼力去熟悉和了解情况，从人所处的社会环境，人的工作、经历、家庭、生活、性格等各个方面进行挖掘和体味。"要是他有丰富的生活和斗争的经历，又有一定的写作经验，借鉴了一些中外好作品，他的眼睛会明亮得多。"[①]深入生活的最好办法是参加运动和斗争，只有在具体的事件冲突中，每一个人的思想情感、观点要求才能最真实地表现出来。正是在这种创作精神的主导下，周立波积极参加了土改和合作化运动，在丰富的生活经历和对人的广泛、细致观察的基础上进行创作，再现了我国社会发展进程中的一段复杂历史，相对客观地反映了不同阶层、不同经历的农民在社会变革中的思考、行动和困惑、犹豫，以及土地政策的变化对每一个农村家庭、每一个农民个体的冲击和震荡。周立波曾在《素材积累及其他——在读书会上漫谈创作的一段》一文中说道："作为人民群众的代言人的作家、艺术家应该'先天下之忧而忧，后天下之乐而乐'。"[②]这一论断，与肖洛霍夫对于作家创作的观点高度一致。《山乡巨变》和《被开垦的处女地》一样，以农村在土改后的发展方向的政策问题为主要内容，表现了农民所具备的两重性特点及其摆脱私有制观念的复杂、痛苦的"心灵的历程"，表现了党内在关于合作化政策上的分歧、矛盾，也表达了作家自己的思考和见解。周立波坚信：只有人民才能赋予他创作的生命，人民的生活和斗争是他获取灵感的唯一源泉。在与人民血肉相连的战斗中，他发现了丰富的群众生活，学习了生动的农民语言，以无产阶级革命者的责任担当对社会主义革命和建设热切关注，以革命

---

① 周立波：《深入生活　繁荣创作》，《红旗》1978 年第 5 期。
② 周立波：《素材积累及其他——在读书会上漫谈创作的一段》，《湖南文学》1963 年第 1—2 期。

作家的身份对时代进程中的重大事件进行思考和呈现。

同为无产阶级革命作家,肖洛霍夫和周立波在相似的革命经历和写作目的中,对相似的社会变革进行了体现着无产阶级价值立场和鲜明时代特征的表达。肖洛霍夫创作于 30 年代的《被开垦的处女地》第一部,因其亲历而来的对于农民生活、情感、语言的熟悉和了解,准确、生动地反映了苏联历史中这一与"十月革命"具有同样重要意义的事件,成为具有历史文献价值的小说文本。二十多年后,当新中国进行了与苏联相似的合作化运动时,周立波同样是在和农民同吃同住的劳动中获得了丰富的素材,创作了《山乡巨变》。不能否认,周立波的革命经历和创作精神与当时文艺政策的指导和鼓励密切相关,但我国 50 年代的文艺政策本身也是深受苏联影响的。并且,身为革命作家的周立波,在主观情感上对无产阶级文学的创作精神和实践方法是发自内心地认可和拥护的。从穿上军装随三五九旅南征北返,到随工作队参加东北土改,再到迁家湖南参加合作化运动,他以实际行动表达了对肖洛霍夫在《被开垦的处女地》中表现出来的革命文学创作精神的坚守。

肖洛霍夫在以无产阶级革命作家的真诚和责任对集体化运动进行史诗书写的同时,也看到了运动过程中的失误和偏差,并以"真正艺术家的勇气"对历史的某些真相进行了揭示。因此,小说第一部完成后很久未能发表,编辑部建议作家删去作品中政治上太尖锐的地方,后经过政治干预小说才得以问世。作品出版后,苏联的《旗》《十月》和《青年近卫军》杂志提到时只有责难,《青年近卫军》甚至认为这部作品"客观说是富农分子被扼杀的反革命气焰"。[①] 同为反映农业集体化的小说,曾受到斯大林的多次赞誉的是潘菲洛夫的《磨刀石农庄》,而不是《被开垦的处女地》。《真理报》也对《磨刀石农庄》所体现的"社会主义现实主义"成就进行过盛赞,而对《被开垦的处女地》却只字未提。肖洛霍夫以忠实于自己良心的创作精神对集体化运动的得失进行了未加修饰的表现,在肯定社会主义现实的同时也指出了尖锐的问题和复杂的矛盾,并以深刻的思想揭示了农村发生急

① 《文化报》1992 年 5 月 23 日,转引自王鹏程《农业合作化叙事的经验之源——论〈被开垦的处女地〉对中国当代小说创作的影响》,《当代文坛》2010 年第 4 期。

剧转变时期的生活真理,使小说具有了深广的思想内涵和丰厚的艺术价值。

同样,周立波创作《山乡巨变》时对历史真实也有着充分的揭示。小说的时代背景是 1955 年 7 月 31 日毛泽东在中央召开的各省、市、自治区党委书记会议上作了《关于农业合作化问题》的报告,严厉批评了邓子恢等人的右倾思想。毛泽东认为,"在全国农村中,新的社会主义群众运动的高潮就要到来",领导却落后于群众,"像一个小脚女人,东摇西摆地在那里走路",对合作化运动有"过多的评头品足,不适当的埋怨,无穷的忧虑,数不尽的清规和戒律",是一种错误的方针。① 小说通过清溪乡合作化过程中领导者之间的性格冲突,对党内关于合作化发展速度的意见分歧及由此引出的争论进行了艺术的再现,并通过对主张稳步前进的支书李月辉富有人情、实事求是的性格的肯定表达了作家的思想倾向。同时,《山乡巨变》生动地刻画了单干农民形象,深刻揭示了农民既是生产者又是小私有者的双重性格特征,在生活原貌的基础上细腻地表现了农民走向合作化道路的复杂犹豫心态。具体的细节描写中,小说也有着许多和主流观念相抵牾的地方:邓秀梅初到清溪乡时,这里的六个互助组有四个"散了板",剩下的两个中只有一个办得好一点;互助合作过程中,农民生活依然清苦,社长刘雨生的妻子张桂贞难以忍受无米下炊、无饭可食的窘况,终于选择了离婚;贫农亭面糊、陈先晋对于合作化运动似乎并没有表现出应有的热情和喜悦。亭面糊很少亲自参加互助组的会议,偶尔参加一次还跑到其他房间里打起了瞌睡。他对自己的贫农身份似乎是不满和心虚的,第一次碰见邓秀梅时就吹牛说:"我也起过好几回水呢。"半生受尽剥削,年年在半饱的辛劳中过日子的陈先晋,入社前是百般的不舍和矛盾,交土地证时是"大家都入,也只好入了"的无奈。这些来自生活真实的描写和主流话语立场是并不吻合的。此外,小说也客观地展现了合作化运动后期的"左"的偏差。下卷一开头,就描写了匆忙之中建立起来的高级社的混乱局面,一向积极进步的盛淑君听说邓秀梅、陈大春要离开家乡到新的岗位工作时,便着急赌气地说:"你们倒好,都走了,

① 毛泽东:《关于农业合作化问题》,载中共中央文献研究室编《建国以来重要文献选编》(第七册),中央文献出版社,2011,第 49 页。

社里乱糟糟,单叫我们背起这面烂鼓子。"① 在对日常工作事件和领导间矛盾的描写中,小说如实地表现了高级社建立后劳动安排不合理、农民思想时常动摇的情况,表现了合作社工作过分依赖领导组织,缺乏合理有效的管理制度和保障措施等弊端。应当承认,小说通过生活细节的描写和人物形象的塑造,努力做到了细节真实和历史真实的统一。小说出版不久,就有读者指出"对发动菊咬筋和秋丝瓜的问题上,简直有近于变相的强迫命令"②。这种指责,恰恰说明了小说情节设置所产生的多重艺术效果。由于作家不加掩饰地表现了激进政策带来的并不令人满意的影响和后果,《山乡巨变》也曾受到了严厉的批评,认为它所反映的生活没有表现出"共产党员的心灵的美"③,"看不见农村中轰轰烈烈的合作化场面,也不能完全看到广大农民迫切要求走合作化道路的热情","没有鲜明、准确地体现党在农村中的阶级路线和政策","对主流的东西没有明白地显示出来"。④ 这些质疑,从另一个侧面显示出作家在内心深处的艺术直觉和写实精神的指引下,对生活本身的表现。小说在时代主题之下对乡村伦理关系和农民命运的关注,在社会变革的重大事件之中对充满矛盾又富有人情的乡村生活的表现,使其超越了时代的局限,成为"50年代合作化题材小说中本质真实揭示得最充分的一部"⑤。

周立波认为,"文学的技巧必须服从于现实事实的逻辑的发展"⑥。在政治对文学有着严格的要求和规定的年代,他以坚定的信念和真诚的热情对社会主义发展进程进行了正面的表现,也以作家的良知从人的立场反映了生活巨变给各个阶层农民带来的影响和困惑。肖洛霍夫的以党员的忠诚和责任反映时代重大政治事

---

① 周立波:《山乡巨变》,人民文学出版社,1958,第294页。

② 唐庶宜:《对〈山乡巨变〉的意见》,转引自李华盛、胡光凡编《周立波研究资料》,湖南人民出版社,1983,第403页。

③ 萧云:《对〈山乡巨变〉的意见》,《读书》1958年第13期。

④ 唐庶宜:《对〈山乡巨变〉的意见》,转引自李华盛、胡光凡编《周立波研究资料》,湖南人民出版社,1983,第401—402页。

⑤ 贺仲明:《真实的尺度——重评50年代农业合作化题材小说》,《文学评论》2003年第4期。

⑥ 周立波:《关于〈山乡巨变〉答读者问》,《人民文学》1958年第7期。

件，以作家的良心和操守表现历史和生活的真实的创作精神，在周立波这里得到了直接的承传和发展。

第二节　相似题材中人物形象的对应

苏联翻译家 B. 卢得曼娜曾指出："在周立波的长篇小说的版面上描绘出许多中国农村的典型人物。作者有意识地给他们中的若干人赋予了肖洛霍夫的主人公的特征。"[①] 的确，无论是《暴风骤雨》还是《山乡巨变》，其人物形象的设置和人物性格的主要特征，都能看出《被开垦的处女地》中的人物面影。

一、革命领导者形象

《山乡巨变》上卷中的主要人物是被派到清溪乡组织农业合作化工作的年轻女干部邓秀梅。和达维多夫一样，她带着任务和热情来到农村，领导农民进行这场翻天覆地的革命。她有着良好的理论修养和高度的政治敏锐性，并在革命实践中积累了丰富的斗争经验。她工作细致、遇事冷静、善于思考、讲究方法和策略，擅长从矛盾表象之中发现问题并探究根源。她性格开朗、泼辣勇敢，既有着女性的细腻又有着男性的豪爽。她是党的政策路线的直接体现者，也是合作化运动的基层发动者和组织者。她的外来者身份和她居于小说主导地位的功能作用，以及她所具备的坚定勇敢的性格特点，都和达维多夫完全一致。

《被开垦的处女地》在主人公之外还设置了两位性格截然相反的领导者形象。代表着"左倾"思想的拉古尔洛夫痛恨私有制度，心怀世界革命，对党的事业无限忠诚，却又脾气暴躁、头脑简单、激进鲁莽。工作中，他急躁易怒、不讲方法，动辄以手枪对态度不够积极的庄员进行威胁和强迫。看见有人滥杀牲口，他

---

① B. 卢得曼娜：《〈暴风骤雨〉俄译本第一版前言》，转引自李华盛、胡光凡编《周立波研究资料》，湖南人民出版社，1983，第 362 页。

就气愤地"要枪毙两三个宰牲口的坏蛋！要枪毙富农"①！征缴麦种时，他不仅私自关押了三个不愿交麦种的庄员，而且在盛怒之下用枪托将洗澡迷打得头破血流，还逼迫他立下自愿交粮的字据。在生活上，他认为女人是实现世界革命的最大障碍。因此，他常常冷落妻子，引起妻子不满，最终导致离婚。这一形象在《山乡巨变》上卷中，由年轻气盛、理想远大、行为过激的陈大春进行了再现。陈大春出身贫农，既有着勤劳刻苦的精神，又有着豪勇的革命气概。他说话粗鲁直接，思维简单，爱憎分明，疾恶如仇，发起脾气来拍桌子打板凳，从不讲情面，遇到事情就拿出绳子要捆人。他最恨反革命分子，因为"反革命分子依靠的基础是私有制度，封建主义和资本主义的根子，也是私有制度"②。他看到秋丝瓜怕被强迫入社要杀掉自己的黄牯牛，气愤地说："我早就晓得，私有观念是一切坏事的根子，我恨不得一下子全部掀翻它。"③ 他对合作社的未来有着美好的愿望和计划，要修水库、用"铁牛"、多种粮、多栽树，要建俱乐部，过有电灯、电话、卡车的新生活。他认为家庭生活会影响工作，不仅对身边爱慕他的姑娘视而不见，还给自己定下目标，打算"等祖国的第二个五年计划完成了，村里来了拖拉机，才恋爱"④。他对合作化运动有着满腔热情和绝对信任，并在真诚、迫切的愿望中忘我工作。但由于急躁的性格和简单的思想，他又时常率性而为，犯下事与愿违的错误。和拉古尔洛夫一样，他是一位在不断的犯错和反省中成长起来的革命者。在《山乡巨变》的下卷中，这一形象被作家以调往外地的安排进行了淡化，仅通过陈大春的弟弟陈孟春在劳动中的积极表现和与单干户竞赛时的过激矛盾对人物进行了承接和呼应。从对这一人物的设置安排中，可以看出周立波对合作化运动的顾虑和倾向。贯穿《山乡巨变》上下卷、最具性格魅力的主人公，是"婆婆子"李月辉。他与《被开垦的处女地》中具有右倾思想的领导者拉兹米推洛夫有着相

① 肖洛霍夫：《新垦地（第一部）》，草婴译，安徽人民出版社，1984，第146页。
② 周立波：《山乡巨变》，人民文学出版社，1958，第173页。
③ 同上书，第196页。
④ 同上书，第183页。

似的性格特点和文本功能。拉兹米推洛夫最显著的性格特征是富有同情心：清算富农时，他看到富农家的女人号啕大哭、孩子们吓得昏过去的情形，心软得下不了手，并激动地向达维多夫要求"不干了"；面对欺辱了自己妻子、害死自己儿子的仇人一家，他无比愤怒，但当他看到一个比一个小的孩子在他身边满地爬时，却"一面后退，一面疯狂地向周围望望，一下子把马刀插回鞘里"①，回到家在独自的狂饮哭泣中发泄痛苦。拉兹米推洛夫极为重情：他看到一对恩爱的鸽子，就想起亡妻和曾经的短暂幸福，并以对鸽子的精心呵护寄托自己的愁思；甚至在他又一次婚礼的当晚，他以不相称的严肃、沉着和冷静回避着人家的问话，一双生气勃勃的眼睛望着遥远的地方，"似乎在回顾好久好久以前悲伤的往事"②。小说结尾处，他在妻子坟前的忏悔和回忆，更是情真意切，令人感动。李月辉心机灵巧，本性厚道，不急不缓，气性平和，无论多么惹人生气的事，他也不会说句重话。所以，全乡的大人、孩子都喜欢他。他认为"干革命不能光凭意气、火爆和冲动"，"社会主义是好路，也是长路，中央规定十五年，急什么呢？还有十二年。从容干好事，性急出岔子"。③他善解人意、纯朴细心，当邓秀梅由于紧张和陌生在清溪乡召开的第一次会议上陷入尴尬境地时，他适时又巧妙地缓和气氛，不露声色地进行帮助。他明知菊咬筋偷偷砍树卖钱，又觉得事情已经发生，把关系弄僵也于事无补，尤其是看到这个辛苦勤快的老农低声下气、说话恳切的样子和他那个个塞满了黑泥的指甲缝，他不由得心生同情，免去责罚。他以平和的态度面对高级社成立后的种种困难，喜欢用点"哲学"的思想给人讲道理，但在原则性问题上又决不苟且。他总是设身处地为别人着想，并因人而异地采用不同办法解决工作中的问题和矛盾。他和妻子感情极好，十多年来没吵过架，体贴入微，相濡以沫。他以富有人情味的方式让农民接受了合作化的政策，以亲切朴实的性格成就了沉稳持重的干部形象。小说下卷中，他取代了邓秀梅的领导地位，成为把

① 肖洛霍夫：《新垦地（第一部）》，草婴译，安徽人民出版社，1984，第46页。
② 肖洛霍夫：《新垦地（第二部）》，草婴译，安徽人民出版社，1984，第435页。
③ 周立波：《山乡巨变》，人民文学出版社，1958，第104—105页。

握全局的灵魂人物，这和《被开垦的处女地》中达维多夫和拉古尔洛夫牺牲后，拉兹米推洛夫当选为新的党支部书记的人物安排如出一辙。由此可见，两位作家对于合作化运动的思考和看法是有着一定的相似性的。

《山乡巨变》中还有一个注重实干、谦虚大度的当家人——刘雨生。作家在表现他质朴稳重、重情重义的性格之外，还将拉古尔洛夫和妻子的矛盾、拉兹米推洛夫和情人玛利娜的关系在适度变形之后投射到了这一人物身上。和醉心于世界革命的拉古尔洛夫一样，刘雨生为了社里的工作耽误了家里的劳作，疏忽了妻子的感受，引出难以调和的家庭矛盾，最终导致离婚。拉兹米推洛夫和寡妇玛利娜生活在一起后，感情本是随着岁月越来越深、越来越牢固的。但因为集体化的问题，他们同样产生了激烈的矛盾。刘雨生和拉兹米推洛夫有着同样的处境和经历，都是在领导别人进行集体化的同时，先要小心翼翼地劝说自己的恋人加入，而恋人的支持与否则是他们感情好坏的决定因素。不同的是，玛利娜的坚决退出导致了她和拉兹米推洛夫的分道扬镳；盛佳秀的委屈服从换来了最终的圆满婚姻。两位作家通过人物的相似经历，共同反映了合作化运动给农村每一个家庭、每一个人带来的巨大影响和冲击。

在领导者形象中，还有一对相似人物:《被开垦的处女地》中只重视集体化百分数、喜欢发布命令的区委书记科琴斯基和《山乡巨变》中注重数字、生硬刻板、不顾实际情况的要求指挥的区委书记朱明。他们跨越地域的相似的性格特点和工作作风，应该不仅仅只是一种巧合。

二、进行艰难选择的农民形象

《被开垦的处女地》中的梅谭尼可夫因真实地表现了农民在集体制度和私有观念之间的矛盾挣扎，成为小说中一个令人难忘的典型。在半生的辛苦劳作之中，他饱受艰辛却仍生活困苦，因此对于集体制度他也有着憧憬和渴望。然而，在向农庄交出自己靠着勤劳和苦干积攒下来的一点家产时，他又是如此矛盾和不舍。因为他交出的不仅仅是牲畜和农具，而是人生的全部希望和寄托。他在集体情感和私有观念之间挣扎、纠结，在无法言说的精神痛苦之中衡量、抉择。这类因受到集体化运动的直接冲击而陷入选择困境的农民，在《山乡巨变》中也同样得到精彩的表现。

陈先晋十二岁下地干活，和父亲一起起早贪黑、吃着土茯苓在屋后开了几块地。他几十年来没有一天停过手，靠着自己的勤劳养活一家人。他生性耿直固执，半生里受尽了剥削，天天想发财、盼走运，却总是"衣仅沾身，食才糊口"。新中国成立后，分了田地，他高兴得几夜没有睡觉，还自言自语地感叹："莫不又在做梦吧？"他舍不得自己的几块地，想当作发迹的资本传给儿子，却又被动员上交土地参加农业社。因此，他心有不甘地抱怨："还没作得热，又要交了。"①在决定入社前的一晚，他回顾开荒的艰辛，又忧虑不可知的未来，辗转反侧，彻夜难眠。土地是他血肉相连的生命依托，承载了祖祖辈辈流传下来的对于生的希望。而现在他要把融入了自己无限的寄托和梦想的土地交出，不仅有着情感上的不舍，而且有着对于未来生活的恐慌和迷茫。尽管他也认为自己多年的辛勤劳作并没有带来生活的改变，对集体劳动制度也有着期待和盼望，但却始终是疑虑大于信任，难以真正从情感上放弃自己的土地、财产而接受自古以来从未有过的新的生产方式和劳动观念。最终，在强大的政策宣传和进步儿女的鼓动引导之下，他半是自愿半是无奈地加入了农业社，以自己的人生去实践这一新事物的优越或错误。他所经历的和梅谭尼可夫一样的思想斗争和精神痛苦，体现出一代农民在合作化运动中的真实心理和实际遭遇。

王菊生是农民中的另一类代表。他心思灵活、聪明能干，也会投机取巧。从伯父那里继承了家产后，他就一心一意埋头种田，出色的勤快在清溪乡都是有名的。他略识文字，喜欢算计，看过《三国》，"平素对人讲究权术"，甚至对自己妻子也会略施小计。在外，他是一个机敏活道的庄稼人；在内，他是一个精明勤俭的当家人。他有着丰富的生产知识和耕种经验，精通各种技能，爱惜农具，懂得

---

① 周立波：《山乡巨变》，人民文学出版社，1958，第 150 页。

劳作。他的田好、肥足,农具、牛力样样齐备。因此,他对于合作化是直接地拒绝和本能地远离,认为"入了会连老本都蚀掉"。他想尽办法对付来动员他入社的村干部,又是装病又是和妻子假闹矛盾,出尽了洋相,达到了单干的目的。可是,实际劳作中,他遇到了劳力不足的严重困难。尽管他憋着劲儿和农业社暗暗竞赛,事事不肯落后,又有着过人的勤快和吃苦的精神,仍然在农忙时节难以兼顾,甚至累病了妻女,还耽误了收谷。被农业社帮助后,他看到了集体劳动的优越性,也对农业社有了好感。但他还是忧心忡忡,认为尽管干部们把农业社的将来说得那么好,但"将来还是纸上画的饼,看得吃不得";当他听说以后连肥料、石灰都要统一收购和分配后,意识到自己单干可能会遇到更多的阻碍,才勉勉强强地说:"算了,进去碰碰运气吧。"① 从情感上,王菊生对于农业社始终是排斥的。但在强大的政治攻势和种种政策限制之下,他只能半信半疑地加入。他害怕吃亏,更担心集体劳动的未来。作为一个有一定经济基础的个体农民,他更相信由自己的劳动所带来的生活保障。他有信心也有能力进行独立生产,但合作社控制了劳力,使他无法按照传统方式雇工请人,最终不得不在新制度的冲击中失败认输。他费尽心机的努力,不过是以自己的劳动进行了无奈的挣扎和反抗,最终在彷徨和摇摆中做出了艰难的选择。他和梅谭尼可夫以同样的中农身份,表现出同样的在集体劳动和私有观念之间的矛盾犹疑。同为在新旧之间进行艰难选择的辛勤劳动者,他们寄希望于合作化的未来,但又惶恐不安于合作化的未来,在憧憬、希望和留恋、不舍之间经历了痛苦的精神考验。

周立波说:"新与旧,集体主义和私有制度的深刻尖锐,但不流血的矛盾,就是贯穿全篇的一个中心的线索。"② 围绕这一主线,作家对陈先晋、王菊生等个体农民在私有观念和集体制度之间的复杂情感进行了生动的表现。他们进行抉择时的痛苦,反映出时代变革给每一位农民带来的从劳动习惯到精神心理的巨大影

---

① 周立波:《山乡巨变》,人民文学出版社,1958,第 501 页。

② 周立波:《关于〈山乡巨变〉答读者问》,《人民文学》1958 年第 7 期。

响。在相似的社会进程中，他们和梅谭尼可夫一样经历了从旧观念到新思想的更替，也同样以自身的艰难选择表现了当时社会中的主要矛盾，成为小说中最具代表性的人物典型。

三、"滑稽鬼和快活的打诨者"形象

B.卢得曼娜曾指出，《暴风骤雨》中的老孙头是周立波非常喜爱的人物，"这个滑稽鬼和快活的打诨者是格内米雅其谷地的西奚卡老爹的亲兄弟"①。B.克里夫佐夫认为，《山乡巨变》中的亭面糊，"为人滑稽，爱说大话，在他身上有很多民族特点，还有某些类似格内米雅其谷地中的西奚卡老爹的性格"②。我国作家王西彦也曾说："（周立波）对亭面糊的描写，不禁使我们想到肖洛霍夫的描写老舒尔卡。而且，在《暴风骤雨》里面，也有相类似的人物。"③和西奚卡老爹是《被开垦的处女地》中最出色的人物一样，老孙头和亭面糊也以令人难忘的性格和表现成为两部小说中最必不可少的人物。

老孙头有着和西奚卡老爹一样的赶马车的身份和相仿的年纪，有着共同的苦难经历和诙谐性格。他擅长以幽默的语言讲述想象中的故事，无论在哪儿一出现，那里就会热闹快活起来。旧社会备受剥削的生活遭遇，使他谨慎胆小，自私多虑。在工作队领导的斗争地主的运动还没有发动起来时，他虽然有着迫切的翻身愿望却不敢说出一句实情，面对询问不是狡猾地避开，就是巧妙地搪塞，甚至连分给他的青稞马也不敢要，刚拿到手就送回了工作队。当他看到斗争有了胜利的希望，便勇敢、积极起来，并在难掩的激动和喜悦中发表了一篇包含了许多新名词的演说。他获得了政治地位之后，更加踊跃地参加斗争，以积极的行动表现

---

① B.卢得曼娜：《〈暴风骤雨〉俄译本第一版前言》，转引自李华盛、胡光凡编《周立波研究资料》，湖南人民出版社，1983，第362页。

② B.克里夫佐夫：《〈山乡巨变〉正篇俄译本译者序言》，转引自李华盛、胡光凡编《周立波研究资料》，湖南人民出版社，1983，第464页。

③ 王西彦：《谈〈山乡巨变〉》，《人民文学》1958年第7期。

出对工作队的信任支持和对新生活的热爱满足。老孙头和西奚卡老爹一样爱吹牛和虚张声势。他常以工作队搭他赶的车来到元茂屯而得意自诩,总认为自己和萧队长是有交情的,不但借助别人的话夸自己:"咱们关外有老孙头你,才是光荣呢,又会赶车,在革命路线上又会往前迈。"① 而且自称:"老孙头我走南闯北,就是凭这胆量大。"② 不仅如此,小说中也有一段老孙头在财主家遇见狗的场面描写:

> 老孙头在杜善人家吃过劳金,知道他家有两条大狗。听见里头门闩响,他退下来,站在大伙的背后,他害怕狗。门开了,两只牙狗从一个中年女人的身后,叫着跳出来,一只奔向郭全海,一只绕到人们的背后,冲老孙头扑来,老孙头脸吓得煞白,一面甩鞭子,一面瞪着眼珠子,威胁地叫道:
> "你敢来,你敢来!"
> 狗不睬他的威胁,还是扑过来。老孙头胆怯地往后退两步,狗逼近两步,老孙头大胆地朝前进两步,狗又退两步。正在进不得,跑不了,下不来台的时候,他情急智生,往地下一蹲,装出捡石头的模样,狗远远地跑到小猪倌跟前,去和他打交道去了。老孙头直起腰来,用手背擦擦沿脑盖子上的汗珠子,脸上还没有转红,嘴上嘀咕着:
> "我知道你是不敢来的。"③

这个情节在场景的设置和对人物动作、神态、语言的刻画等方面,与《被开垦的处女地》中西奚卡老爹在富农家被狗追咬时的场面描写极其相似。在同样的窘态和虚张声势的威胁中,老孙头胆小又爱面子的性格得到了淋漓尽致的展现,并在小说中产生了同样的喜剧效果。另外,他还有着和西奚卡老爹一样的善良、可爱和饶舌。他骑上刚分到的小马,就被狂蹦乱跳的小马重重地扔下地来,摔得

---

① 周立波:《暴风骤雨》,人民文学出版社,1956,第 101 页。
② 同上。
③ 同上书,第 283 页。

叫痛不止。把马追回来后,他虽嘀咕着要揍它,结果却是"棒子扔到半空,却扔到地上",一下子也没有舍得打。如同西奚卡老爹对待山羊特罗斐姆一样,老孙头对小马是真心地喜欢和爱护。在各类大会上,他也总能抓住机会积极发言,或是用新学会的政治名词显示自己的觉悟思想,或是用有趣的插话显示自己的见多识广,或是用适时的总结显示自己的真挚感情。总之,他以和西奚卡老爹相似的性格特点和身份特征,承担了相同的文本作用:既增添了小说的喜剧色彩,又显示出社会地位和生活命运得到改变后的老一代农民在精神面貌和心理情感上的根本变化。此外,在情节结构上,老孙头和西奚卡老爹一样贯穿小说始终,起到画龙点睛的作用;在艺术效果上,他们都是小说中塑造得最为生动、丰满的人物形象,体现着作家的喜爱之情。

《山乡巨变》中,周立波将西奚卡老爹的某些性格特点移植到了贫农盛佑亭的形象当中。和达维多夫一来到格内米雅其村就结识了西奚卡老爹一样,邓秀梅在去清溪乡的路上就第一次遇见了亭面糊盛佑亭,并对他有趣的话语和可爱的性格留下了深刻的印象。这位喜欢吹牛又爱交朋友的老贫农,因听信竹子要归公的谣言便私自砍下几棵,准备偷偷拿到街上卖钱,正巧碰见了来组织合作化运动的干部邓秀梅,爱与人交心的他既坦率地说明了缘由,又怕被人看不起似的吹牛说:"不要看我穷,早些年数,我也起过好几回水呢。有一年……只差一点,要做富农了,又有一回,只争一点,成了地主。"[①] 第一次的短暂交谈,他就绘声绘色地介绍了自己的经历、家中的趣事和村里互助组的情况。他喜欢对知心朋友推心置腹、披肝沥胆,并又特别容易交上知心朋友。无论男女老少,也不管熟悉还是陌生,他的话匣子一开了头,就能把正事忘掉。他和西奚卡老爹一样善良、天真、可爱。在家里,他继承了老一辈的家规,对子女总是用命令的口气,还经常会因为小事发脾气,骂人,骂鸡、猪和牛,但他从不会真正打人。尤其是他的脾气总是发得不在点儿上,因此儿女们并不真的怕他,家中的事情也都由妻子做主。他对妻子

---

① 周立波:《山乡巨变》,人民文学出版社,1958,第 9 页。

虽也经常指责、抱怨，实际上是感情深厚、体贴入微。妻子因母亲病逝在娘家多住了些时日，他每天下了工都要因为没人做饭而发牢骚、生气，还声称等她回来要给她"一阵饱骂"。但当他终于盼到妻子由远而近的身影时，不但没有一声骂，还"抱着满肚子同情和欢喜，跑进灶屋，亲手替她弄夜饭去了"[1]。在他的吵吵嚷嚷之中，实是最朴实的慈爱和最温暖的亲情。不仅对人如此，他对待牲畜也如此。赶牛耕地时，只听见他恶声恶气地咒骂和吆喝，却从不见鞭子落在牛身上；下雨天，他还给牛穿上蓑衣，戴上草帽，因为"人畜一般同，人的脑门心淋了生雨，就要头痛，牛也一样"[2]。他对牛的关心爱护，总让人想起西奥卡老爹对山羊特罗斐姆的亲近和依恋。他在新中国成立前"从来没有伸过眉"，新中国成立后分了田产，住进了大瓦房，对党的政策是拥护和信任的。但他也有着从旧社会因袭而来的个体生产的习惯和思想:他认为互助组"不如不办好，免得淘气。几家人家搞到一起，净扯皮"[3];对于合作化，他似乎也并不是多么迫切积极，只认为"大家都说好，我也不能另外一条筋，讲一个'不'字"[4];难得亲自参加了一次会议，他不是只顾和人拉扯闲话，就是跑到后房里自顾自地打鼾睡觉。他因为性格面面糊糊，不急不忙，总做出许多可笑的事情。邓秀梅派他到龚子元家打探情况，他见到好吃好喝的就把正事忘得一干二净，醉得跌入水田，还伤了脚骨。龚子元夜里就被公安人员抓走，他在第二天早上才想起要去龚家看看动静的任务，结果不仅扑了空，还犯了自己的禁忌，在慌乱之中只顾叫嚷"背时、背时"，将打听龚子元夫妇下落的事忘得一干二净。听说龚子元夫妇已被抓走后，他隐去自己早上扑空的故事，得意地逢人就说自己排了八字，早就知道龚子元有这个下场。他这种"料事如神"的能力在小说中多次出现，和西奥卡老爹总在事后说"这一层我看得顶清楚"有着同样的吹嘘效果。社里派他卖红薯，他却拿着所得的价款买来酒饭，饱餐了一

---

① 周立波:《山乡巨变》，人民文学出版社，1958，第 455 页。
② 同上书，第 463 页。
③ 同上书，第 12 页。
④ 同上书，第 47 页。

顿，还煞有介事地告诫自己："钱是公家的，要节省些，少要一点吧。"[1] 结果因为对不上账，交不了差，妻子卖了一只鸡替他补上了差数才算了事。此外，他还有点愚昧和迷信，遇见可怕的事情就嘀咕"阿弥陀佛"，和西奚卡老爹遇事爱在胸前画"十"字如出一辙。他的口头禅"我一发起躁气来，哼，皇帝老子都会不认得"[2]和西奚卡老爹的"我这人是不顾死活的"，有着异曲同工的喜剧作用。他的可爱又可笑的行为和自私糊涂又善良纯朴的性格，总使人在忍俊不禁中产生喜爱之情。并且，如同肖洛霍夫对西奚卡老爹的描写一样，周立波对亭面糊的刻画也采用了一种揶揄甚至是有点调侃的语气，使小说在严肃的主题之下呈现出幽默风趣和生动活泼的审美特性。从角色功能上来看，亭面糊在小说中不直接推动情节的发展，但起着缓和矛盾、点缀冲突和融入情趣的作用，并在富有乡土气息的人伦亲情和充满村俗特质的诙谐性格的表现中，淡化了政治运动的紧张沉闷，增添了作品的艺术表现力。应当承认，从精神气质到文本作用，亭面糊这一形象与西奚卡老爹都是相承、相通的。从肖洛霍夫到周立波，两位作家以相似的创作手法塑造了有着相似经历和性格特征的老一代农民形象，以同样的宽容和理解表达了对他们的熟悉和喜爱，使他们成为宏大话语叙事之中最吸引人、最具魅力的艺术形象。

由于周立波在翻译《被开垦的处女地》时被西奚卡老爹的形象深深吸引并产生强烈的创作共鸣，在自己的小说中就有了相似的人物表现。但无论是老孙头还是亭面糊，都凝聚着作家对于中国农民的观察和思考。他们在体现出西奚卡老爹的影响之外，其内里仍然是地道的中国式人物。

另外，《被开垦的处女地》中还有两类引人瞩目的人物——政治规约之外的女性和反革命分子。拉古尔洛夫的妻子鲁什卡，是一个不受道德伦理束缚、追求爱情满足又贪慕虚荣、厌恶劳动的女性形象。她对于政治运动没有任何兴趣，对于拉古尔洛夫一心向往的世界革命更是满含嘲讽。她对于达维多夫所从事的集体化

---

① 周立波:《山乡巨变》，人民文学出版社，1958，第 527 页。
② 同上书，第 12 页。

工作总是戏谑地调侃，关心的只是他作为自己情人的身份和行动。她不在乎革命运动中的界限、矛盾，不仅和富农的儿子基摩斐恋爱，而且在他偷偷潜回村子时不畏罪责地给予掩护和帮助。她以女性的情感热烈地向往爱情的美好，革命者和反革命者对于她只是不同男性形象和身体的差异。她无视政治标准和道德规约，有着自由不羁的灵魂，渴望热烈纯真的激情。革命对于她远没有获取爱情来得重要。因此，她自然也无法被主流意识容忍，最终被赶出村庄，流落异乡。作家对这一形象有着复杂的感情，既表现了她的放荡不忠，又表现了她的率真可爱；既有着出自道德标准的批判，又无法掩饰地表现出对于这位"哥萨克皇后"的喜爱和理解。在小说的结尾，作家通过拉兹米推洛夫的话语交代了她的归宿：她已经失去了昔日的漂亮、灵活和美好，变成了一位体态臃肿的胖太太。对于她被生活改造的结果，作家表现出无限的惋惜。

《山乡巨变》中也有一位对合作化运动不感兴趣，只希望过好自己小日子的女性形象——刘雨生的妻子张桂贞。这位"只图享福的、小巧精致的女子"，从刘雨生组织互助组时就对这种劳动方式心有不满，不仅嫌他当组长误了自家的工，还吵闹着要他"丢开这个背时壳"，刘雨生一心一意参与了合作化运动后，她更是觉得他"全然不问家里的冷暖，时常整天不落屋，柴不砍，水也不挑"。[①]"一向需要男人的小意，企望生活舒适"的张桂贞，终于无法忍受辛苦操劳和寂寞清冷的生活，选择了离婚。在以集体劳动为主且男女同工同酬的农村社会环境中，她对于个体生产的留恋，对于男性的依赖和对于劳动的逃避，显然违背了主流价值观念和道德标准。对于合作化运动的不同态度，既是造成其婚姻破裂的直接原因，又使她的选择具有了被批判的合理性。这一人物形象也因与时代主流意识的脱节，成为狭隘落后的典型。肖洛霍夫以疏离于政治之外的鲁什卡的形象，表现了革命和革命者遇到的障碍，也质疑了革命本身的价值和意义。鲁什卡在现实生活的改造中，也终于成为庸常凡俗的妇人。这似乎可以说明，与激烈的革命相

———————

① 周立波:《山乡巨变》，人民文学出版社，1958，第 49 页。

比，生活本身更能使人得到彻底的也是无奈的转变。张桂贞也如此，她因为对合作化的抵触和不满，放弃了婚姻、家庭，也经过挣扎和努力，积极寻求获得新生活的可能。但在残酷的现实中，她终于没能逃脱被时代洪流淹没的命运，过上了与所有劳动女性一样下田劳作、自食其力的生活。尽管她的转变也得到了革命力量的帮助，但生活本身的艰辛才是最根本的决定因素。作家对于她也是同情多于批判，虽让她承担了婚姻破裂的责任，描写了她作为母亲的失职，但也表现了她心中的矛盾和不舍，并始终赋予她清爽整洁、精致讲究的形象，表现了她身上女性的美好特质，使她在性别特征被忽视的时代显得与众不同。

《被开垦的处女地》中的反革命分子是凶狠、狡猾、极富破坏力的。白军军官波罗夫则夫隐藏在农庄庄员、漏网富农雅可夫·洛济支的家中，通过操纵他对农庄生产进行破坏，并暗中组织"顿河联盟"、串通反革命势力，进行阴谋暴动。《山乡巨变》中，周立波将波罗夫则夫的阴谋和雅可夫·洛济支的身份进行融合，创造了反革命分子龚子元的形象。表面看来，龚子元是逃荒来到清溪乡的贫农，他因此有了社员的合法身份，在劳动中想方设法破坏生产、煽动情绪；实际上，他是地主兼商人出身的恶霸，杀害了不少共产党员和进步人士，并和国民党特务暗中勾结、密谋暴动。与波罗夫则夫的反革命行为始终与达维多夫的正面行动交织并进并直接推动了情节的发展，造成了革命者牺牲的悲剧不同，龚子元的破坏活动在小说下卷中才陆续展开，与合作化运动的主线也并非密切相关。除了砍伤耕牛、散播谣言和挑拨矛盾等几次破坏行为被具体描写，他与反革命势力的联系和阴谋都在虚写、暗示之中模糊展现，并在疏离于主要内容之外的离奇情节中暴露、失败，在艺术效果上逊色于《被开垦的处女地》。

由于周立波对《被开垦的处女地》中人物的熟悉和喜爱，他在自己的创作中总有着有意或无意的借鉴。无论是《暴风骤雨》还是《山乡巨变》，在人物类型、形象特点、矛盾关系甚至作家流露出的情感态度和使用的修辞语调上，都和《被开垦的处女地》有着明显的相似性。但也不能否认，周立波作品中的人物形象，也有着作家对我国本土的现实环境和人物原型的观察和思考：如老孙头的形象就来自他对元宝区几位见多识广、语言幽默有特点又爱表现的车把式的性格和谈吐的综合,亭面糊的原型则是他在桃花仑居住时的一位邓姓邻居。正因如此,他笔下的人物也体现出鲜明的民族文化特点和地域性格特征,成为有异于《被开垦的处女地》的本土式典型形象。

第三节 相似构思中艺术技巧的相同

对外国文学作品的翻译是周立波文学创作的起点。他的第一个大的翻译工作就是肖洛霍夫的《被开垦的处女地》。"对这部杰出的苏联文学作品的翻译给作家以后的全部创作产生了巨大的影响。"[①] 他对于《被开垦的处女地》的创作构思和艺术技巧极为熟悉,并在自己的创作中进行了不同程度的实践。

一、自然美景的描写和主体情感的抒发

被称为"写景抒情的大师"的肖洛霍夫,在《被开垦的处女地》中,以自己敏感细腻的艺术感知力对熟悉且深爱的顿河草原景色进行了优美动人的描写。从小说开头对冰雪初融的樱桃园和夜色初升的草原的描写,到拉古尔洛夫受到错误处罚后对路旁古坟和荒凉草原的描写,再到结尾处对雷雨中墓地景色的描写,他选取与人物感情密切相连的自然景象进行了寓情于景的细腻表现。他以顿河地区四季不同的景色为主要描写对象,在富有层次感和色彩感的画面中展现草原上独有的气象、动物、植物等自然景观,涉及了从天空到地面、从陆地到水中、从雪融到雨季、从清晨到暮晚等不同时空中的多种意象。他以富有诗意的语言和具有动感的词汇,描绘了草原上生物的灵动机敏、建筑的古朴久远和自然景色的独特美好,让人在浓郁粗犷的草原气息中感受到哥萨克生活的地域特点和自然风貌。

---

① B. 卢得曼娜:《〈暴风骤雨〉俄译本第一版前言》,转引自李华盛、胡光凡编《周立波研究资料》,湖南人民出版社,1983,第360—361页。

并且，文中对于不同景色的有所选择和侧重的描写，与情节的推进有着密切的关系：或是为即将发生的事件进行铺垫，或是渲染环境气氛，或是烘托人物心情。在写景和抒情恰到好处的交融中，在以自然景象进行象征和暗示中，小说于严肃、宏大的时代政治主题之外，具有了辽阔的美感和多样的寓意。

《山乡巨变》中，周立波同样以富有诗情画意的语言，对南方秀美旖旎的山水风光进行了细腻、灵动的展现。小说开头就描写了初冬的资江里平静、清澈、碧绿的河水和无数竹排、木筏的平稳行驶，以及鸬鹚与渔人的顽皮嬉戏，展现出一幅安静宁和、清新秀丽的水上画面。从江心慢慢荡来的"横河划子上"带来了小说的主人公邓秀梅，也带来了小说的主要事件——合作化运动。如此以自然场景引出小说的主要内容，显示出作家构思的匠心独具和对景色描写的倚重，也暗示合作化运动对平静的乡村生活可能产生的波动。小说下卷同样以景色描写为开头，作家选取初春清晨太阳穿过浓云、越过山峰、涌出天际，通红的火焰照彻大地的动感景观，进行了富有明亮色彩感的细致描绘，这既象征了新的一天生活的开始，又暗示合作化进入了一个新的阶段。小说以轻快、活泼的语言描写了袅袅升起的白色炊烟和家禽牲畜争先恐后的热闹啼鸣，展现出一幅具有浓郁生活气息的乡村图画。但作家也描写了因天暖雪融而留下了各种齿迹、纹印和蹄痕的泥泞难行的道路，这应该是对合作化前景的一个隐喻。在情节的发展中，周立波常会适时地插入具有鲜明地域特点的风光景色描写：丘陵地带特有的树山、竹山，有着发黑泥土的水田，满眼青翠的山岭和洁白芬芳的茶子花，都在他寥寥几笔之下灵秀尽显。对于山乡自然的颜色、气味、声音，他有着细腻的感受和敏锐的观察，并以清新明丽的语言勾勒出一幅幅或绮丽多彩或峻朗雅致的山水美景。这些极具南国风光的景色描写，不仅为小说主要事件的展开提供了环境背景，并使作品具有了鲜明的地方特色，而且对于展示人物心理情感，表现人物性格品质，渲染矛盾产生的氛围等都有着积极的作用。其中，他尤为擅长通过月光或雨色营造出朦胧、奇妙的气氛，并在这种如梦如幻的环境中升华人物的感情，或表现人物的神思。如小说在描写盛淑君和陈大春由晦暗到明朗的爱情约会时，就先用月夜美景进行了铺垫:"晚上的月亮非常好,她挂在中天,虽说还只有半边,离团圞还远,但她一样地把柔和清澈的光辉洒遍了人间。清溪乡的山峰、竹木、田塍、屋宇、篱笆和草垛,通通蒙在一望无涯的洁白朦胧的轻纱薄绡里,显得缥缈、神秘而绮丽。"①作家以还不圆满的月亮象征了两位青年男女刚刚开始的纯洁爱情,尽管离婚姻还有一段距离,但那已萌芽的美好感情同样具有温暖世界的力量。随后,在他们终于拨开云雾、确定了恋爱关系时,作家又及时地描写了他们身处的自然环境:"多好啊,四围是无边的寂静,茶子花香,混合着野草的青气,和落叶的沤味,随着小风,从四面八方,阵阵地扑来。他们的观众唯有天边的斜月。"②此时的月亮已由中天的全貌变成"斜月",说明两人的交谈已持续了不短的时间,并且作家根据天黑夜静的实际景象,只对山林中的独特气味进行了细腻描绘,既符合逻辑,又含蓄地表达了恋人间的亲密感情。

小说中最精彩的景色描写当属以亭面糊的视角进行表现的雨中风光:

亭面糊靠在阶矶的一把竹椅上,抽旱烟袋。远远望去,墩里一片灰蒙蒙;远的山被雨雾遮掩,变得朦胧了,只有两三处白雾稀薄的地方,露出了些微的青黛。近的山,在大雨里,显出青翠欲滴的可爱的清新。家家屋顶上,一缕一缕灰白的炊烟,在风里飘展,在雨里闪耀。

雨不停地落着。屋面前的芭蕉叶子上,枇杷树叶上,丝茅上,藤蔓上和野草上,都发出淅淅沥沥的雨声。雨点打在耙平的田里,水面漾出无数密密麻麻的闪亮的小小的圆涡。篱笆围着的菜土饱浸着水分,有些发黑了。葱的圆筒叶子上,排菜的剪纸似的大叶上,冬苋菜的微圆叶子上,以及白菜残株上,都缀满了晶莹闪动的水珠。

雨越落越大,天都落黑了。屋檐水的水珠瀑布似的斜斜往下铲。地坪

---

① 周立波:《山乡巨变》,人民文学出版社,1958,第167页。
② 同上书,第182页。

里，小路上，园土间和山坡上，一下子都漫满积水，流走不赢。田里落满了，黄水漫过了田塍，一丘一丘，往下边奔流，水声响彻了四野。

隆隆的雷声从远而近，由隐而大。忽然间，一派急闪才过去，挨屋炸起一声落地雷……①

在这段堪称经典的景色描写中，作家由远及近地描写了雨中远山、屋顶、屋前、屋檐朦胧水润的样子，细致地展现了雨滴在植物上、田地中产生的各种美妙声音和独特形状，使用了以青、白为主的富有南方水乡特点的淡雅色彩，并通过对视觉、听觉等感官的运用，展现出一幅雨水满盈、动静相生的山乡图景。这些极为欧化的语言所表现的对于雨中景色富有浪漫情调的观察和欣赏，显然已经超出了亭面糊的文化水平和情感境界，表达的是深受外国文学影响的作家本人的情感和心境。同时，这段对大雨浸透山水万物的描写，也为接下来的雨中抢工竞赛和河水涨灌稻田、刘雨生冒险堵水的情节做好了铺垫，使事件的发生、发展显得合情合理、水到渠成。

周立波对于家乡秀美的山水风光不仅熟悉，而且有着深厚的感情。他尤为擅长通过色彩、光泽、声音和气味，细腻生动地描写极具特色的水乡美景：青山、绿水、白雾、红日、翠竹和灿烂的水光、晶莹的雨光，无不显示出江南山村独有的清新秀丽；温和的风声，轻灵的雨声，热闹而不喧扰的鸡鸣、鸭叫和牛啼，盈润轻柔的自然风物中充溢着有序、实在、勤谨的生活气息；泥土的芬芳、茶子花的清香、禾苗稻草的青气，恬淡素雅之中是韵味悠长的南方风情。这些美好的景象，在被人物的视觉、听觉、味觉感受之后，更显得诗情画意、灵动美好。此外，《山乡巨变》中的景色描写还承担着暗示、象征、隐喻、抒情等多种修辞功能，并起着渲染气氛、烘托情感、引出事件的文本作用，使小说在时代主题之下有了淡远清幽的意境和隽永飘逸的风格，成为最具生活气息和乡土风情的合作化作品。

---

① 周立波：《山乡巨变》，人民文学出版社，1958，第459页。

肖洛霍夫以富有表现力的语言描绘了自己热爱的顿河草原。《被开垦的处女地》中优美动人的景色描写,不仅被作家赋予了强烈的抒情表现功能,而且为情节的展开营造了气氛,准备了环境,甚至暗示着事件的性质和发展的方向,成就了作家独特叙事风格的形成。在描写过程中,肖洛霍夫擅长抓住事物的形状、色彩、味道等特征,通过比喻、拟人、通感等修辞,形神具备地表现出自然万物的神奇美妙和哥萨克民族豪放雄阔的地域风情。可以看出,无论是肖洛霍夫在《被开垦的处女地》中表现出的对于景色描写的倚重情感,还是他使用的手法技巧,以及他赋予景色描写的功能作用,都在周立波的《山乡巨变》中得到了体现。

二、幽默反讽的修辞效果

列宁对高尔基说过:"幽默是一种美好而健康的品质……生活中可笑的大概不少于悲伤的,真的,不少于。"[1]肖洛霍夫有着哥萨克民族洒脱活泼的幽默品质,不仅善于发现生活中幽默有趣的事情,而且善于以生动形象的语言营造幽默气氛,表达风趣乐天的情感。尽管《被开垦的处女地》以时代革命为主题并涉及多种尖锐矛盾和血腥事件,但幽默的情节和语言仍随处可见。无论是在复杂激烈的阶级斗争中,还是在困难重重的农庄建设中,无论是在人物激愤暴怒时,还是在温和快乐的交流中,肖洛霍夫总能发掘出蕴含其中的幽默因子,并进行精彩表现。这种体现着哥萨克的性格、气质,反映着他们自由随意的生活状态的幽默,是《被开垦的处女地》比同题材作品更引人入胜的关键所在。

小说中有许多极具幽默感的情节。清算富农时,弗罗尔家的女儿为了多留下几件衣服,竟在自己身上穿了九条裙子和许多毛衣服,不仅动作不便,而且显得又矮又粗,非常难看。村里屠杀牲畜时,大家都拼命多吃,不管男女老少,个个吃得闹肚子,"饱得像猫头鹰那样鼓起眼睛"。最能产生幽默效果的,自然还是西奚

---

① 《高尔基文集》三十卷集第17卷,莫斯科国家文学出版社,1953,第19页。转引自孙美玲编选《肖洛霍夫研究》,外语教学与研究出版社,1982,第296页。

卡老爹。他和老太婆杀牛时，一个伤了腰整整一星期不能动弹，一个吃坏了肚子，"冒着冰雪严寒，在披屋后面的向日葵丛里钻进钻出"①，还在被土医治疗时险些送了命。他从茨冈手里买马，却眼睁睁地看着刚才还活蹦乱跳、身强体壮的小马驹如同冰雪融化一般变成了一匹皮包骨头的老马。他想骑上马背炫耀一番，马却连他瘦小的身体都难以承受，扑通一声倒在路上，致使西奚卡老爹"展开双臂，一个斤斗翻过马路，爬在路边落满尘土的草上"②，闹出了一个流传许久的笑话。后来，他又悲哀地发现，这匹辛苦干了一辈子活儿的老马还双目失明。因为这次上当，他受到了"又高又凶的老婆"的惩罚，到底吃了多少苦，至今"情况不明"。西奚卡老爹为弥补自己给生产队员做饭太咸的失误，想通过给大家改善伙食重新赢得尊敬。他费尽心思地跑到别人家守到了一只母鸡，并把它藏到了事先准备好的口袋里。被发现后，他先是可笑地扯谎，又小心地赔罪，说明原因后竟得到主人慷慨的馈赠，告诉他"快再捉一只，马上走开，万一给我老太婆看见，你我都要倒霉了"③。有了意外收获的西奚卡老爹果然烧了一锅出色的粥，可当他正因此受到称赞时，却有人从锅里捞出了煮熟的田鸡。他故作镇定地拒不承认这一事实，百般解释那只是"牡蛎"，还举例证明这是连将军都喜爱的东西。当留比西金举着勺子欠起身来时，西奚卡老爹以为他拿着一把刀，"头也不回地拔脚狂跑"。此外，玛利娜盛怒之下抢走农具、拉古尔洛夫夜夜听公鸡的啼叫、肥胖的女炊事员和队员们的吵闹、拉兹米推洛夫肃清猫的行动等情节，都有着引人发笑的喜剧效果。

　　小说善于通过人物夸张的语言增添幽默感。不仅西奚卡老爹喜欢夸大其词，小说中几乎每一个人物都有一套属于自己的夸张语言。庄员杜勃卓夫向达维多夫抱怨草原上恶劣的劳动条件时说："要知道我们那边的蚊子也不是普普通通的，只只都长得好像近卫军！……说来你们不相信，蚊子差不多都有麻雀那么大，等到吸饱血，说真的，那就比麻雀还要大！这种蚊子颜色黄澄澄的，模样儿怪可怕，

---

① 肖洛霍夫：《新垦地（第一部）》，草婴译，安徽人民出版社，1984，第138页。
② 同上书，第292页。
③ 同上书，第369页。

嘴尖足有寸把长……就是为了那些飞虫,我们在那边吃了多少苦,流了多少血,老实说,决不比在国内战争的时候少!"①他形象生动的夸张话语既产生了直接的幽默效果,又和他接下来提出入党请求时严肃诚恳的态度形成了鲜明的对比,使小说在一庄一谐的反差之中产生了强烈的艺术张力。不仅小说中人物拥有夸张的语言能力,叙述者的话语也常常是可笑、有趣的。如叙述者对拉古尔洛夫刮脸的描述:"他身体弯得像一张弓,笨拙地坐在一片马马虎虎靠花盆放着的破小镜子前面。……他痛苦地皱着眉头,哼哼着,有时低声咒骂,偶尔用衬衫袖子擦擦眼睛里溢出的泪水。……玛加尔的脸反映在模糊的镜片里,交替地表现出不同的感情:一会儿听天由命,一会儿沉着忍痛,一会儿冷酷无情;有时候脸上那种绝望的神气,好像一个死心塌地准备用剃刀结束生命的人。"②如此声情并茂地描述一件生活小事,不仅展现出这位性格怪僻的革命者可爱、可笑的一面,而且表现出作家善用幽默的能力和他对这一人物温和、宽容的偏爱。

《被开垦的处女地》还经常以具有反讽效果的话语和行动,显示出作家和作品人物对于集体化运动的复杂感情。如小说第一部写到收缴富农弗罗尔家财产时,叙述者在描述完整个清算过程之后,单独用一小段文字描写了这样一个细节:生活穷困、少言寡语的代米德不仅迅速穿上了弗罗尔的皮底新毡靴,还趁别人不注意蹲在正房里偷吃蜂蜜,"甜得眯细眼睛,咂着嘴唇,黏腻的黄色蜜汁一滴滴往胡子上直流……"③。如此描写,不仅没有展现出贫农的革命性和进步性,反而对清算富农政策的合理性进行了质疑,对清算过程中出现的与革命目标不相符的现象进行了暴露和反讽。不仅如此,小说还以看似调侃的语言描写了富农失去财产时的悲愤恐慌和绝望疯狂,本应产生大快人心的美学效果的情节,却令人心生同情,惊异不已。在号召建设集体农庄的大会上,有人对新的劳动方式表现出担忧,认为这种不符合人们生活、生产习惯的制度会导致人人不满,"准会搞得一团糟",

① 肖洛霍夫:《新垦地(第二部)》,草婴译,安徽人民出版社,1984,第222—223页。

② 同上书,第332页。

③ 肖洛霍夫:《新垦地(第一部)》,草婴译,安徽人民出版社,1984,第67页。

并对达维多夫说："那可跟工厂里站在机器旁边不同。那边你只要值上八个钟头的班，就可以拿起手杖走了……"① 其诚恳的话语既说出了实情，又对达维多夫以工人的生产经验来领导农村工作的做法表现出不信任，小说也因此而产生了反讽的效果。这一重要的大会一直开到下半夜，意见对立的人们争论得喉咙发哑，眼睛发黑，"互相抓住前胸，硬要人家同意自己的看法"，甚至梅谭尼可夫的衬衫都被撕得破烂不堪；喜欢安静的代米德用衣服包住脑袋，免得听见太闹的争吵；上了年纪的女人们"像栖木上的母鸡一样打起瞌睡来"……一场关于加入集体农庄的严肃的会议竟在互相指责、打骂和漠不关心的瞌睡、逃避中不了了之地结束，农民们对于农庄的担忧也在后来的实际劳动中得到印证。这种反讽既使小说具有了一定的真实性，又使其产生了独特的美学效果。此外，作品中还有许多具有反讽效果的情节：革命领导者拉古尔洛夫一讲话就跑题，学了三个月英语只记住了八个词；拉兹米推洛夫误把夜间想偷偷杀掉自己家的猪的鲁卡当作反革命分子，兴师动众地冲过去"缴他的械"，闹出一个连自己都不好意思的大笑话；洗澡迷拒不交麦种，气愤地说："你们收集粮食，将来用轮船把它运到外国去吗？买汽车……你们要我们的麦子作什么，我们知道！也算讲平等！"② 他的话因为说出了历史事实，而在集体化的正面主题中具有了强烈的讽刺性。诸如此类的细节，在小说中时常巧妙出现，虽只是一闪而过的寥寥数语，却有着意味深长的丰富寓意。

肖洛霍夫在《被开垦的处女地》中大量使用的幽默和反讽的艺术技巧，同样在周立波的创作中有着相应的体现。《山乡巨变》虽以时代变革中的重大政治事件为背景，但作家仍在细腻轻灵的文字中表现出富有南方风俗人情和文化习惯的轻俏内敛的幽默和含蓄谨慎的反讽。

周立波喜欢幽默，他曾说："幽默是文学的要素之一，因为它也就是人生的要素之一。中国人民懂得这玩意儿。但劳动人民的幽默多少带些土气息、泥滋

---

① 肖洛霍夫：《新垦地（第一部）》，草婴译，安徽人民出版社，1984，第 80 页。
② 同上书，第 223 页。

味,和书本子上的幽默有些不同。"①《山乡巨变》中有着许多具有幽默色彩的情
节。村里人穷志短、好吃懒做的青年符癞子,钟情于活泼爱笑、积极进步的盛淑
君。为获得自己想象中的爱情,他费尽心思寻找机会。得知盛淑君为宣传合作化
政策,每日清早会独自到山顶用喇叭筒唤话,他便提前隐藏在山林中,想用突击
的办法赢得姑娘的心意。盛淑君情急之下使用缓兵之计,假意和他相约第二天见
面,得以安全脱身。喜出望外的符癞子激动得一夜没合眼,第二天天不亮就认真
穿衣戴帽出了门,在竹木稠密的山林中等到大天亮,却等来一阵"松球子和泥团
骨"的骤雨,不仅全身受袭,还被一颗松球击中了右眼,疼得流出眼泪。本想还
击的符癞子在叫嚣之际,看到淑妹子和其他女孩子手里早已准备好了小石头,并
稳稳地骑在树杈上占据着地理优势。为避免遭到新一轮打击,他只能心灰意冷、
忍气吞声地下山了。懊恼了一阵后,他又有了种清甜的情味涌上心来,觉得盛淑
君只用松球打他,而没用石头,"可见她很体贴他",想到这里他竟得意地笑了。
这一令人捧腹的情节,生动地表现了年轻女性盛淑君机智大胆又顽皮泼辣的性格
特征,也为刚刚开始的合作化工作增添了俗趣,还引来"一脸正气"的团支书陈
大春的误会责问,进而为两人之间爱情的发展提供了机会。具有类似幽默感的情
节,小说中还有许多:亭面糊啰啰唆唆地口述了一大篇入社申请,要儿子如实记
录,儿子听了又觉好笑又不敢违抗,不动声色地将其转化为字数不多的书面语,
还想方设法躲过了父亲的检查,而"亭面糊没有晓得,他所口授的那段精彩动人
的陈述,根本没有写在申请上"②,庄重严肃地上交了;不愿入社的王菊生为躲避
动员,又是装病又是和妻子假闹离婚,使尽了办法,也出尽了洋相;看到年轻男
女亲昵的情形,邻舍女子忙叫来丈夫,想让他得点教育,受点启发,却换来一阵
不解风情的斥责……如此轻快活泼、富有情趣的喜剧情节,使《山乡巨变》显示
出不同于其他长篇合作化小说的艺术价值和魅力。而作家对于幽默的细腻体察和

---

① 周立波:《文学浅论》,北京出版社,1959,第 57 页。
② 周立波:《山乡巨变》,人民文学出版社,1958,第 91 页。

潜心使用，与《被开垦的处女地》有着异曲同工之妙。

另外，《被开垦的处女地》中被幽默化处理的滥杀牲畜的情节，在《山乡巨变》中被变形为村民听信谣言、滥砍山林的事件，并且作家也同样对人们慌乱可笑的行为进行了幽默的调侃。和《被开垦的处女地》中格外强调了西奚卡老爹的"不幸遭遇"一样，《山乡巨变》也专门描写了亭面糊由于睡过了头而没去砍树的"良好表现"，并通过他在接受夸奖时与事实不符的吹嘘显示出农民的狡猾与可爱。

《山乡巨变》也通过人物富有地域特点和民族特色的夸张语言，为小说增添了幽默色彩。与《被开垦的处女地》中几乎每一个人物都有着夸张的话语表现不同，《山乡巨变》中擅长使用幽默语言的人物只集中在亭面糊和李月辉身上。亭面糊教训子女时虚张声势的怒骂、喝牛耕地时不合逻辑的吵嚷、劝人聊天时不合时宜的联想、开会谈话时自作聪明的言论和李月辉富有人情味的玩笑、温和体贴的责怪，都在有节制的夸张中表现出具有南方生活特点和风俗习惯的轻巧素朴的幽默。

此外，小说叙述者也时常使用幽默的语言，对人物或事件进行点评、议论。如亭面糊对自己九岁的儿子发出不合时宜的警告后，叙述者发表了这样一通议论："管得了呢，还是管不了？这是渺渺茫茫的事情。菊满今年还只有九岁，等他取得大春一样的资格，也能陪着自己的爱人在山边走走的时候，我们的国家还要经过两个，甚至于三个五年计划。到得那时候，我们的亭面糊更老一些了，心气也会更平和一些，对他管不了的事，他就索性面糊一下子，不去管它，也说不定的。但是，哪个晓得呢？光凭猜测，总是不会正确的。"[1] 李月辉给工作消极的副社长谢庆元做思想工作，被描述为是"用哲学的方法，加上经济学的措施，降伏了老谢"[2]。叙述者不仅"小题大做"地对亭面糊的可笑行为进行了具有时代眼光的解析，而且对农村干部李月辉富有人情味的工作方法进行了具有理论高度的总结，使小说在紧张复杂的矛盾冲突中显示出活泼温馨的美学风格。

---

① 周立波：《山乡巨变》，人民文学出版社，1958，第297页。
② 同上书，第368页。

肖洛霍夫在《被开垦的处女地》中使用的多种幽默手法也同样体现在《山乡巨变》中：通过语言与行动的矛盾、外在形象与内在实质的矛盾塑造诙谐可笑的人物，如西奚卡老爹和亭面糊；以融合了比喻、拟人、借代等修辞的民族语言，对事件进行富有地域特色的想象性描述，在矛盾展开的同时不失时机地表现人的情感和生活的丰富；叙述者或以严肃的语气描述琐碎细微的小事，在庄严话语和可笑内容之间形成反差，产生幽默，或是以挪揄的口气表达自己的态度和情感，直接引导读者发现可笑之处；在人物行动中突现意料之外的情形，造成滑稽局面，尽显幽默的无处不在。周立波学习了肖洛霍夫幽默的艺术技巧，将生活中有趣可笑的事情转化为具有美学效果的文本内容，既增加了小说的可读性，又展示出匠心独具的艺术追求。

最后，《山乡巨变》中也有许多体现作家态度和思考的反讽话语及故事情节。如小说在叙述刘雨生和妻子之间的矛盾时，通过亭面糊之口说出了这样的原因：他一天到黑，不是这个会，就是那个会，忙了公事，误了家里。刘雨生的生活窘况还被村里一班赖皮子编了顺口溜："外头当模范，屋里没饭啖"，"模范干部好是好，田里土里一片草"。[①]村里召开的支部大会总是在晚上九点以后才能开始，中间还要有很长的打牌、聊天时间。会议开到后半夜，还要排定好第二天的会议议程才能散会。而且，会议种类极多：贫农会、妇女会、宣传会、支部会、突击会、劳动安排会等，每一件具体工作都要在数次会议之后才能真正开始。开会时，有人敷衍、逃避，有人聊天、嬉闹，母亲带来孩子还哼着催眠歌哄睡，爱热闹的姑娘"听到一句有趣的，或是新奇的话"，就会笑个不停，时常打断发言者的报告。作家对于如此数目繁多又效果欠佳的会议的多处描写，于合作化运动的正面主题中产生了一定的反讽效果。另外，小说也表现了合作化运动领导、组织者自身面临的困境：李月辉的积极工作引起伯父的不满和嘲讽，刘雨生的公而忘私造成了婚姻的破裂，还引来"自己枕边人都团结不好，还说要团结人家"的质疑。作家同样对革命者在激进革

---

① 周立波:《山乡巨变》，人民文学出版社，1958，第12页。

命中首当其冲地遇到的挑战和困扰进行了观照，小说也因此在对合作化运动的正面书写中具有了反讽的意味。可以看出，周立波一方面努力描写着政治运动在农村行进的过程，另一方面又有意或无意地消解着政治运动的意义。这种本身就具有反讽效果的创作表现，显示出作家在鲜明的政治立场和坚定的革命信念之下对于文学精神的自觉坚守，也显示出文学在与政治的巧妙结合之中的潜在疏离。

周立波在《山乡巨变》中对于写景抒情和幽默反讽的艺术手法的恰当使用，使小说在严肃的政治主题之中产生了颇具美学价值的艺术效果，成为同类作品中更有诗意、更显温情、更具魅力的独特代表。作家无论是在精神情感上对这些手法的喜爱倚重，还是在具体表现技巧上的设计使用，都和肖洛霍夫对于《被开垦的处女地》的创作是相近、相通的。只是在程度上，周立波显得更为内敛、谨慎和细腻。这应该是民族性格和文化传统差异导致的必然结果。

在翻译《被开垦的处女地》的过程中，周立波对肖洛霍夫的创作精神和艺术技巧有了深刻的理解并产生强烈共鸣，他对小说中的人物不仅熟悉而且喜爱，因此在自己的创作中进行了有意或无意的再现。并且，由于中苏两国相似的社会背景和文艺政策，两位作家从创作思想到创作经历也都极为相似。同样作为具有党员身份的作家，周立波对于肖洛霍夫在责任自觉和创作良心之间寻找平衡的写作策略，对于其贯穿于小说的创作情感和手法技巧都有着不同程度的接受和学习。周立波曾说，对于外国文学不能不学，但"学习绝不是止于模，我们要添加自己的新的进去，这叫作创造"[1]。他也曾明确表示过《山乡巨变》所受到的中国古典小说的影响。[2] 正是在融合了中西文学的基础上，他既创造出富有地域语言、文化特点和民族性格的中国式人物，描写了具有中国社会背景的政治事件和历史事实，表现了极具田园风情和民间精神的中国乡村生活，又体现出欧化的叙述、写景、抒情等艺术风格，成就了自己与众不同的艺术世界。

---

① 周立波：《文学浅论》，北京出版社，1959，第 6 页。
② 周立波：《关于〈山乡巨变〉答读者问》，《人民文学》1958 年第 7 期。

第六章

敬佩与学习:《被开垦的处女地》与柳青创作

　　柳青在中学时期就具有了极好的英文能力,英文版的外国名著是他求学期间最重要的精神食粮和最喜爱的学习任务。身为一位激进的时代青年,他曾因对高中开设的"公民"课不满而抱怨说:"我看这一门课程对学生思想的影响,远小于读一套苏联的小说,如《铁流》《毁灭》《静静的顿河》《被开垦的处女地》《布罗斯基》等等。"①阅读了大量苏联文学作品的柳青,最钟爱和熟悉的两位外国作家是托尔斯泰和肖洛霍夫。沙汀曾在日记中写道:"我用托翁、肖罗诃夫的表现方法同《创业史》做了比较,因为,据安说,柳特别敬佩肖,他的书房里只有一张照片,肖罗诃夫的照片……"②肖洛霍夫的作品,不仅在他转战前方时随身不离并被翻得破烂不堪,而且在他与人交谈时常被作为实例提及。"柳青非常熟悉肖洛霍夫的作品,肖氏作品成为他创作的最高典范,不过柳青借鉴的主要是《被》的第一部。"③他的《种谷记》和《创业史》,都表现出与《被开垦的处女地》的明显互文关系。

---

　　① 柳青:《我的生活和思想回顾》,转引自蒙万夫、王晓鹏等著《柳青传略》,陕西人民教育出版社,1988,第16页。

　　② 吴福辉编《沙汀日记》1962年2月28日,山西教育出版社,1997,第166页。

　　③ 王鹏程:《〈创业史〉的文学谱系考论》,《中国现代文学研究丛刊》2014年第3期。

第一节　革命与文学融为一体的创作追求

初登文坛的柳青，就表现出对社会现实的关注。他的早期作品，或以八路军的抗战为内容，或以边区农民经历的旧时代的压迫和新社会的解放为内容，显示出与时代发展紧密相连的主题特性。1942 年，他在延安学习了毛泽东的《在延安文艺座谈会上的讲话》后，深感自己以革命旁观者的姿态进行创作的不足，决定到农村实际斗争中进行锻炼和积累。随后，他来到米脂县，以乡文书的身份接触了大量的与群众利益密切相关而又琐细具体的工作。在艰苦的环境中，柳青逐渐摆脱了知识分子的优越感，和乡里的干部、农民一起生活、一起劳动，和他们建立起深厚的感情，"群众成了他知冷知疼的伙伴"。并且，两年多的邻居和同事，也成为他第一部长篇小说《种谷记》中王克俭、存恩老汉等主要人物的生活原型。这一时期，他还阅读了《湖南农民运动考察报告》《斯大林选集》、英文版的《悲惨世界》等各种政策文件、理论著作和文集作品。农村生活的经历感受和阅读而来的精神力量，都为他后来的创作进行了积极的素材准备和情感积累。他根据陕北农村变工互助的劳动新貌创作而成的《种谷记》，不仅是文艺界贯彻《讲话》精神的第一批硕果之一，而且是"经济领域变革中民主革命时期萌生的社会主义因素的第一部和唯一的一部长篇小说"①；不仅对当代文学有着重要的开创意义，而且是他作为时代革命参与者表现社会发展进程的创作开端。

1951 年 10 月，柳青随中国青年作家代表团赴苏联访问。他对苏联人民热爱劳动、热爱生活的精神深感钦佩，写出多篇文章表达自己在苏联的见闻和感受。其中，《在农村工作中想到苏联》一文写道，虽然在和苏联农业生产中的领导者交谈时并未谈及他们个人的生活、思想情况，"可是我感到我是那么了解他们；因为

---

① 蒙万夫、王晓鹏等：《柳青传略》，陕西人民教育出版社，1988，第 39 页。

我和他们在一块的时候，总是想起达维多夫的许多后进者……"① 由此可以看出肖洛霍夫的《被开垦的处女地》给他留下的深刻印象。

1952 年 6 月，柳青为实现自己关于反映农业社会主义改造的创作构想，再次从首都来到陕北长安县，开始了长达十四年的在群众中工作、学习和创作的重要时期。1953 年春天，在皇甫乡互助组向初级社发展的过程中，他不分昼夜地宣传组织、调查摸底，深入群众家中进行思想动员，密切关注村里互助工作出现的问题和矛盾，亲自安排每一项具体工作，精心培育、扶植了"胜利农业生产合作社"。工作之余，他认真研究了农村的生活和各类人物。他常常在草棚院里、屋檐下、墙根边和农民闲聊，了解他们的生活经历和心中的真实想法，和他们拉过去、谈现在、说未来。一谈就是半天，谈完这家，拍拍身上的土，又到下一家，了解了许多连皇甫村当地人都不十分清楚的事情。社员们开会时，他常在角落里不动声色地倾听，观察每一个人的神态语气，思考他们的心理动机；他也常叫上干部到自己家中，请他们讲当地的风俗逸事、历史传说和村史、家史。在和社员们朝夕相处的工作、生活中，许多各具特点的干部和农民都给他留下了深刻的印象（如社主任王家斌、代表主任高梦生等），并成为他《创业史》中主要人物的原型。

据与柳青长期保持密切关系的同事和挚友安于密回忆，这段时期，柳青根据实际工作的需要，鼓励农村干部要勤于学习、善于学习，先后向他介绍了《共产党宣言》《联共（布）党史》等无产阶级革命论著和《战争与和平》《安娜·卡列尼娜》《被开垦的处女地》等文学作品。② "柳青写《创业史》以前，看了许多书，历史的、政治经济的、哲学的、美学的、文艺的。他对古今中外的文学名著熟得很，这时特别用心地读了关于苏联的集体化的各种书籍。"③1954 年春天，柳青开始了《创业史》的写作，同时也兼顾着社里的工作。只要社里出现一点点问题，他就着

---

① 柳青：《在农村工作中想到苏联》，《群众日报》1952 年 11 月 13 日。

② 安于密：《安于密谈柳青在长安的思想和创作》，转引自蒙万夫、王晓鹏等著《柳青传略》，陕西人民教育出版社，1988，第 177 页。

③ 同上书，第 200 页。

急地跑去处理。就在这一年，他完成了《创业史》的初稿，但自己极为不满，认为无论在艺术上还是在生活上都需要进行突破。为更好地感受描写对象的精神世界、传达他们的真实心声，使作品达到历史感和现实感的高度融合及取得史诗一般的效果，柳青于 1955 年举家迁至皇甫村，开始了"刻苦的、深入的生活和认真的、坚忍的创作"。这段时间里，他每天上午写作，下午或是在家和上门拜访、汇报工作的人们交谈、商量，或是到稻地中闲聊。他和普通农民一样生活、劳作，不放过每一个能获得写作素材的场合。他能叫出皇甫村几百个人的姓名，熟悉上百个家庭的历史和几代人的性格；他的家是群众的"问事处"，庄稼人遇到大小事都会来这里和他商量，听他指导。在农民心中，他既是一位能为大家出谋划策的干部、作家，又是一位再普通不过的村邻"老汉"。四年的实际工作，柳青亲历了皇甫乡从互助组、初级社到高级社的全部过程，他组织领导的胜利社在 1956 年秋天获得了第一次丰收，其间发生的一些重要事件也都成为《创业史》中的情节内容。对于合作化中出现的各种情况，柳青有着敏锐的观察和清醒的认识：看到盲目扩社的危险，他告诫村干部要多吸取外国的经验教训，也要创作出自己的经验，认为"《被开垦的处女地》写得比较真实，可以看出苏联当时合作化的一些情况。苏联由于搞行政命令，搞冒进，弄得农村生产力受到破坏，后来，他们又派大批工人下去，这些人也不懂农业，搞得更不好。我们现在搞合作化，一定要吸取苏联的教训，不能采取剥夺农民的办法"①；面对高级社出现的问题，他提出抓管理、抓生产、多巩固的中肯意见；在浮夸风盛行的时期，他仗义执言、表达不满。他密切关注着农村变革中的变化和得失，并通过作品进行反映。反右派斗争后，生活中发生的许多事情使他中断了《创业史》的创作，写作了短篇《狠透铁》，对合作化发展中一哄而起的现象和种种失误进行了揭露，并在发表时坚持注明"1957年纪事"，表现出一位革命作家对现实问题的关注和忧虑。

在《创业史》的写作中，他谨慎、求实：为了写好"题叙"，他不仅下苦功

---

① 安于密：《安于密谈柳青在长安的思想和创作》，转引自蒙万夫、王晓鹏等著《柳青传略》，陕西人民教育出版社，1988，第 187 页。

夫调查了王曲一带的历史，而且想尽办法接近了解情况的倔强老汉，以获得详尽、丰富的资料；为了弄清地主、富农放债的契约内容，他不厌其烦地让人回忆、模仿，直到满意为止；他还亲自进入终南山查勘割竹子的现场，为写好梁生宝带领互助组员进山劳动的事件进行充分准备。《创业史》第一部从 1954 年 4 月动笔，历经 6 年的积累、创作和 4 次大的改动，柳青以极为严苛的态度对待每一个细节：小说开始在《延河》上连载时，每发一章，他都要求编辑把具体意见详细地告诉他，以便及时修改；小说正式出版前夕，他又发现一些篇章的不足，主动要求推迟交稿，对不满意的地方进行了改写和重写；他删去内容提要中肯定、赞扬的语词，只进行客观的简单介绍，还建议插图画家住到农民家中，真正达到与他们的精神相通后再进行插图创作……柳青认为，"只有经过必要的吃苦，才能搞好工作"。他正是在亲身参与了艰苦的工作和劳动后，才创作出反映新中国建设历程的史诗小说《创业史》。他说："《创业史》也是我自身的经历，我把自己体验的一部分和我经历过的一部分，都写进去。生宝的性格，以及他对党、对周围的事物、对待各种各样人的态度，就有我自身的写照。"[1]1960 年，《创业史》正式出版。和《被开垦的处女地》一样，它以对正在发生的时代变革的及时反映，受到读者和农村工作者的热烈欢迎；以"惊人的真实画面"表现了社会主义革命在中国农村产生的广泛而深刻的影响，成为当代反映农村生活的具有里程碑意义的长篇小说。

在内容上，《创业史》同样将合作化运动的发生、发展过程浓缩到一个村庄之中，描写了从传统生活道路因循而来的农民在接受公有制度过程中所经历的生活方式和精神情感的艰难转变。柳青和肖洛霍夫一样，以强烈的责任意识和真挚的主体情感，准确地表现了特定历史时期现实生活的主要矛盾，在阶级斗争叙事中彰显了社会主义革命的合理性和进步性。《创业史》也因其高度的典型性和深广的概括性，成为和《被开垦的处女地》一样的兼具审美功能和教育实践功能的史诗作品。

在精神上，柳青以党员作家的自觉将革命信仰与创作追求融为一体，在革命

---

① 蒙万夫、王晓鹏等：《柳青传略》，陕西人民教育出版社，1988，第 107 页。

工作的实践中实现无产阶级作家反映社会主义现实的创作理想。从抗日战争到人民公社化运动，他以革命者的身份参与了每一个历史阶段的斗争和工作，并写作了《米脂民丰区三乡领导变工队的经验》《根深叶茂》《耕畜饲养管理三字经》《建议改变陕北的土地经营方针》等对实际工作有着积极作用的文章。创作中，他认为"描写新社会的诞生和新人的成长"是时代赋予中国革命作家的光荣任务，无产阶级作家"一辈子也不要脱离党的领导和劳动人民"①，"在创作的苦闷中，应该这么想，'我不管在艺术创造上怎样困难，但我要始终和人民在一起，永远做一个积极的革命者'"②。这些观点与肖洛霍夫的"同人民生活在一起，忧人民之所忧，乐人民之所乐"③的看法不谋而合。柳青认为，"生活是创作的基础"，作家的思想倾向和气质风格都是在生活中形成的，无产阶级作家只有在深入工农群众的生活体验中，才能发掘事物的本质，创造出符合人民愿望的作品。对于从生活中提炼素材的问题，他认为"作家不是专门去观察，主要是去搞工作，通过工作搞文学"④，这和肖洛霍夫在谈及作家应当接近生活和人民时的观点——"至于活生生的素材，它经常是在作家的手边。只需思考一下，在你们眼前都发生了些什么，只要同人民生活在一起，……把他们的需求当作自己的需求……就会写出真正的激动读者的书"⑤——异曲同工。柳青以实际行动自觉地实践着《讲话》的精神，真诚地将自己的文学创作和群众相结合，和革命斗争相结合，以革命参与者的热情执着在工作中尽心尽力，以党员作家的敏感和责任对时代变革进行关注和表达。他亲身参与了合作化运动之后创作的《创业史》，因"真实地记录了我

---

① 柳青：《永远听党的话》，《人民日报》1960 年 1 月 7 日。

② 柳青：《谈谈生活和创作的态度》，《人民日报》1960 年 8 月 10 日。

③ 肖洛霍夫：《在苏共第二十次代表大会上的发言》，转引自孙美玲编选《肖洛霍夫研究》，外语教学与研究出版社，1982，第 427 页。

④ 蒙万夫：《略谈柳青的生活创作道路——兼及柳青的同辈陕西作家，并代〈柳青传略〉序言》，载蒙万夫、王晓鹏等著《柳青传略》，陕西人民教育出版社，1988，《序言》第 10 页。

⑤ 肖洛霍夫：《在苏共第二十次代表大会上的发言》，转引自孙美玲编选《肖洛霍夫研究》，外语教学与研究出版社，1982，第 427 页。

国广大农村在土地改革和消灭封建所有制以后所发生的一场无比深刻、无比尖锐的社会主义革命运动"[①],成为我国农村社会主义革命的一面镜子,富有时代意义,具有史料价值,成为合作化小说中最具代表性的作品。

同为具有革命信念的无产阶级作家,柳青和肖洛霍夫有着相同的将革命信念与文学理想、革命实践与文学创作融为一体的创作追求。同为合作化小说,《创业史》承接了《被开垦的处女地》以史诗的规模和结构表现农村社会变革的艰巨和复杂,以典型的事件和深刻的思想表现合作化运动的意义及影响的创作特点,成为我国十七年时期农村题材小说的典范之作。

第二节　史诗效果的艺术风格

史诗的原意是"平话"或故事,表现的是被描述对象本身"所处的情景及其发展的广阔图景"[②]。黑格尔认为,史诗是"以诗叙史的一种文学体裁",或歌颂英雄的伟大功绩,或描述历史的重大事件,表现与一个民族或一个时代密切相关的影响深远的事迹。"一种民族精神的全部世界观和客观存在,经过由它本身所对象化成的具体形象,即实际发生的事迹"[③],就形成了史诗的内容和形式。19世纪后,"史诗"的含义有了新的拓展,从原始的题材概念被引申到审美范畴。在淡化了英雄生活的神话因素后,以历史事件为内容或表现积极现实性的优秀长篇小说,被认为是时代的史诗。"长篇小说包括史诗底类别的和本质的一切征象","长篇小说可以在……(历史)事件的范围内展开某个个人的事件,像在史诗里那样"[④]。卢卡契认为19世纪欧洲现实主义长篇小说是"近代资本主义的伟大史诗",十月革命后,对叙事诗的追求更是"成了苏维埃文学的支配的形式(绍洛霍夫、法捷

---

① 冯牧:《初读〈创业史〉》,《文艺报》1960年第1期。
② 黑格尔:《美学》(第三卷下册),朱光潜译,商务印书馆,1981,第102页。
③ 同上书,第107页。
④ 别林斯基:《别林斯基论文学》,梁真译,新文艺出版社,1958,第179—180页。

耶夫、潘菲洛夫、A. 托尔斯泰······)"。^①肖洛霍夫的《静静的顿河》和《被开垦的处女地》所表现出来的史诗风格，既契合了时代的需要，又是作家以文学作品表现社会历史进程的自觉追求。这种对时代变革的广阔画卷进行全面呈现的艺术特点，在《创业史》中也有着同样的体现。

一、宏大的时代主题和艺术构思

《被开垦的处女地》通过格内米雅其村在集体化运动中发生的一系列重要事件，反映了整个苏联农村在社会主义建设中的一段曲折经历；通过顿河地区哥萨克在时代变革中的各种表现，探寻了一个民族在社会制度急遽转变过程中所面临的精神阵痛和矛盾困惑。小说以一个集体农庄的建立、发展，折射出在波澜壮阔的集体化高潮下苏联农村既有着尖锐的阶级斗争又有着农民的抵触不满的真实复杂的社会图景。作为一位忠诚于自己革命信仰的现实主义作家，肖洛霍夫以自觉的责任意识，对国家正在发生的重大变化进行反映和思考，以宏大的历史眼光表现集体化运动的进步和失误，表现革命者在革命冲突中的激情信念和精神危机，表现农民在从私有制到公有制转变过程中的期望和忧虑。《被开垦的处女地》展现了 20 世纪 30 年代的苏联所发生的重大事件：二万五千名工人下乡参加集体化建设，清算、发配富农，将牲畜、农具归公，斯大林关于《胜利冲昏头脑》的发表，政府征收粮食换取工业建设资金，集体农庄的生产建设，等等。在与历史真实高度一致的时间推进中，小说展现了苏联集体化进程的全部经过，表现了大变革时代中的各种社会矛盾和各样的生存状态。另外，《被开垦的处女地》从家庭生活、劳动生活、爱情婚姻和伦理道德、人情风俗等方面，表现了哥萨克民族的性格特点和传统习惯，着重描写了他们由旧到新的精神成长和生活转变。小说通过对农庄建设中无所不在的斗争的描写，如：贫农、中农同富农、反革命分子之间的阶级斗争，农民走向新生活时的自我精神拷问，领导作风的斗争，日常生活冲

---

① 卢卡契：《小说》，以群译，生活书店，1938，第 94 页。

突，等等，辐射出社会发展过程中的多种复杂现象，在不断的运动和变化、更新和发展的现实矛盾中，显示了历史的驳杂和生活的丰富。

《被开垦的处女地》以集体农庄农民对沉寂了千百年的黑土地的开掘，喻指集体化革命对农民旧的生产方式的改变和社会主义革命给苏联人民带来新生活的转变。小说以尖锐的阶级斗争和纠结的多种矛盾，反映了"农村社会主义改造的艰巨性和复杂性"，又以革命英雄的崇高气概和激情行动，表现出国家意识形态对农民进行改造的努力和豪情。

在构思上，《被开垦的处女地》以达维多夫为主人公，描写了他从参与集体化运动到在与敌人直接交锋中牺牲的命运。围绕他的经历，既全面展示了这一政治运动的始末和实质，又揭示了人性、人道主义在特定历史时期的具体表现。小说直面现实生活中的残酷，在对各具特征的人物命运的描绘中，反映了个体人与时代环境及社会政治之间的微妙关系，也以革命者自身的精神危机对革命本身进行了反省和质疑。小说第一部侧重于表现时代变革中的矛盾和斗争，第二部则在更为深广的视域内对人类生活进行观照，对社会历史进行探幽。结构上，《被开垦的处女地》在容纳多种社会现象的宏阔框架中，以敏锐的眼光对一段历史的发展进行宏观的展现，又以具体的细节充溢于每一个场景和每一个事件，在生动细腻的情感抒发、有趣活泼的对话争论和紧张尖锐的矛盾冲突中，尽显时代特点和人物性格。

《创业史》问世后，受到学界一致的"史诗"赞誉。柳青曾这样解释小说的创作意图："《创业史》这部小说要向读者回答的是：中国农村为什么会发生社会主义革命和这次革命是怎样进行的。"[①]小说通过一个村庄中不同阶级的人物在合作化运动中的行动表现和思想心理，展现了新中国农村所经历的从生产制度到人伦关系的深刻变化，成为"我国农村社会主义革命中的一面镜子"。作为坚定的革命参与者，柳青以表现社会主义进程为己任。在和《被开垦的处女地》相似的社会主义改造背景中，《创业史》同样选取了最尖锐、最重大的题材进行表现。而这

---

① 柳青：《提出几个问题来讨论》，《延河》1963 年第 8 期。

一题材本身就具有深刻的史诗性质。柳青和肖洛霍夫一样，以党员作家的立场理解着合作化运动的价值和意义，并通过鲜活的人物和来自现实的事件，表现着这场影响深远的农村革命全景，以具有史诗规模的内容反映着历史洪流对于每一位个体人的激荡和裹挟。《创业史》描写了经历不同的十几个家庭和性格、地位各异的几十个农民在合作化运动中的感受和表现，涉及农村生活的各个方面：阶级矛盾、领导作风、日常生产、副业劳动、男女情爱、婚姻道德、宗族伦理、新旧思想，还有被置于背景之中又遥控了合作化运动的来自外部世界的观念立场（如：梁大老汉正是在解放军儿子梁生荣的劝告下，才不情愿地参加了互助组，当合作社工作与自己利益有所冲突时，他就在心中对儿子生出不满和埋怨）。在如此丰富广阔的农村社会生活图景之上，柳青对时代变革的原因和意义进行了具有理论深度的探寻，通过重要事件的发展连缀和各类人物的情绪表达，表现了中国革命历史发展进程和农民意识观念转变的宏大主题。

《创业史》以梁生宝组织互助组生产为中心，描写了与互助工作相关的多个事件。在互助工作的推进中，小说通过梁生宝内心对每一步进展的历史意义的反省、上级领导从政治方向上的帮助指导以及具有政治眼光的叙述者的激情点评，引申出通过合作互助带动农民走社会主义道路的宏大时代主题。小说的矛盾集结点在于，当互助组的政治意义日益明显，"落后"的农民们无法理解革命英雄和积极分子们的思想、行为，各种方式的质疑或破坏成为合作化工作开展的严重阻碍。也就是说，旧与新的冲突，构成了《创业史》最深刻的矛盾。小说描述的梁生宝从经济活动开始的"创业"过程，所要表现的是：在农业生产方式的变革中，农民对国家意识形态的接受和服膺的时代主题。

与肖洛霍夫不同的是，柳青对于社会现象的理解和反映，对于时代事件的思考和评价，更多地体现出主流意识形态的价值立场，对于农民的生活和心理体验的表达，也始终局限在单一的政治框架之中。《创业史》在体现出社会主义现实主义创作宗旨的同时，也因对主流话语的过度彰显，显示出作家以政治观念表现生活的局限。

在构思上,《被开垦的处女地》和《创业史》的标题都蕴含了开拓、革新、进取的寓意,暗示了这场人类历史上从未有过的革命可能给农民生活带来的翻天覆地的变化,并满怀希望地对未来生活进行预测和憧憬,勾勒出一幅充满生机和活力的劳动生活景象。《创业史》最初计划写三部,在创作过程中,柳青经过慎重思考,又将小说计划改为四部。从内容上看,小说从蛤蟆滩互助组写起,计划写到人民公社后止。作家期望通过对合作化各个阶段的描写,完整地展示出这一运动的全部过程,实现他对一个时代进行全景展示的创作愿望。正如一位和他过从甚密的作家所说:"《创业史》他是作为历史的画卷来写的,他要把这本书写成一部社会主义在中国农村发生、发展的史诗。为了这个事业,他什么样的苦都可以吃。他给自己挑的这副担子,是十分沉重的。"①小说和《被开垦的处女地》一样以社会主义新人为主人公,通过其在合作化事业中的出色表现,串联起时代变革中的重大事件;以新人为核心,辐射出农村社会中各类人物出于不同身份、不同立场的行为和心理表现。小说在宏大的史诗结构中,既有着对国家政策、社会面貌的整体展现,又细致入微地表现了一个个家庭、一个个个体所受到的影响和进行的选择,从时代大环境和农村小生活的各个方面,表现了一个时期的社会风貌。

《创业史》也和《被开垦的处女地》一样,在情节发展上追求与现实生活的高度一致。小说中的许多事件,都来自作家亲历的合作化实际工作,并有着明确的时间标识:"一九五三年春天,是祖国社会主义经济建设第一个五年计划的第一个春天""一九五三年八月,毛泽东同志审阅周恩来同志在全国财经工作会议上的结论时,写了这样的重要批语""一九五三年十月,中共中央关于实行粮食计划收购与计划供应的决议……"②这些和历史发展一致的情节推进,既增加了作品的真实性,又有着记录社会发展过程的史料价值。另外,小说中还有着同样的对国家政策、革命理论的直接引用,从政治的高度对合作化的优越性合理性进行了阐释,也对合作化面临的困难矛盾进行了分析,在宏阔的革命视角中阐释了合

① 徐民和:《一生心血即此书——柳青写作〈创业史〉漫忆》,《延河》1978 年第 10 期。
② 柳青:《创业史》,中国青年出版社,2019,第 318、401、401 页。

作化主题中的内在意义。

总之,《创业史》和《被开垦的处女地》在同样的展现社会主义革命给农民的生产、生存方式带来巨变的主题中,以容量宏大的艺术结构对社会生活进行了全景展现,表现了一个时代的变迁。但《创业史》显然比《被开垦的处女地》有着更鲜明的意识形态色彩,柳青未能像肖洛霍夫那样,以悲怜的情怀和审美的姿态表现人与时代的纠葛,展现历史的云谲波诡和命运的变幻莫测。不过,《创业史》在宏大的历史叙事之中表现了诗意的乡村记忆和日常生活片段,这在一定程度上弥补了其政治色彩过强的缺陷,显示出作家的审美追求,也使文本内容变得具象可感。

二、充满历史感的人物命运和情节内容

《被开垦的处女地》的史诗风格还表现在以历史的眼光表现人物命运,塑造人物形象。"俄罗斯人民的过去是悲惨的,这本书(《被开垦的处女地》)里每一个的重要人物,差不多都有一段悲惨的过去的插话。"①《被开垦的处女地》中,几乎每一位革命参与者都被作家以插叙的方式对其以往的生活经历进行交代:拉古尔洛夫因痛恨私有财产与家庭脱离,当过长工,上过战场,在战争中中毒后留下终身的伤痛;贫穷的拉兹米推洛夫在服役期间,妻子被参加了哥萨克白军的同村人报复、侮辱后于绝望中自尽,幼小的孩子也因失去母亲的照顾不幸夭折;父亲惨死的阿尔尚诺夫不仅小小年纪就承担起养家的重任,而且在长久的仇恨中变得孤僻、冷漠;西奚卡老爹从出生起就开始的不幸和磨难;铁匠沙利在旧社会遭受的嘲弄和侮辱;失去父亲的华丽雅承受的家庭责任和劳动重荷……肖洛霍夫通过对性格各异的革命参与者的苦难经历的描写,为革命的合理性和必然性进行了充分的解释,也为集体化运动所承担的对农民饱含创伤的个体精神世界进行改造的艰巨任务提供了现实基础。并且《被开垦的处女地》中的人物所遭受的精神和肉

---

① 周立波:《译后附记》,载萧洛霍夫(肖洛霍夫)《被开垦的处女地》,(周)立波译,上海生活书店,1936,第494页。

体的双重伤痛，大都和战争有着千丝万缕的干系。肖洛霍夫在反映时代革命的叙事中，对战争带来的灾难生活和创伤记忆进行了具有人道主义精神的关注和反省，表达了自己对于历史的思考和忧虑。这是苏联集体化小说中普遍存在的一个潜在主题，也是浸润了俄罗斯现实主义文学传统的苏联革命作家极具社会责任感和批判反省意识的文本表现。

《被开垦的处女地》以富有历史感的情节内容表现社会发展的承续性。肖洛霍夫在使人难忘的细节表现中描写时代，并阐明它在历史进程中的地位和意义。已经成为往事的国内战争仍然活在它的参加者的记忆中，他们用不同的方式谈论它、回忆它：胜利者的骄傲，失败者的愤恨，经历者的伤痛，等等。作家将现实作为过去的结果来描写，现实生活中的每一个事件、每一个人物的表现，都和历史有着千丝万缕的联系，也都对未来生活产生着潜在的影响。在集体化工作的推进中，小说展现了哥萨克们在沙皇时代的悲苦生活和战争时期的残酷经历，以此说明社会主义革命发生的原因；小说也描写了现实生活的转变，并通过集体劳动的展开对新生活进行了预测和想象。并且，《被开垦的处女地》将远离主流社会的哥萨克的个人命运与社会历史进程相连，以一个村庄在集体化过程中的经历，折射出苏联社会变革中的主要问题和矛盾，在具有历史深广度的现实生活画面中，表达了"奔驰向前的内容"，显示出宏伟的史诗风范。

《创业史》中的重要人物也都有着悲惨的往事。小说在合作化进程的主线中，同样采用了插叙的方式对人物经历逐一交代。描写活跃借贷事件中，小说对生活窘困、急需借粮的高增福进行了追溯性的身世描写：六岁就跟着失去劳动能力的父亲讨饭谋生，年龄稍长就给地主做长工。土改后，生活刚有好转，妻子又在难产中死去，留给他一个四岁的孩子，"过着一半男人一半女人的生活"。他因此有着最坚决、最迫切的合作生产愿望。小说在描写固执老汉王二直杠对互助工作患得患失的心理和行为时，也分析了他自私谨慎的性格和卑微灵魂形成的原因：光绪年间的年轻长工，因偷了财东的庄稼被施以重罚，遭受了严重的精神与肉体的伤痛后，成为封建社会最忠实的愚民。这个被损毁了的灵魂因此更加胆小怕事、敏感多疑。他在互助组中可笑、可气又可怜的表现，也因有了这些历史缘由让人生出理解和同情。小说在描写拴拴媳妇——素芳哭诉亡去的公公时，插叙了其生父在旧社会的不幸遭遇，既探索了她扭曲性格形成的社会原因，也为她在新的生活环境中即将发生的积极转变进行了铺垫。小说通过插话还讲述了孤儿有万在饥寒交迫中的磨炼，欢喜母子在贫困艰难中的坚忍，刘淑良自尊自强的人生经历……在《创业史》中，柳青极为注重通过人物生活遭遇解释其对待合作化的态度。小说在主要叙事进程中，或通过书中人物的介绍，或通过叙述者的描述，适时地交代人物性格、立场形成的原因，既为正在发生的情节提供历史依据，又为事件的进一步发展提供方向保证。这种叙事方法，与肖洛霍夫的《被开垦的处女地》如出一辙。但《创业史》更侧重于从人物的阶级属性和时代环境表现人物的性格发展过程，以此说明合作化运动对于各类农民的影响和改造作用，这和苏联作家将现实作为战争的结果，在表现人物精神成长、彰显集体化运动的社会意义的同时，也对革命本身进行深刻反省的叙事策略有着明显的不同。

在情节的设置上，《创业史》一开头就以史家的笔法作了"题叙"，交代了梁三一家世代创业的失败经历，既解释了合作化运动的历史原因，也为梁三老汉性格特点的形成以及他与梁生宝的观念冲突做好了准备，更为合作化运动将给农民生活带来的巨大变革进行了铺垫。小说描写了各类家庭的"创业史"和各种人物的性格发展史，并将现实作为过去的继续和发展进行展现，如：作品中的各类人物都会在不同的情景中提起土地改革，富农以土改为参照，衡量合作化可能对自己产生的冲击；贫农以土改为转折，希望通过互助合作能彻底摆脱贫困；领导者以在土改中的功劳为资本，预测自己在合作化中应有的地位；青年以在土改中的表现为标准，被进行属性界定和时代选择；甚至连兵痞也因在土改中的失意，而在合作化中别有用心地积极表现。在时间上，《创业史》以现实生活为基点，向前追溯到清代末年的农民境遇，向后遥想了十五年以后全部实现合作化时的生活新貌；在空间上，发生在蛤蟆滩的事件通过各种人物关系和各类人物活动，与广阔的社会生活相连，如：梁大老汉的儿子——梁生荣，参军在青海，其军人的身份既给家族带来荣耀,又直接推动了并不积极的父兄参与互助合作,并使家乡的合作化工作因获得更高层面的权威支持而具有了毋庸置疑的合理性;改霞离开蛤蟆滩考入工厂,既表现了社会发展给新一代农民带来的影响,又使农村变革与城市发展产生了密切的关联;梁秀兰和在抗美援朝战场的未婚夫的关系,连接起中国农村和异域他乡的两地生活,为合作化的开展提供了更为深广的时代背景,而她的积极进步和深明大义,显示出合作化运动对于青年农民的教育和培养,彰显了这一运动本身的深远历史意义。在宏大的历史时空中,《创业史》以广阔的艺术视野,对现实生活进行富有历史深广度的描绘,不仅触及农村所有重要的阶级和阶层,反映了农村复杂的矛盾冲突和微妙的人情变化,而且连缀起国内外的重要事件,探寻合作化运动在人类历史进程中的意义和价值。小说在宏观展现和细节刻画的交织中,以环环相扣的情节表现了一个时代的波动,在厚重的历史感中展现了农民的生活和命运。

可以看出,《被开垦的处女地》通过将人物历史命运与现实表现相连,在富有历史感的情节内容中反映时代变革的史诗手法,在《创业史》中有着具体而充分的再现。肖洛霍夫将人物经历置入时代进程之中,通过对其历史遭遇、现实处境、未来可能的人生历程的观照,表现集体化运动的历史影响力;通过一个村庄中集体运动的发展,折射出整个时代的重大变迁和社会风貌,探寻了时代变革的历史意义和未来走向。这种以史诗巨制表现时代主题的构思和手法,是肖洛霍夫最有特点的艺术追求,在其《静静的顿河》等其他作品中都有着鲜明的体现。对他极为喜爱且敬佩的中国作家柳青,显然是熟悉并推崇这种审美风格的。《创业史》从题目的确定到史诗手法的使用,都与集体化题材的经典前文本《被开垦的处女地》有着明显的互文关系。但也必须承认,在柳青明确的政治意图之下,《创业史》于宏大激进的革命话语之中,显示出更浓郁的理想色彩和更激昂的政治热情,而缺少了肖洛霍夫在《被开垦的处女地》中对于历史复杂性和现实深刻性的思考和表达。不过,在时代主题之中,《创业史》中对于乡村日常生活、风俗习惯、人伦亲情、婚姻爱情的细腻描写,也在一定程度上淡化了叙事话语对于政治意图的强势传达，弥补了小说创作中先验政治理念先行的不足，使作品在政治理性之下，显示出富有民间审美理想的美学诉求。

第三节　文本内容的互文表现

对于肖洛霍夫的《被开垦的处女地》，柳青曾两次公开提及。在发表于 1955 年 12 月《文艺报》第 24 期的《中国热火朝天——为苏联〈文学报〉作》一文中，他回顾了在苏联访问时集体农庄给他留下的深刻印象，并向苏联《文学报》的读者介绍了皇甫村"胜利"农业合作社的建立过程，认为苏联读者对我国合作化的发展速度是能够充分理解的，"因为他们知道：30 年代，当苏联农民——像康德拉脱·梅谭尼可夫那样——把自己的牛拉到公共牛舍的时候，虽然对于私有制并不是毫不留恋的，但他们这样做却完全出于自愿"①。这种"误读"，是柳青在中苏关系友好时以我国主流话语立场做出的审美判断。尽管康德拉脱·梅谭尼可夫行动的自愿性在后来的阐释中受到质疑，但从柳青在谈及合作化运动时对《被开垦的处女地》的熟悉引用，仍可看出这部小说对于他从工作到创作都产生了深刻的影响。1977 年前后，柳青在接受采访时，曾回顾了表现合作化主题的中外文学作品，"他谈到了肖洛霍夫的《被开垦的处女地》，对这本书极不满意"②。至于什么地方不满意，他并没有说明。或许是《被开垦的处女地》对于现实不加修饰的反映，与柳青严格遵循的社会主义现实主义规范及他所坚持的与党的政策高度一致的创作立场存在矛盾，使他对自己最敬佩的作家的具有社会主义发展史意义的作品产生了不满；或许是他认为《被开垦的处女地》在艺术上逊色于《静静的顿河》，仅在两者的比较中有所不满。尽管如此，对于《被开垦的处女地》描写时代变革所采用的艺术技巧，柳青在自己的创作中还是有着不同程度的借鉴。

---

① 柳青：《中国热火朝天——为苏联〈文学报〉作》，转引自《皇甫村的三年》，作家出版社，1956，第 56 页。

② 徐民和：《一生心血即此书——柳青写作〈创业史〉漫忆》，《延河》1978 年第 10 期。

柳青于 1947 年出版的《种谷记》,描写了发生在陕北农村王家沟互助变工、集体种谷的事情。在这部反映了早期合作化思想的小说中,就已经可以看到《被开垦的处女地》的某些影响:耽于细节描写的沉闷开头,孤军奋战的主要人物,极富乡村特点的群众场面和家庭场面,真实可信的农民形象和恰到好处的风景描写,都和《被开垦的处女地》的安排设置极为相似。而他于 50 年代创作的《创业史》,因与《被开垦的处女地》有着相似的社会背景和相同的时代主题,表现出更为明显的互文性特征。

一、主要人物的似曾相识

果戈理说:"史诗'总是选取出色的人物作为主人公,这种出色的人物是同许多人物、事件和现象保持着联系、关系和接触的……在主人翁周围,整个世界在极大的范围内得到了说明'。"[①]《被开垦的处女地》和《创业史》都以革命新人作为主人公,与达维多夫的外来者身份不同,梁生宝是土生土长的农民,旧社会的苦难使他对合作化有着最热切的渴望和最纯朴的热情。他对于合作化的自觉选择和主动担当,使柳青笔下的集体化道路具有了自下而上、由内而外的合理性和必然性,也使《创业史》所表现的社会主义革命更具现实依据,更显时代要求。并且,梁生宝这一形象是柳青以皇甫村的一位互助组组长王家斌为原型,以许多真实事件为基础进行创造的,有着鲜明的陕北农民特征。但在对人物的具体刻画中,还是可以看出梁生宝与达维多夫的某些相似性。

达维多夫有着不幸的童年:父亲被工厂开除,充军到西伯利亚,迫于生计的母亲通过出卖肉体勉强养活几个幼小的孩子。充满屈辱的生活经历,使达维多夫对旧社会充满仇恨,对新生活充满渴望,以无比坚定的信念和执着的精神进行革命。梁生宝也如此:他在民国年间的饥荒中失去了父亲,和母亲逃荒到蛤蟆滩,

---

① 转引自阎纲《史诗——〈创业史〉》,《延河》1979 年第 3 期。

被善良的梁三老汉收养，在贫穷和苦难中成长。聪慧的梁生宝亲身经历了个体农民创业的艰辛，在革命思想的影响下对合作化道路充满信心，并以自己的热情和辛劳成为农村变革真诚的实践者。

在合作化工作的推进中，达维多夫时常因某些具体事件生发出丰富的感情，并通过大段的内心独白进行抒发：面对区委书记的指责，他忍住怒气，在心里以斯大林的演说为依据，为对待富农的问题进行争辩；看见孩子们快乐地劳动，他便联想起"我们要给他们建设美好生活"的责任，并憧憬着二十年后的幸福生活，在美好的想象中生出无限的羡慕和向往之情；鲁什卡弃他而去之后，他在内心的煎熬中彻夜难眠，既咒骂自己的冒失行为，又在自言自语中表现出不舍和留恋；面对华丽雅纯真的爱情，他在做出最后的决定之前，回顾了经历过的恋爱事件，在自我谴责中进行了反省，并对即将开始的婚姻生活进行了计划和安排……这些敏感、细腻的感情抒发，使革命者达维多夫在理性的革命信念和价值立场之外显露出感性的、温情的人的特征，使得主题严肃的集体化小说具有了革命之外的丰富意蕴。与达维多夫相比，梁生宝在工作中的情感抒发则显得更为热切、激昂：他在迎接挑战前富有胆魄和气度的思考、自勉，他对于郭振山发家思想的担忧和不满，他在听取区委书记和县委书记谈话时的钦佩和信服，他对同志情感的欣赏和倚重，他对革命道理的虔诚和对新生活的热爱，他对集体劳动的赞美和喜爱，他对合作事业的责任和热情，他对"艰难"二字的理解和体会等，都在呼之欲出的内心独白中进行了酣畅的激情表达。柳青和肖洛霍夫一样，以直接抒情和心理表现相交织的手法，对主人公的精神世界进行探索，通过对其外在行为和内在情感的多角度描写，表现时代新人的成长过程。但达维多夫的抒情和独白源自不同的事件，并有着多种现实矛盾为依托，在革命激情之外有着来自生活本身的实在和丰富；而梁生宝的情感抒发，始终都是围绕着党的领导路线、合作化的政策和劳动者的思想品质等严肃的政治问题而产生，在单一而纯粹的理性情绪和感受中排除了个人生活的世俗性，在超拔的思考中减弱了个体精神世界的丰富性和多样性。

《被开垦的处女地》将达维多夫的行动集中在几个重要的事件上进行表现：

召开积极分子和贫农大会，清算富农，将牲畜家禽公有化，征收、保护麦种，组织耕种。小说将主人公放入与苏联集体化的实际进程基本一致的具体事件中，通过其行动和表现展示出人物性格特征和工作特点，在显示历史真实性的同时塑造了富有英雄气概的新人形象。《创业史》也通过合作化进程中的几个重要事件表现梁生宝的高尚品质和领导能力：活跃借贷的失败，买稻种的创新，进山割竹子的副业劳动，密植水稻的尝试，粮食统购统销的实现。这些事件，与我国合作化初期的政策及陕北农村合作化发展中的实际步骤高度吻合。小说通过梁生宝在具体工作中的突出表现，精心刻画了时代革命者有品质、有气魄、有胆识、有能力的完美形象，使其在圣洁的光辉之中显示出超凡的气质。

在表现主人公个人情感方面，《被开垦的处女地》设计了风流大胆的鲁什卡主动接近达维多夫，并和他产生了一段影响不好的爱情的情节。达维多夫在矛盾、纠结、痛苦之后，摆脱了对鲁什卡的依恋和不舍，接受了出身贫苦、热爱劳动的华丽雅的纯洁爱情。这种人物关系在《创业史》中也有着相同的表现。拴拴的媳妇素芳，在旧社会中被侮辱被损害，无奈之中和只会劳动的憨丈夫结婚。婚后，她又受着倔强、糊涂的瞎眼公公的严格管制，从未感受过生活的温暖和体会到异性的关爱。她对邻居梁生宝产生了爱慕之情，采用种种方式主动搭话、暗示，企图和他建立并不光彩的情爱关系。面对诱惑，梁生宝没有达维多夫的慌乱和困惑，在坚决又理性的拒绝中保持了革命者的纯洁和完美。《创业史》为革命新人的情感发展还设计了一位有着知识分子气质的农民女儿——徐改霞。尽管她有着和梁生宝一样的革命理想和生活目标，也试图主动把握这份感情，却最终在不安的精神冲动中走出家乡，开始了新的人生探索。小说为两人感情的分裂安排了种种外来的、客观的因素和影响，但两人精神世界的巨大差异，或者说对互助合作的态度分歧，才是两人难成眷属的真正原因。可以看出，鲁什卡与达维多夫的关系在《创业史》中被拆解、变形为素芳对梁生宝的诱惑和徐改霞对梁生宝的抛弃。与鲁什卡极富哥萨克民族特点的大胆奔放的性格和行为相比，素芳更多地背负了旧时代对女性的压抑和扭曲，徐改霞面对的是乡村社会对女性的禁锢和限制。她们二人的爱情失意，有着更多的情感之外的因素。灯塔社成立后，梁生宝和坚强、独立、对互助工作积极的劳动女性刘淑良有了发展感情的可能。虽然他也有过顾虑和犹豫，但当对方也作为合作社代表和他在会场偶遇后，他终于满意地对人生大事做出了决定。应该说，正是刘淑良隐忍、耐心、理智的性格和她对合作化工作的积极热心，赢得了执着于革命事业的农村新人梁生宝的爱情。两部合作化小说都为主人公安排了与吃苦耐劳、踏实稳重的农村女性相结合的婚姻归宿，反映出作家对于性别特征模糊的，既是伴侣又是同志的革命女性的要求和期待。

所不同的是，达维多夫没有被肖洛霍夫塑造为完美无瑕的英雄，他在道德和情感之间的矛盾、他出于本能的情欲困扰，既是这一苏联社会主义新人因革命而生的精神苦痛，又是人性真实、复杂的具体表现。梁生宝在情爱面前，尽管也产生过"桃色的遐想"，也有过细腻的思想斗争，但其心中宏大的社会理想总能及时地取代这些非理性的感受，使他在完整单纯的精神状态中进行革命追求。绝对的理性和纯洁，消磨了梁生宝作为一个活生生的革命者的个性深度，也减弱了这一形象应有的丰富性和厚重度。

二、群众场面的同中有异

《被开垦的处女地》在表现集体化进程时，最常用的手法是将重要事件置入丰富的群众场面之中，通过主要人物和各类农民直接而集中的对话或争论，甚至是激烈的行动，表现集体化运动在农村社会引起的强烈反映。小说中最为典型的群众场面有这样几个：讨论成立集体农庄的贫农大会，达维多夫与抢夺麦种的妇女的周旋，农庄庄员集体耕种的场面，为新党员的加入而召开的支部大会等。几乎在集体化工作的每一点推进中，肖洛霍夫都设置了具有代表性的群众场面，既突显了革命领导者在革命中的积极作用，表现了农民复杂、矛盾的心理和艰难的抉择，也反映了集体化运动在实际开展中面临的困难和遭遇的挫折。

达维多夫带着全盘集体化的任务，来到格内米雅其村的第一件事，就是召开了积极分子和贫农大会。他深入浅出地介绍了集体化运动的原因，宣传了党的政策,展望了集体劳动的前景,确定了村中的富农家庭,引起热烈的争论,达到了三十二户贫农当场全部加入的效果。在抢夺麦种的激烈冲突中,达维多夫忍受着伤痛和侮辱,想尽办法保护了麦种,显示出革命者坚定、勇敢、无私的优秀品质。集体耕种时,有的庄员出现了怠工偷懒的行为和抵触不满的情绪,达维多夫在盛怒之余,保持了冷静,以恰当的方法了解情况,解决问题。在他充满人情味的关怀和帮助中,庄员们信服地重新开始了自己的工作。这些激烈的群众场面,为达维多夫领导能力和优秀品质的展现提供了最合适的视角,使他在多种矛盾和困难之中脱颖而出,当之无愧地成为小说中最重要的正面人物。

在每一个群众场面中,都有着对各类农民表现的生动描写。贫农大会上,有人对集体劳动表现出信任、向往,也有人对达维多夫居高临下的领导者立场表示不满,对他远离实际的"漂亮话"进行质疑;评定富农时,有人积极认同,有人消极反对。保护麦种的冲突中,小说描写了不明真相的妇女们失去理智的举动,也描写了富农雅可夫·洛济支"兴奋和期待的微笑",和其他哥萨克男人沉默的支持。集体耕种中,小说描写了为完成定额的庄员对集体牲畜任意使用、劳动时偷工减料的行为,描写了庄员对于强硬的工作计划的不满,也表现了不熟悉农业生产的达维多夫在劳动生活中的失误和慌乱,甚至通过庄员之口,对革命领导者进行了赤裸裸的嘲讽和驱赶。作家通过矛盾集中的群众场面,为领导者形象的塑造提供了合情合理的现实环境。达维多夫一次次从具体困境中的突围,是革命新人具有过人能力的最好证明。但是,在每一个容纳了多种情绪、多种冲突的群众场面中,总有着对达维多夫的行为和能力进行质疑的尖锐话语。并且,质疑者几乎全部来自农庄的核心力量——贫农阶级。表面看来,肖洛霍夫让工作懈怠的庄员在激烈的言行中自我展露,又在政策和事实面前自我消解,以此衬托出革命领导者的胸怀气度和工作方法的合理得当。而实际上,恰恰是他们的不满和抱怨,反映了集体化运动中的不合理现象和农民最真实的情感。因此,小说中的每一个群众场面,都显示出多重的含义。这些丰富而驳杂的内容,既是集体化运动所引起的真实反映,更是作家在主流立场之下表现生活真实的叙事策略的成功实践。

　　《被开垦的处女地》中的群众场面描写，还有一个明显的特征：幽默人物——西奚卡老爹总是适时地出现。他总是积极参加各种大会（无论是紧张激烈的集体农庄会议，还是庄重严肃的入党大会），并不失时机地发言表态，或嘲笑别人，或回忆自己，或认真地卖弄新学会的政治术语，或不顾场合地打探自己关心的要紧事。每一次会议都会因他的存在，而发生令人啼笑皆非的意外事件。即使是在达维多夫以生命保护麦种的血腥冲突中，他也及时地出现在达维多夫身边的干草棚里：他充满恐惧的神色，涨得像樱桃一样红的脸，流到胡子上的大汗，以及他对达维多夫一起藏到草堆中的真诚恳求，还有他那不合时宜的解释、唠叨，都为这个严肃的危急时刻增添了别有意味的幽默。在充满矛盾的集体劳动中，西奚卡老爹更是以自己极富创意的煮粥行动，给大家带来惊奇，给自己带来惊恐。他的话语和行动，总能及时影响群众场面中的秩序和气氛，并在与严肃主题背道而驰的滑稽效果中，缓和了紧张的矛盾，增添了小说的乐趣，成为群众场面中最不可缺少的幽默之笔。

　　《被开垦的处女地》通过群众场面集中表现集体化进程中的复杂现象和多种矛盾的手法，在《创业史》中也有着同样的体现。《创业史》中的群众场面主要有：富裕中农郭世富新房架梁时的热闹集会，梁生宝分稻种时的复杂情形，喜忧参半的贫农大会，割竹子的集体劳作，牲口合槽和灯塔社成立时的空前盛况。小说开篇就以梁三老汉的目光，展现了蛤蟆滩又一座新房落成的热闹场面，并介绍了出现在人群中的几个重要人物。眼前的景象，使梁三老汉对自己几十年来失败的创业经历深感惭愧，也使他对儿子梁生宝不顾家业、一心办互助组的行为更为不满，更使他在喧闹的人群中因儿子对工作的大胆、积极，而成为众人调侃的对象。在这众说纷纭的群众场面中，主人公梁生宝虽未正式出场，但他的气魄、胆量、热情和他所引起的矛盾、分歧，都已得到充分展现。他的英雄行动由此展开，他在合作化中的农民领导者身份由此确定。分稻种时，由于种少人多，场面变得复杂、紧张。面对骄傲蛮横的梁大老汉的故意刁难和富农郭世富的收买拉拢，梁生宝巧妙周旋，机智应对。他从农民的热情中看到互助合作的希望，他以牺牲自己利益的行为换来群众的满意。贫农大会上，当活跃借贷失败、贫穷的农民们马上要面临各种窘境时，他想出进行副业劳动、增加收入的有效办法，于艰难时刻承担起带领大家进行劳动自救的重任。在割竹子的集体劳动中，他以超越常人的辛劳组织、安排：不仅主动选择最危险艰苦的分工，而且主动承担照顾伤员的责任；不仅关注每一位成员的精神、情绪，而且讲究策略，知人善用，并巧妙地使用计谋，应对各种情况，通过他们在山中的劳动，形成对互助合作有力的舆论影响。他总能以乐观的眼光，从亲密无间的集体劳作中受到启发，获得各种精神力量，获取各种教育意义，进而坚定自己的信念和决心，以更热烈的激情和更广阔的胸怀进行合作化工作。正是在一次次矛盾集中的群众场面的锻炼中，梁生宝逐渐形成了丰富完整的精神世界，成为能力、品质兼备的革命新人。他没有出现达维多夫那样的精神危机，也没有陷入遭受质疑的难堪境地，他始终以完美革命者的姿态引领着时代发展潮流。应当承认，同为革命领导者，梁生宝的过于纯正显然少了达维多夫的复杂多义。但他符合民间审美理想的纯朴气质和仁义品格，又使他以独特的道德魅力成就的革命新人具有了一定的可理解性。

《创业史》中的群众场面，也都有着对各类农民的生动表现。郭世富房屋架梁时，梁三老汉的羡慕和委屈，富农姚士杰的骄傲和轻蔑，代表主任郭振山的强硬和自负，都在寥寥几笔之中得到传神刻画。并且，在众人因房而起的热烈讨论中，话题被巧妙地转移到和粮食产量有关的"稀罕事"——梁生宝互助组的生产计划上来。不同阶层、各个年龄的农民，对高产量的生产计划或表现出嘲笑、质疑，或表现出事不关己的漠不关心，或表现出如梁三老汉般的深切忧虑。分稻种时，梁三老汉的草棚院里挤满了从四面八方跑来凑热闹的各类农人们，有的为分稻种，有的只为了一点好奇，有人体谅梁生宝的无私，有人满意梁生宝的谨慎，有人理直气壮地要求多分，有人精明谋算后欲以高价购买。贫农大会上，面对富裕农户不愿借粮的尴尬局面，代表主任郭振山懊恼生气又无能为力，贫农们有的灰心失望，有的急躁抱怨，有的满不在乎，也有的因另有打算而显得胸有成竹。牲口合槽时，如梁三老汉般积极主动的农户们，精心打扮好自家的牲畜，放心地送往集体饲养室并愉快地离开。在军人儿子的影响下参加了合作社的梁大老汉，则是怀着无法言说的不满和不舍抱病在家，不愿看见自己的黑马出门。有着同样态度的梁生禄，更是在看似平淡、随意的行动中，压抑着心中的激烈挣扎和痛苦无奈。还有来赶热闹的外村人，表现出的或羡慕，或惊奇，或关心的多种情感；荣升为饲养员的贫农任老四，在尽职尽责的工作中流露出的骄傲自豪；盛装出现的社员对未能加入合作社的乡邻们的安慰；小学教员充满欣赏的评论……柳青和肖洛霍夫一样，通过各具特点的群众场面，展现了合作化进程中各类农民的微妙情感和复杂心态。不同的是，《被开垦的处女地》既表现了贫农的积极态度，也表现了贫农对领导者以及对合作化政策、方法的直接而尖锐的不满和质疑；既表现了集体制度带给庄员们的新生活，也表现了集体制度本身的缺陷和它在实践过程中的种种失误；既表现了革命者的超凡能力和优秀品质，也表现了其在并不熟悉的工作领域中面临的尴尬和窘困。在内容丰富和意义深远的细节表现中，《被开垦的处女地》通过群众场面，真实全面地反映出无论是革命领导者还是各类农民，都因这场时代变革而面临着巨大的挑战和冲击。在《创业史》中，群众场面的含义则简单了许多，尽管也有着以梁生禄为代表的富农在并不自愿地加入合作社后产生的苦恼和不满，有着梁三老汉符合实情的犹豫和怀疑，有着品性不端的贫农的干扰和破坏，也有着富农的敌视和反对，但这些只是合作化中的正常现象，对于这场革命本身，对于这场革命的领导者，都没有构成冲击和质疑。甚至经过每一次群众场面的冲突，合作化运动的合理性和领导者的光辉形象都得到进一步的强化和升华。因而，《创业史》始终在阶级矛盾中展现合作化的必然性和复杂性，始终在正面肯定中探寻合作化的意义，表现合作化的过程，彰显合作化的胜利，而对于合作化可能带来的危机、产生的失误，对于革命者可能出现的精神困惑，都进行了回避。或者说，《被开垦的处女地》以群众场面表现合作化进程的手法，在《创业史》中得到充分的再现，但《被开垦的处女地》中群众场面所隐现的多重、复杂的含义，在《创业史》中并未得到深刻体现。

最后，《创业史》的群众场面中，也都设置了像西奚卡老爹一样具有喜剧色彩的人物，通过他们适时的有趣言行，活跃气氛，推动情节。西奥卡老爹说话风趣幽默、喜欢夸大其词的性格特点和他对新生活的热爱，在翻身贫农任老四的形象中得到再现。分稻种时，好心的任老四用纯朴幽默的语言关心梁生宝的无私行为，惹得人们大笑，还一本正经地坚持自己的意见，虽最终也没得到响应，还引来了侄子欢喜的责怪，但他善良、厚道又有点虚张声势的性格给人留下了深刻的印象。看见自己的债主——中农郭世富投来的鄙视笑容，他曾因被讨债而生的怒气竟在瞬间消失，自知理亏地躲避着这种目光，不声不响地出了门。他有着不适时的恼怒，也有着很适时的俏皮话，有着高涨的工作热情，也有着自以为是的错误判断。这些，都像极了西奥卡老爹在《被开垦的处女地》中的表现。不过，与西奥卡老爹在《被开垦的处女地》中占有较多话份不同，任老四的有趣行为和幽默话语，只在每一个场面中简短存在，既不喧宾夺主，又及时地恰到好处，既显示出中国农民内敛的性格特点，也显示出作家有意地借鉴和变形。另外，西奥卡老爹胆小、谨慎、自私的性格特点，在《创业史》中被转接到梁三老汉的形象中。从架梁场面中梁三老汉不加掩饰的羡慕，到分稻种时他因自家稻种被梁生宝分给了别人而郁闷丧气地啰唆、唠叨；从梁生宝进山割竹子时，他无微不至的关心和至真至诚的忠告，到牲口合槽时，他对自家老白马被强壮的大黑马抢食的顾虑，再到灯塔社成立时，他发自内心的得意、兴奋和信服。梁三老汉曲折的情感历程，不仅表现出中国老一代农民固执、保守、多疑、多虑的本性，而且与异域他乡的苏联贫农——西奥卡老爹的精神蜕变进行了遥远的呼应。

总之，《创业史》以群众场面突显正面人物、表现合作化进程，以幽默人物活跃气氛、增添艺术效果的手法，与《被开垦的处女地》有明显互文。但柳青在借鉴、学习之中，也同样注重对中国社会现实和本土农民命运进行表现，在有着鲜明地域色彩的方言中，展现了富有民族性格特点和传统乡土情怀的农村生活。因此，《创业史》在体现出与《被开垦的处女地》的互文性特征的同时，也显示出具有民族特点的社会性、时代性和独创性。

三、情节设置的借鉴变形

在小说的情节设置方面，《创业史》也有着与《被开垦的处女地》的互文表现。"《创业史》的开始部分，农民对互助合作的对立和冷淡颇类似苏联小说《被开垦的处女地》的情形。"[①] 达维多夫带着全盘集体化的任务来到格内米雅其村，面临的是农民们的普遍抵制和嘲弄。在一次次的大会上，他反复地宣传政策、解释内容，对农民进行号召和鼓励。尽管他竭尽全力地工作，却时常显出孤军奋战的寂寞。不仅有农民在会议上直接拒绝了他提出的加入集体农庄的要求，而且连他最重要的革命伙伴——拉兹米推洛夫，在清算富农时也曾因下不了手而要求"不干了"。在孤立的处境和复杂的矛盾中，达维多夫艰难地推进着集体化工作。同样，梁生宝的互助组也是在众人的无法理解中开始的，不仅多数农民冷眼相看，而且连自己的父亲也对其充满疑虑和嘲讽；不仅有阶级敌人的干扰和破坏，而且互助组内部也时刻有着分裂的危险。在内忧外患之中，他凭借着超越常人的革命热情和政治信念，直面困难，开展工作。可以看出，《创业史》以主人公在不利形势中开始合作化工作的情节设置，和《被开垦的处女地》是极为相似的。不过，达维多夫遭遇的困境，始终以不同的形式出现在集体化进程中；而梁生宝面临的质疑，则随着合作化的实践，逐渐变为理解、认可和信任。在不利因素渐弱、有利形势渐强的转变中，他的创业历程更为明朗、圆满。

《被开垦的处女地》中，梅谭尼可夫"带着眼泪，带着血"和私有财产痛苦分离的情感经历，向来被看作对中农加入集体农庄时纠结、矛盾心理的经典表现。在将要和耕牛分离的前夜，梅谭尼可夫一回到家，就走进牛栏去看牛，抱来一大捆干草喂它，并心情复杂地和它话别："嗳，分别的时候到了……过来点儿，秃鬼！四年来咱们俩一起干活，哥萨克靠牛，牛靠哥萨克……可是咱们干不出名堂来……因此只好让你们去过集体生活了……"[②] 他回忆起公牛出生的情景，回顾

---

① 余岱宗：《被规训的激情——论 1950、1960 年代的红色小说》，上海三联书店，2004，第 122 页。

② 肖洛霍夫：《新垦地（第一部）》，草婴译，安徽人民出版社，1984，第 86 页。

了它"无数次地迈起蟹螯一样的脚蹄，在路上拉车，在地里拖犁"①的辛劳。他不停地想象着加入集体农庄后的生活，担忧着各种矛盾，顾虑着各种困难。直到天快亮，才打起瞌睡。即使在梦里，也是难言的煎熬和痛苦。对于梅谭尼可夫的这些表现，柳青曾在《中国热火朝天——为苏联〈文学报〉作》一文中谈到过自己的理解，并在《创业史》中将这一情节变形为梁三老汉送自己的老白马入集体饲养室时的难分难舍。对于合作化，梁三老汉有着和梅谭尼可夫一样的既信任憧憬又顾虑担忧的情感。在和自己赖以生存的老白马分离时，他也有着和梅谭尼可夫一样的情感上的不舍和理智上的自愿。在即将合槽的清晨，他也是边喂马边和它深情告别："吃吧！吃吧！你在咱家只吃这一顿啰。今日，你就要到社里的马号里去啰……今年我不缺粮了，大伙儿可要走社会的路。你在我这里站不成了……"②同样的多义话语之中，隐含着同样的复杂感情。当县委副书记突然出现在梁三老汉的面前时，他要先"用手扯住袖口，揩一揩含泪的眼睛"，才能看清副书记的笑脸。当副书记已经开始和他的交谈时，他要先把手里的玉米丢在槽里，才能"慢慢叙谈"。老白马送到饲养室后，他总担心会被年轻的牲畜抢了饲料，并且每天一吃过下午饭，就到饲养室，不是帮忙照顾，就是认真观察，还同任老四说些饲养牲口应注意的事情，直到马灯点着，才恋恋不舍地离开。甚至，他还动了代替任老四担任饲养员工作的念头，因为"看见社里的一帮牲口争着抢着吃草料，他心里头就舒畅、快活，就不想回家来了"③。可见，梅谭尼可夫对于耕牛的深情和留恋、关心和担忧，都在梁三老汉身上得到了淋漓尽致的再现。

另外，《创业史》中还有一个与《被开垦的处女地》明显互文的情节：在灯塔社正式成立的当天早晨，县委副书记杨国华独自来到蛤蟆滩，想和农业社社长梁生宝见面。他来到梁生宝家，不巧梁生宝早已去了饲养室，在等待时正好看见梁三老汉在和老白马话别，便决定先和这位可爱可敬的老人叙谈。勤劳的梁三老汉

---

① 肖洛霍夫：《新垦地（第一部）》，草婴译，安徽人民出版社，1984，第 87 页。
② 柳青：《创业史》（第二部），中国青年出版社，2019，第 522 页。
③ 同上书，第 587 页。

说话也不耽误做活儿，一边掰着手中的玉米，一边拘谨地诉说着堵在他心头的事情。看到这种情形，"杨国华把水碗放在桌上，弯下腰去，也从小簸箕里拣起一个金黄玉米棒子要掰"[①]。一番阻止和坚持后，两人一起掰起了玉米，梁三老汉的拘束"一下子减去了多一半"，动情地讲起自己养牲口的历史，杨国华在感动之余也对他进行了政策宣传和精神鼓励。在梁三老汉意犹未尽时，梁生宝回来和副书记见了面，并肩走上大路，一起去参加灯塔社的成立仪式了。这一情节，既生动形象地说明了合作化对于像梁三老汉这类农民的实际意义，又进一步强调了合作化的政策路线，更表现了高一级的领导者对梁生宝工作的支持和帮助。《被开垦的处女地》中，这一情节的原貌是：当达维多夫正为自己不了解农庄里的人们而苦恼，并且反革命活动日益明显时，新任区委书记伊凡·聂斯吉连科在一天清晨独自来到他工作的生产队里。因达维多夫还没起床，他便和正在做早饭且因为生不着火而心情不佳的女炊事员聊起了天。为缓和气氛并赢得女炊事员的信任，他想出办法把火引着，又用随身带的铅笔刀和她一起削土豆。在共同劳动的融洽气氛中，女炊事员高兴地和他开起了玩笑，他也巧妙地了解到达维多夫的工作情况。和达维多夫见面后，他们进行了开诚布公又深刻尖锐的谈话。他不客气地指出达维多夫生活上的错误和工作上的失误，认真地检查了他耕地的质量，提出对待人"可得十分仔细"的忠告，还通过自己的经历告诫他要多读书，并对他以后的工作进行了合理建议，提醒他对反革命分子要提高警惕。这次真诚细致又深入具体的谈话，使达维多夫获得了反省错误、改进工作的精神力量；他那种朋友式的关怀，使达维多夫在并不愉快的话语中增添了信心，获得了动力。可以看出，对于这一情节，柳青显然借鉴了其欲擒故纵的手法，以上级领导者和旁人的谈话，延缓主人公的出现，并以此对即将发生的重要事件进行适度的铺垫、渲染。并且，这一情节在两部小说中有着同样的文本功能：在合作化发展的关键阶段，主人公背后的上一级领导者及时出现，以其平易、朴实、亲切的品格和得当的方法，对

---

① 柳青：《创业史》（第二部），中国青年出版社，2019，第524页。

主人公进行帮助、指导和支持，以此显示出党在合作化工作中的领导、推动作用。不过，在具体的文本实践中，柳青也进行了一定的变形：《被开垦的处女地》对于这一情节，用了整整一章的内容，详细地描写了谈话的经过、内容和每一个细节，而《创业史》则只对梁三老汉的话语内容进行了较为细致的展现，其他的谈话都仅是点到为止。

从作家本人的多次提及和具体的文本分析中可以看出，由于对肖洛霍夫的敬佩和喜爱，也由于和肖洛霍夫相似的革命经历和创作思想，柳青的创作体现出许多肖洛霍夫作品的影子。尤其是在处理具有相近社会背景的农业集体化题材时，柳青将《被开垦的处女地》作为了直接借鉴参照的镜像。同时，柳青在立足于我国社会现实和文化传统以及其富于个人气质的接受中，也有着对《被开垦的处女地》的"误读"和修改。由于他严格遵循"社会主义现实主义"的创作规范，并始终以党性原则作为最高文学标准，因而在《创业史》中，他没有给蛤蟆滩派来工作组，使农业合作化运动显示出自下而上、由内而外的自发性质，新人形象也在被高度"洁化"后更显纯正和坚定。并且，《被开垦的处女地》中富有个人色彩的关于人生、历史和社会的抒情议论，在《创业史》中被修改为由书中人物和叙事者共同完成的无所不在的"红色抒情"和形象深刻的革命理论阐述。如韦勒克所说："没有一部作品可完全归于外国的影响，或者被视为一个仅仅对外国产生影响的辐射中心。"[①] 肖洛霍夫"以人物结构作品"的艺术经验给了柳青直接的创作启示，而肖洛霍夫来自俄罗斯文学传统的严格的现实主义精神，在柳青结合了自身文学修养和民族文化精神的过滤后，转化为符合我国文艺政策要求和体现作家政治想象的创作方法，融入其富有民族风格和地方特色的创作之中。《创业史》因此在显示出与《被开垦的处女地》的互文关系的同时，也成为柳青式的中国合作化经典小说。

---

① 韦勒克：《比较文学的危机》，载干永昌、廖鸿钧、倪蕊琴选编《比较文学研究译文集》，黄源深译，上海译文出版社，1985，第123页。

余 论

从我国农村题材小说的发展脉络来看，20世纪20年代至40年代中期的作品更多地显示出表达乡愁乡恋、表现地域人情的乡土文学特点。即使是在如萧红的《生死场》等涉及家乡的阶级斗争和民族斗争的小说中，也以有着乡野气息的生活和事件表现农民的革命要求和反抗斗争。从解放区反映农村变化的作品，到十七年时期的合作化小说，我国农村题材小说逐渐表现出以阶级斗争为叙事主线和情节动力的艺术特点，并在一套与之相适应的革命话语中，塑造新时代的农民形象，表现具有革命新质的农村生活。这种新的话语方式和叙事模式，既与传统农村小说的美学特点相异，也和新时期后的农村题材作品的叙事风格不同，而和苏联集体化小说《被开垦的处女地》更为相似。比较文学理论认为，一个时期的民族文学，如果显示出某种外来的效果，而这种效果又是本国文学传统和作家本人的发展无法解释的，则可以认为是受到了外国作家的影响。因此，我国十七年时期合作化小说体现出的独特的文本特点，应该是与《被开垦的处女地》有着密切的关联性的。

在具体的作家作品中，丁玲曾明确表示自己是在认真阅读了《被开垦的处女地》第一部的基础上，创作了《太阳照在桑干河上》。小说在叙事模式、情节设置、人物塑造、心理刻画、群众场面描写和客观真实的艺术手法等方面，都和《被开垦的处女地》有着明显的互文。而且，这部作品也曾于1951年获得斯大林文学奖二等奖。刘绍棠曾说："肖洛霍夫的作品，对我尤其有着巨大的启示，我读他的《被开垦的处女地》《静静的顿河》，读他的短篇《死敌》《果树的虫眼》和《牧童》，就像读着我的家乡的故事……"① "肖洛霍夫的影响能够贯穿我的一生，是因为我只有走这条路才能在中国文坛上生存和发展。"②《被开垦的处女地》是他认为对自己影响最深的作品。③ "在肖洛霍夫的《被开垦的处女地》里，他对人物的刻画给了我一个最深刻的示范。工人出身的集体农庄主席达维多夫，党支部书记拉古尔洛夫，中农梅谭尼可夫……都是我所喜爱的，也都是我所熟悉的人物。"④ 他还格外强调了拉古尔洛夫这一形象的可爱、动人，以及自己从这一人物塑造中得到的艺术感悟。他的两部中篇合作化小说《运河的桨声》和《夏天》，不仅在写景抒情方面表现出与《被开垦的处女地》的师承关系，而且在《夏天》中，《被开垦的处女地》这部小说直接出现在主人公俞山松的书架上，并被巧妙地设计到他和县委书记的谈话中。通过县委书记对小说中的反革命分子——雅可夫·洛济支的点评，说明了敌人的阴险和狡猾，指出关德海和雅可夫·洛济支的相同性，并从中总结出革命的经验，以提醒俞山松所面临的复杂形势，告诫他要保持警惕，谨防上当。⑤ 在一部作品中如此明显地对同题材的另一部作品进行指涉，足以见得《被开垦的处女地》对刘绍棠在精神意蕴、认知方式和创作思想等方面所产生的深刻影响。此外，蒙古族作家玛拉沁夫也曾在谈及对自己影响较大的作家作品时说："肖洛霍夫对哥萨克生活富有草原气息的描绘，都曾给我很大的启发和帮助。"⑥ 其代表作《茫茫的草原》，不仅在情节设置、景物描写、情感抒发、心理刻画和民族

① 刘绍棠：《苏联小说对我的影响和指引》，《北京日报》1952 年 11 月 11 日。
② 刘绍棠：《洋为我用》，载《乡土文学四十年》，文化艺术出版社，1990，第 186 页。
③ 刘绍棠：《苏联小说对我的影响和指引》，《北京日报》1952 年 11 月 11 日。
④ 同上。
⑤ 这一内容出现在《夏天》新文艺出版社 1956 年版中。在河北人民出版社 1980 年版中，该内容被作者删除。
⑥ 玛拉沁夫：《谈创作的准备——在内蒙古青年文学创作会议上的发言》，《草原》1979 年第 3 期。

风貌的展示等方面，表现出和《静静的顿河》的诸多相似性，而且在叙事结构（受上级委派领导者来到村中—发动群众—敌人破坏、领导者内部的矛盾和错误—及时改正、完成任务）、细节展现（如《茫茫的草原》和《被开垦的处女地》开头处都描写了一位"骑马的人"在春天朦胧的景色中进入村庄）、修辞手法（都喜用比喻、象征），甚至具体的话语使用中，都和《被开垦的处女地》有着多处契合。由此，可以看出肖洛霍夫与我国现当代文学的密切关系。

作为一种复杂的人类精神活动，文学的发生和发展是在多种文化因素的共同作用下完成的。文化的传播和传承，使不同民族、不同历史时期的文学进行相互借鉴成为一种事实存在。"当民族文学刚刚诞生，或当某一文学的传统发生方向上的突变时，文学影响显得最为频繁，成效也最为显著……如同一切文学现象那样，它不仅具有文学的背景，而且具有社会的，甚至常常是政治的背景……民族文学刚刚诞生时，作家们会去寻求那些略加改变即能适应他们的觉悟、时代和民族意识的内容和表现形式。"[①] 正是在中国文学迫切地为自己寻求一条新路时，《被开垦的处女地》以对我国时代精神和审美期待的契合，赢得我国主流话语的认同，引起我国作家的关注。小说蕴含的艺术思想，经过接受、过滤和变形，成为我国文学的有机组成部分，并在我国不同作家作品中得到不同程度和不同侧重的体现。可以说，以《被开垦的处女地》为代表的苏俄文学，在被我国作家接受、借鉴的过程中，潜在地刺激了我国文学的内在发展。

卢卡契曾说，"一种具有世界影响的作品对别国来说，往往一方面是外来的，一方面又是土生土长的"，因为"任何一个真正的深刻重大的影响是不可能由任何一个外国文学作品所造成的，除非在有关国家同时存在着一个极为类似的文学倾向——至少是一种潜在的倾向。这种潜在的倾向促成外国文学影响的成熟。因为真正的影响永远是一种潜力的解放"。[②] 经过八十多年的传播和接受，《被开垦的

---

① 约瑟夫·T.肖：《文学借鉴与比较文学研究》，载北京师范大学中文系比较文学研究组选编《比较文学研究资料》，盛宁译，北京师范大学出版社，1986，第120页。

② 卢卡契：《卢卡契文学论文集（二）》，中国社会科学出版社，1981，第450—452页。

处女地》已经深深融入我国现当代文学的发展之中。我国不同时期的作家不仅在内容、风格和方法上得到《被开垦的处女地》的启发，而且在自己的审美视角中对其进行融合与变形，创作了富有个人风格和民族色彩的文学作品。十七年时期的合作化小说因此既显示出与苏俄文学的某种关联性，又显示出与民族文学的明显承续性，在异质多彩的美学风貌中获得了属于自己的史学位置。而《被开垦的处女地》凭借着经典的艺术魅力，将继续对我国乃至世界文学产生影响，也将继续在被吸收和转化中隐含促进新文本的生成。

附　录

一、《被开垦的处女地》在中国的不同版本述略

1. 楼适夷译：《路，望那边走——只有一条》，唆罗诃夫著，《正路》创刊特大号，湖风书店 1933 年第 1 卷第 2 期。

2. 李虹霓译：《开拓了的处女地》，梭罗霍夫著，《文海》1936 年第 1 卷第 1 期。

3. 立波译：《被开垦的处女地》，梭罗诃夫著，上海生活书店 1936 年版、1948 年版；桂林文学出版社 1943 年版；太行群众书店 1947 年版；太岳新华书店 1947 年版；冀中新华书店 1947 年版；三联书店 1950 年版；作家出版社 1954 年版。

4. 丑夫译：《开垦了的处女地》，唆罗诃夫著，收入黄峰编《丹霞》，世界文学连丛社 1936 年 12 月初版。

5. 贺知远译：《一个光荣的名字》，萧洛霍夫著，《被开垦的处女地》第一部的第十三章，1936 年 12 月刊于中国青年作家协会总会出版的《青年作家》杂志第 1 期。

6. 周启应译：《被开垦的处女地》，索罗科夫著，桂林文学书店 1943 年初版。

7. 钟蒲译：《被开垦的荒地》，硕洛霍夫著，上海中华书局 1945 年 11 月初版。

8. 孟凡改写通俗本：《被开垦的处女地》，萧洛霍夫原著，哈尔滨光华书店 1948 年 4 月初版。

9. 张虹缩写本：《被开垦的处女地》，梭罗柯夫著，苏南新华书店 1949 年 7 月初版。

10. 周立波译：《误会》，《被开垦的处女地》节选本，萧洛霍夫著，人民文学出版社 1955 年版。

11. 林林改编：《被开垦的处女地》三册本连环画，肖洛霍夫著，贺友直、颜梅华绘画，上海人民美术出版社出版，1955 年 4 月至 1956 年 3 月陆续发行。

12. 文朴改编：《被开垦的处女地》电影故事，肖洛霍夫著，通俗文艺出版社 1957 年版。

13. 草婴译:《被开垦的处女地》,肖洛霍夫著,作家出版社 1961—1962 年版;《新垦地》,肖洛霍夫著,安徽人民出版社 1984 年版。

二、解读《被开垦的处女地》的论文

1. 郭沫若:《序〈开拓了的处女地〉》,小石川区中华留日青年会日黑社 1936 年版。

2. 李虹霓:《关于〈开拓了的处女地〉》,小石川区中华留日青年会日黑社 1936 年版。

3. 陈瘦竹:《唆罗诃夫的近作〈处女地〉》,《国闻周报》1936 年第 13 卷第 5 期。

4. [奥] K. 拉狄克著,立波译:《集体化的叙事诗》,《丹霞》1936 年 12 月;1943 年,蒙天重译此文,以《论〈被开垦的处女地〉》为题,发表于 1943 年第 2 期的《文学批评》。

5. 周立波:《〈被开垦的处女地〉译后附记》,上海生活书店 1936 年版。《〈开垦了的处女地〉编者后记》,世界文学连丛社 1936 年版。

6. 鹭汀、平流:《〈被开垦的处女地〉的观后感》,《妇女界》1941 年第 3 卷第 4 期。

7. 钱歌川:《〈被开垦的荒地〉小序》,上海中华书局 1945 年版。

8. 孟凡:《为什么介绍这本书》,哈尔滨光华书店 1948 年版。

9. 张虹:《〈被开垦的处女地〉(缩写本)说明》,苏南新华书店 1949 年版。

10. 康濯:《说说萧洛霍夫的一本书》,《文艺报》1949 年第 4 期。

11. 黄世春:《读〈被开垦的处女地〉的几点体会》,《福建日报》1951 年 3 月 21 日。

12. 辛垦:《萧洛霍夫笔下的苏维埃人——纪念萧洛霍夫四十六岁诞辰》,《大公报》1951 年 6 月 5 日。

13. [苏] V. 陶罗斐那夫著,谱萱译:《萧洛霍夫的〈被开垦的处女地〉》,《苏联名著概说(第一辑)》,大东书局 1951 年版。

14. [苏] 列兹内夫著,周立波译:《梭罗珂夫论》,《光明日报》1952 年 2 月 16 日。

15. 施宜:《反对官僚主义,反对强迫命令——看苏联电影〈被开垦的处女地〉的一点体会》,《北京日报》1953 年 6 月 6 日。

16. 高扬:《一个光辉的人物形象——谈电影〈被开垦的处女地〉中的达维多夫》,

《北京日报》1953 年 6 月 9 日。

17. 钟惦棐:《不要把好事情做坏了——看苏联电影〈被开垦的处女地〉》,《人民日报》1953 年 6 月 9 日。

18. 言予:《向达维多夫学习》,《新华日报》1953 年 6 月 12 日。

19. 周英:《从影片〈被开垦的处女地〉所想到的》,《光明日报》1953 年 6 月 12 日。

20. 梅朵:《谈影片〈被开垦的处女地〉》,《大众电影》1953 年第 11 期。

21. 张玉晶、天澜:《影片〈被开垦的处女地〉为什么没有直接表现官僚主义的区委书记受到党纪处分?》,《大众电影》1953 年第 17 期。

22. 华政:《必须耐心地教育农民——影片〈被开垦的处女地〉给我的教育》,《大众电影》1953 年第 19 期。

23. 潘际垌:《农村工作者应该向达维多夫学习——苏联小说〈被开垦的处女地〉读后》,《人民日报》1953 年 12 月 6 日。

24. 贾霁:《〈被开垦的处女地〉给我们的启示》,《中国青年》1953 年第 24 期。

25. 席明真:《一部描写农业集体化运动的史诗——谈〈被开垦的处女地〉》,《西南文艺》1954 年第 4 期。

26. 党仪:《学习达维多夫的革命精神——〈被开垦的处女地〉读后》,《群众日报》1954 年 4 月 3 日。

27. 力扬:《〈被开垦的处女地〉与农业合作化》,《北京日报》1954 年 2 月 16 日。

28. 李白凤:《苏联文学研究》,火星出版社 1954 年版。

29. 彭慧:《谈〈被开垦的处女地〉》,《文艺学习》1954 年第 9 期。

30. 谢云:《从〈被开垦的处女地〉看农业的社会主义改造——〈被开垦的处女地〉读后》,《解放日报》1954 年 11 月 22 日。

31. 刘超:《走向新生活——谈〈被开垦的处女地〉中的梅谭尼可夫》,《长江文艺》1955 年 11 月号。

32. [苏] 萧洛霍夫:《苏联作家萧洛霍夫写给中国读者的一封信》,《人民日报》1955 年 1 月 5 日。

33. 朱起:《从〈被开垦的处女地〉看苏联农业集体化》,《辽宁日报》1955年3月3日。

34. 周立波:《〈被开垦的处女地〉重校后记》,作家出版社1954年版。

35. 张尚:《为什么要去描写这样的女人?——谈影片〈被开垦的处女地〉中的鲁斯卡》,《大众电影》1955年第7期。

36. 草婴:《"被开垦的处女地"的新篇章》,《文艺报》1955年第24号。

37. 严洪译:《创作为人民服务》,《〈真理报〉》专论》,《译文》1955年第12期。

38. [苏]古拉著,孙琪璋、孟昌译:《关于〈被开垦的处女地〉》,《译文》1955年第12期。

39. 高丽生:《萧洛霍夫谈农村生活的创作经验》,《光明日报》1956年1月14日。

40. [苏]华西里·斯米尔诺夫著,秦顺新译:《描写集体农庄生活的文学》,《译文》1956年第1期。

41. [苏]古拉著,孙琪璋、孟昌译:《论〈被开垦的处女地〉(第一部)》,《译文》1956年第3期。

42.《勇敢地揭露生活中的矛盾和冲突——作家协会创作委员会小说组对三个作品的讨论》,《文艺报》1956年第3期。

43. 徐式谷、李桐实:《读"被开垦的处女地"第二部第一章》,《处女地》1957年第11期。

44. 张铁弦:《苏联文学界对于"被开垦的处女地"(第二部)的一些评述》,《文艺学习》1957年第1期。

45. 蔡其矫:《谈肖洛霍夫的创作》,《处女地》1957年第11期。

46. 刘雅文:《苏联文学四十年》,《处女地》1957年第11期。

47. 邬沧萍:《达维多夫——我们的榜样》,《读书月报》1958年第1期。

48. 辛未艾:《生活与斗争的教科书——谈〈被开垦的处女地〉》,上海文艺出版社1958年版。

49. 谷祥云:《试论萧洛霍夫的自然描写》,《人文杂志》1959年第3期。

50. 程实:《〈新垦地〉中的人物形象》,《书林》1985年第5期。

51. [日] 原也卓著，张玉译：《〈被开垦的处女地〉和希腊悲剧》，《俄苏文学》（武汉）1985 年第 1 期。

52. 易漱泉：《〈新垦地〉的艺术特色》，《湖南师大社会科学学报》1986 年第 6 期。

53. 徐凤：《谈〈被开垦的处女地〉中舒卡尔的形象》，《俄苏文学》（武汉）1988 年第 4 期。

54. 戚小鸾：《睿智·良心·勇气——〈被开垦的处女地〉新议》，《松辽学刊》（社会科学版）1993 年第 1 期。

55. 马家骏：《舒卡尔形象的创造与肖洛霍夫的幽默》，《域外小说撷英》，陕西人民出版社 1993 年版。

56. 李之基：《〈被开垦的处女地〉今昔》，《外国文学动态》1994 年第 2 期。

57. 许茵：《〈新垦地〉：肖洛霍夫政治小说的高峰：论肖洛霍夫创作的主体性（之三）》，《外语与翻译》1995 年第 3 期。

58. 江震龙、林为众：《亲兄弟般的异国"滑稽鬼和快活的打诨者"——老孙头和西奚卡比较研究》，《福建师范大学学报》（哲学社会科学版）1995 年第 4 期。

59. 曾勇：《浅谈〈被开垦的处女地〉》，《阜阳师范学院学报》（社会科学版）1996 年第 2 期。

60. 蓝英年：《重读〈被开垦的处女地〉》，《文汇读书周报》1996 年 8 月 30 日。

61. 刘亚丁：《〈被开垦的处女地〉与冷战》，《俄罗斯文艺》1998 年第 1 期。

62. 刘亚丁：《书的命运——近年来对〈被开垦的处女地〉的争论述评》，《俄罗斯文艺》1999 年第 3 期。

63. 彭亚静、何云波：《良知的限度与选择的两难——重读肖洛霍夫〈新垦地〉》，《长沙大学学报》2000 年第 1 期。

64. 徐家荣、田润：《一个翻身的哥萨克农民——〈新垦地〉中的狗鱼（舒卡尔）形象》，《长沙电力学院学报》（社会科学版）2003 年第 3 期。

65. 王立明：《肖洛霍夫作品在中国的传播过程》，《沈阳师范大学学报》（社会科学版）2007 年第 31 卷第 6 期。

66. 吴春兰:《论〈被开垦的处女地〉对〈太阳照在桑干河上〉的影响》,《福建论坛·社科教育版》2008 年专辑。

67. 王鹏程:《农业合作化叙事的经验之源——论〈被开垦的处女地〉对中国当代小说创作的影响》,《当代文坛》2010 年第 4 期。

68. 董晓:《再谈苏联文学对当代中国文学的影响》,《当代外国文学》2011年第2期。

69. 李钦彤:《农业合作化叙事的三副面孔——〈蜜蜂脑袋奥勒〉〈被开垦的处女地〉和〈创业史〉的比较研究》,《中国文学研究》2012 年第 1 期。

70. 宋淑凤:《论〈新垦地〉的陌生化效果》,《黑河学院学报》2012年第3卷第1期。